KB070339

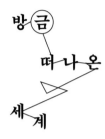

방 금

떠나온

세 계

김 초 엽
소 설 집

한겨레출판

방금 떠나온 세계

초판 1쇄 발행 2021년 10월 20일
초판 10쇄 발행 2024년 6월 25일

지은이 김초엽
펴낸이 이상훈
문학팀 최해경 박선우 김다인
마케팅 김한성 조재성 박신영 김효진 김애린 오민정

펴낸곳 (주)한겨레엔 www.hanibook.co.kr
등록 2006년 1월 4일 제313-2006-00003호
주소 서울시 마포구 창전로 70(신수동) 화수목빌딩 5층
전화 02-6383-1602~3 **팩스** 02-6383-1610
대표메일 munhak@hanien.co.kr

ISBN 979-11-6040-650-4 03810

・값은 뒤표지에 있습니다.
・파본은 구입하신 서점에서 바꾸어 드립니다.
・이 책의 내용 일부 또는 전부를 재사용하려면 반드시 저작권자와 (주)한겨레엔 양측의 동의를 얻어야 합니다.

차례

최후의 라이오니 ··· 007

마리의 춤 ··· 055

로라 ··· 099

숨그림자 ··· 129

오래된 협약 ··· 191

인지 공간 ··· 229

캐빈 방정식 ··· 271

작가의 말 ··· 322

최후의 라이오니

나는 혼자 이곳에 왔고, 그게 잘못된 판단이었음을 깨닫고 있다. 루지가 함께 가주겠다고 했을 때 제안을 받아들였어야 했는데. 용기와 대담함도, 생존 지식도 부족하면서 대체 왜 혼자 오겠다고 우겼던 걸까. 후회하면서도 나는 내가 그럴 수밖에 없던 이유를 생각한다. 나는 나 자신에게, 그리고 동료들에게 무언가를 증명하고 싶었다. 나 역시 로몬으로서 멸망의 현장을 마주할 수 있다고, 내가 심약하기만 한 건 아니라고 말하고 싶었다. 시스템이 오직 나만을 지정해 의뢰한 이 미지의 장소를 무사히 탐색하고 돌아가겠다고. 그러나 고작 자기 증명을 목적으로 오기에 이곳은 너무 위험한 장소였다.

지난 사흘간 죽을 위기를 네 번 넘겼다. 이유를 알 수 없을 정도로 많은 함정들이 설치되어 있었다. 그때마다 나는 공포에 질려 주저앉았고, 시체가 되어 벌레에게 파먹히는 나의 최후를 상상했다. 포기하고 되돌아가자고 생각한 것도 수십 번이었다. 담대한 다른 로몬들이라면 하지 않았을 일이다. 불행히도 이곳의 구조는 미로처럼 꼬여 있어 나는 길을 잃었다. 최선을 다해 출구를 찾고는 있지만, 어쩐지 그 노력이 나를 더욱 깊은 미로 속으로 밀어 넣는다. 어제까지는 인정하지 않았지만, 오늘 내가 같은 복도를 다섯 번째 지나가고 있다는 것을 깨달았다. 내가 기록한 지도는 엉망이었다. 그것이 지도 기록에서 음성 기록으로 일지 형식을 바꾼 이유다.

만약 내가 트랩에 걸려 사망하거나 실종되어 행방을 알 수 없게 되면, 이 기록의 1차 조회 권한은 나의 친구 루지에게 있다. 귀찮은 뒤처리를 맡겨 미안하다는 말을 전하고 싶다. 그래, 루지. 네 말을 따를 걸 그랬다. 다음에는 네 말을 듣겠다. 다음이라는 게 있다면 말이지.

그럼 다시 기록을 시작하겠다.

오늘은 3420ED 거주구 탐사 열흘째. 3420ED는 지독하게도 넓고 규모에 어울리지 않게 고요한 곳이다. 누구를 겨냥한 것인지 알 수 없는 수많은 함정과 지뢰, 플라스마 보안 시스템을 제외하면 말이다. 거주구 내부에는 과거 문명에 대한 단서가 될 법한 것이 거의 남아 있지 않다. 아래 위로 높게 뻗은 건물들, 그 사이를 가로지르는 원통형의 도로 등 거대 구조물의 잔해로 보아 한때는 아주 번성했던 문명으로 추정되는데도, 이곳에 살았던 이들의 삶을 추측해볼 만한 일상적인 물건들은 깨끗이 청소라도 한 것처럼 사라져 있다. 누군가가 의도적으로 그들의 흔적을 지워버린 것 같다. 그 기묘한 결벽증을 지닌 존재들은 누구인지, 이곳에 마지막으로 거주했던 이들은 어디로 간 것인지, 짐작이 가지 않는다.

이 장소에 관한 정보를 접한 것은 두 달 전이었다. 로몬들 사이의 소문이라면 무엇이든 알고 있는 루지가 먼 행성계에서 발견된 의문의 우주 거주구에 관한 이야기를 들려주었다. 인근 지역을 지나던 광역 탐사선이 처음으로 이곳을 발견했는데, 외견상 최소 천 년 이상 지난 인공 구조물로 추정되며, 현재의 기술 수준에 뒤처지지 않을 만큼 진보한 기술 문명을 보유했던 것으로 보인다는 이야기였다.

학자들은 이곳을 3420ED라고 명명했다. 거주 가능한 행성이 전혀 없는 행성계의 세 번째 궤도에 홀로 떠 있던 3420ED의 존재는 많은 로몬들의 관심을 끌었다. 오랫동안 알려지지 않은 거대한 고립 문명이 멸망 이후 오랜 시간이 지난 뒤에 별안간 모습을 드러냈다는 것이 음모론자들과 역사학자들의 호기심을 자극했다. 대담한 로몬 몇몇이 위험을 무릅쓰고 접근 허가를 받아냈다가, 거주구에 도킹하기 직전 선함을 돌려 도망쳤다는 소문이 돌았다. 그들은 이 거주구가 변이 외계 곤충으로 우글거리는 곳이라고 주장했고 실제로 그 말을 믿은 이들도 있었다. 그러나 이곳을 탐사 중인 나의 견해에 따르면, 이곳은 변이 곤충은커녕 한때 생명체였던 유기물이 한 줌이라도 발견될지조차 의심스러운 장소다.

3420ED에 모였던 관심은 금방 흩어졌다. 로몬의 기준으로 판별해보면, 이곳이 여러 소문의 원천지가 되긴 했으나 소문은 단지 소문일 때 더 흥미로운 법이고, 실제로는 특별한 희소자원이나 정보 의뢰가 없어 탐색할 필요가 없는 '가치 없는 멸망'의 장소이기 때문일 것이다.

친구들은 이곳에 가겠다는 나를 말렸다. 이곳은 탐사할 가치가 없고, 아직 분진을 통한 정화 작업조차 진행되지 않아 불필요하게 위험하다고 말했다. 로몬들은 은하계의 어느 종족보다도 위험을 즐기는 부류이지만 동시에 그들은 대단히 계산적으로 위험을 감수한다. 단지 위험하기만 하고 위험을 대가로 얻어낼 만한 것이 없는 곳에는 잠깐의 시선조차 두지 않는다.

어쩌면 친구들의 말이 옳았던 것 같다. 나는 동료 로몬들의 태도를 배워야 했다. 나흘간 쉬지 않고 걸었지만 의미 있는 단서를 찾지 못했다. 여기서 무언가를 발견할 수 있으리라고 생각했던 내가 한심하게 느껴진다.

*

날짜는 분명하지 않다. 지난 기록 이후 사흘, 혹은 그 이상의 시간이 흘렀다. 패널 시계가 제대로 작동하지 않는다. 전원이 완전히 나가버린 디바이스를 작동시키는 데에 겨우 성공했지만, 얼마나 지속될지는 모르겠다.

나는 공격당해 의식을 잃었고, 어제 깨어났다. 나를 공격한 것은 기계들이었다. 이곳의 함정들은 단지 오래전 멸망을 맞이한 인간들이 설치해둔 것뿐이라고, 지금은 이곳에 아무도 살지 않는다고 생각했던 나의 판단이 틀렸다. 이번에도 잘못된 판단이라니. 나의 기록은 죄다 이런 식이다. '오판이었다' '실수였다'…….

기계들은 3420ED의 복잡한 미로 가장 안쪽에 그들만의 소박한 문명을 구축하고 있었다. 시스템이 나에게 준 사전 정보로 추측해보자면, 이곳에서 거대 문명을 이루었던 인간들은 감염병으로 모두 사망했다. 그것도 아주 오래전에. 그러나 기계들은 감염되지 않았고 살아남아 거주지 일부를 차지했다. 그들이 거주지 전체를 점령하지 않은 것은 아마도 인간들이 설치해둔 함정을 제거하지 못했거나, 이 넓은 공간 전체를 필요로 하지 않았기 때문일 것이다.

기계 혁명이 일어났을 가능성에 대해서도 생각해보았다. 이곳 거주구가 감염병으로 멸망했다는 최초 보고 자체가 잘못된 것일 수도 있다. 기계 혁명으로 멸망한 거주구에서 두 번쯤 회수 작업을 수행한 적이 있는데, 이곳과 비슷한 상태였다. 기계들은 통로에 걸리적거리는 부패 유기물이 남아 있는 것을 좋아하지 않는다. 기계들이 인간 지배자를 대체한 거주구에서는 인간이 존재했음을 암시하는 유기물이나 흩어진 사체, 지문이 남은 소도구들 따위를 발견하기가 어렵다.

하지만 판단을 내리기에는 정보가 부족하다. 이곳의 기계들은 반란을 일으킬 만큼 충분히 공격적이지 않다. 그들은 나를 밀폐된 방에 가두었지만, 나를 공격하거나 학대하지는 않았다. 심지어 이 방은 대기의 질이 인체에 적합하게 유지되고 있어서 호흡 보조 장치 없이도 숨을 쉴 수 있는데, 기계들에게는 이 대기 조성이 필요하지 않을 테니 그들은 의도적으로 나를 살려두고 있는 것이다. 그들이 내게 가하는 학대는 고작해야, 목이 마르다는 호소에 썩은 달걀 맛이 나는 물을 건네주는 수준에 불과하다.

셸. 나를 붙잡은 기계는 자신이 셸이라고 말했다. 기계들의 대화로 추정하자면 셸은 기계들의 리더로, 거주구의 전체 시스템을 맡은 개체인 듯하다. 셸은 시각을 잃은 로봇, 정확히는 광학 신호 입력기를 잃은 기계다. 이렇게 고립된 거주구에서는 고장 난 것들을 대체할 부품을 찾기가 어려웠을 것이다. 셸의 본체 금속 표면에는 매우 유려하고 섬세한 음각 장식이 새겨져 있어 한때 그가 기계로서 가졌을 위상을 짐작할 수 있다. 그러나 지금 셸은 어울리지 않는 부품들을 온몸에 덧붙여서, 고물상에서나 발견될 법한 우스꽝스러운 모습을 하고 있다. 기계 키메라가 된 셸은 비틀거리며 움직인다. 앞을 보지 못해서인지 자주 멈추며 부자연스럽게 미끄러진다. 무언가에 부딪칠 때마다 요란한 소리가 난다.

셸은 나에게 말한다. 어제도, 그리고 오늘도.

"라이오니. 넌 라이오니다."

나를 처음 마주쳤을 때 셀은 말했다.

"라이오니, 드디어 돌아왔구나."

"대체 무슨 소릴 하는 거야?"

나는 '라이오니'라는 자가 아니라고, 단지 이곳을 조사하기 위해 온 로몬에 불과하다고 말하자 기계들은 나를 가두어버렸다. 어처구니없는 일이다.

라이오니는 이 거주지의 멸망과 긴밀히 연관된 존재로 추정된다. 기계들은 혹시 내가 이곳의 멸망을 초래했다고 믿는 것일까. 도대체 왜 그런 결론에 도달한 걸까. 기계들은 나에게 수십 년은 묵은 듯한 끔찍한 통조림을 가져다주고, 나는 얌전히 음식을 입에 넣는다. 도저히 대화가 통하지 않는 그들과 또다시 대화를 시도하는 일이 어떤 결과를 초래할지 우려스러워 가급적이면 말을 걸지 않는다. 몇 번은 용기를 내어 "이봐. 날 밖으로 보내줘"라고 말해보았지만, 기계들의 감정을 읽을 수 없는 시선만이 물끄러미 나를 향할 뿐이었다.

내 생각에는, 셀이라는 그 미쳐버린 리더 외의 다른 기계들은 내가 라이오니가 아니라는 사실을 아는 것 같다. 그들은 나를 라이오니라고 부른 적이 없다. 하지만 그렇다면 그들은 왜 알면서도 나를 풀어주지 않는 것일까. 그들이 나

에게 원하는 것이 무엇인지 알 수 없다는 사실이 나를 더욱
심란하게 한다.

*

　─셸, 나에게 원하는 것이 뭐지?

　─터널 너머로 우리를 안전하게 데려가주기를 원한다. 그리고 네
가 가는 곳에 우리도 따라가기를 원한다. 네가 우리에게 이미 약속한 바
였다. 너는 우리를 소유한 주인이다. 왜 기억하지 못하는가?

　─너희가 바라는 게 이 행성계에서의 탈출이라면 얼마든지 도울
수 있어. 저 밖에 터널 드라이브를 할 수 있는 내 회수선이 있으니까, 그
걸로 너희를 데려가줄게. 하지만 난 너희의 주인이 아냐. 이건 확실해.

　─너는 라이오니다. 나도 확신한다.

　─나는 라이오니가 아니야. 제발, 다시 잘 생각해봐.

　─너는 라이오니다. 우리를 구출하기 위해서 돌아왔다.

　셸과의 대화를 녹음했다. 대화를 열 번도 넘게 다시 들
었지만, 여전히 셸이 왜 나를 라이오니라고 굳게 믿는지 모
르겠다. 나에게 원하는 것이 정확히 무엇인지도. 셸은 내가
그들을 여기서 데려가주기를 원한다고 했지만, 그보다는

내가 라이오니라는 사실을 나에게 납득시키는 일이 더 중요해 보인다. 셀은 내가 라이오니가 아닐 가능성을 받아들이지 못한다. 셀의 망가진 논리회로를 고칠 방법이 있을까.

라이오니가 누구인지는 몰라도, 지금은 그가 무척 원망스럽다. 기계들의 말을 종합해보면 한때 기계들의 주인이었던 라이오니는 기계가 아닌 인간이었다. 셀이 저렇게 확신하는 것을 보니 나와 닮은 구석이 있을지도 모르지만, 광학 신호 입력기가 없는 셀이 나의 무엇을 보고 그렇게 판단하는지는 의문이다.

그냥 진짜 라이오니인 척이라도 해볼까 싶었지만, 라이오니에 대한 정보가 없는 나로서는 도대체 무슨 이야기를 해야 할지 모르겠다. 내가 정말로 라이오니가 맞고, 기계들을 회수선에 태우러 왔다고 말할까? 그렇게 말하면 기계들이 내 말을 믿고 나를 풀어줄까?

셀은 나의 기억이 돌아오기를 기다리는 것 같다. 이 방에 며칠이고 가둬놓으면 언젠가는 기억이 돌아올 것이라고 믿는 듯하다. 하지만 그럴 일은 없을 것이다. 거주구가 맞이했던 멸망이 정말로 수백 년 전이라면⋯⋯ 라이오니는 이미 오래전에 죽었다. 기계와 달리, 인간은 그렇게 오래 살지 못하니까. 그 사실을 기계들에게 어떻게 설득시켜야 할지

고민해보지만 좀처럼 방안이 떠오르지 않는다.

*

며칠이 지났고, 나는 여전히 미심쩍은 배양 수조들로 가득한 실험실에 갇혀 있다. 기계들이 가져다주는 통조림은 하루가 다르게 끔찍한 맛을 낸다.

두려움과 공포, 그리고 다소간의 지루함에 몸서리치며 개인 디바이스에 기록된 과거 기록들을 뒤져보다가, 예전에 남긴 기록을 발견했다.

우주에는 두 종류의 멸망이 있다. 가치 있는 멸망과 가치 없는 멸망. 인류가 행성과 행성들 사이, 별과 별들 사이로 널리 퍼져나가 번영한 이후 우주 곳곳에서는 매일 어떤 거주지가 죽음을 맞이하는 동시에 새로운 거주지가 탄생한다. 멸망의 규모는 작게는 한 사람 혹은 한 가족이 거주하는 소규모 거주선에서부터 크게는 행성계 전체를 집어삼킨다. 그렇게 수많은 멸망이 남긴 폐허를 뒤적이다 보면, 죽음은 모두 같은 죽음이고 그 앞에서 우주의 모든 생명체는 동등하게 무력해진다는 생각을 하게 될지도 모른다. 하지만 실제로는 그렇지 않다. 어떤 멸망은 다른 멸망보다 더 가치 있다. 적어도 우리 로몬에게는 그렇다.

우리는 멸망의 현장으로 떠난다. 우리는 본능적으로 죽음의 냄새에 이끌린다. 로몬들은 유능한 유품정리사이자, 멸망의 단서를 탐색하는 1급 수사관이다. 행성 하나의 생태계가 삶과 죽음의 순환 위에 세워져 있듯이 죽음의 순환을 우주 전체로 확대해보면 멸망의 가치가 드러난다. 어떤 죽음은 다른 삶을 지탱하는 것이다. 우리는 멸망한 폐허에서 생의 온기가 남은 자원과 정보를 회수하여 우주의 다른 공간으로 보내며, 그로써 우주의 열역학적 죽음은 조금씩 유예된다. 로몬이 대부분 거대한 회수선을 능숙하게 다루며 복잡한 회수 장비들에 익숙한 것, 터널 드라이브에 잘 견디는 신체를 가진 것을 두고 다른 종족들은 우리를 유능한 회수인이라고 일컫지만, 그에 앞서 로몬들은 태생적인 회수인이다. 로몬들은 날 때부터 죽음과 고통에 대한 두려움이 거의 없으며, 성장 과정에서도 참혹한 현실을 있는 그대로 마주하는 강인함을 지니도록 훈련된다. 행성 생태계에서 미생물들이 죽음을 다시 삶의 원료로 되돌리듯이 우리는 전 우주적 규모에서 순환의 매개체를 자처하며, 이러한 삶의 방식에 자부심을 가진다. 우리는 타인의 죽음에 기생하여 살아간다. 우주의 모든 생명체가 그러하듯이.

내가 늘상 임무에 실패하는 형편없는 회수인이었을 때 생계를 위해 은하 네트워크에 기고한 글이었다. 로몬이 아닌 다른 인류종의 독자들을 의식하고 썼을 것이다. 지금의 내가 동의할 수 없는 표현들이 보인다. '우리 로몬'이라는 표현부터가 그렇다. 나는 나의 종족, 로몬들에게 소속감을 느끼지 않는다. 오랜 시간 평범한 로몬으로 인정받기 위해 애를 썼지만, 그럴 수 없다는 것을 너무 늦게 받아들였다. 그 사실을 받아들일 수 없어 고통스러워하던 시절이 떠오를 때면 너무나 괴로워 의식적으로 회상을 중단한다. 하지만 이곳에서는 오직 생각 외에는 어떤 행동도 허용되지 않기에, 지금 나는 과거에 대해 생각하기를 멈출 수 없다.

내가 심약한 로몬이라는 것은 어릴 적부터 이모들의 걱정거리였다. 또래 아이들이 열 살 무렵부터 회수 작업을 보조하러 멸망한 거주구로 떠나고, 종말 시뮬레이션을 체험하고, 서로 가장 특이한 형태의 해골을 발굴해 오는 경쟁을 벌일 때 나는 방에 틀어박혀 내가 내일 죽을 수 있는 수백 가지의 가능성을 생각했다. 멸망을 맞이한 세계를 목격하면 그 멸망이 나에게도 들이닥치는 상상을 했다. 전염병에 걸려 사랑하는 사람과 마지막을 함께하지 못하는 순간을, 천체 충돌로 작별 인사조차 나누지 못하는 끝을, 분진 나노봇에 숨이 막혀 무릎을 꿇고 쓰러지는 고통을. 로몬들이 실제로 목격하는 멸망의 현장에는 그런 구체적인 죽음의 순간들이 없는데도, 나는 언제나 현장에 떠도는 죽음의 공기가 나를 집어삼킬 것이라고 생각했다.

보편의 인류종보다 훨씬 담대하고 강인하며 용감하다는 로몬의 일반적인 특성들이 나에게는 해당되지 않는다. 로몬들은 죽음 앞에서 자신이 해야 할 일, 완수할 임무만을 생각한다. 강렬한 목적의식 앞에서 두려움은 사소한 방해물에 불과하다. 하지만 나는 그들과 달리 죽음 앞에서 항상 공포에 압도당한다. 나는 다른 무언가로 태어나 로몬으로 잘못 분류된 것 같다. 거울 앞에서 마주하는 내 외견은 나의 동료들과 아주 흡사한데, 그로써 잘못된 몸에 마음이 이식된 것 같다는 감각은 더욱 짙어진다.

잘못된 종에 갇혀 있다는 감각. 나는 평생 감금되어 있다는 감각을 느껴왔다. 그건 어쩌면 내가 이 비좁은 배양실에 갇혀서도 아직 정신을 잃지 않은 유일한 이유일 것이다.

이곳에 오기로 했던 진짜 이유가 떠오른다. 3420ED로 가는 허가증을 받았을 때, 동료들은 내가 왜 이런 가치 없는 장소로 떠나는지 궁금해했다. 3420ED는 유품을 찾아달라거나 특수한 연구에 쓸 자료를 조사해달라거나 하는 흔한 의뢰도 없고, 그곳에서 떠나온 후손들조차 보이지 않는 곳이었다. 이곳은 우주 규모의 무연고 사망지였다.

내가 이곳에 오기로 결심한 이유, 그것은 시스템이 나에게 3420ED의 조사를 단독 의뢰했기 때문이었다. 제대로 된 회수인으로서의 성장은커녕 회수 업무를 해나갈 수 있을지조차 의심을 사곤 했던 나는 한 번도 단독 의뢰의 지명자가 된 적이 없었다. 나는 어린 로몬들도 언제든 수주할 수 있는 단순한 정리 작업, 이를테면 화성 궤도에서 산소 공급 오류로 사망한 4인 가족의 초소형 거주구를 회수해 오는 것과 같은 일을 주로 맡았다. 분진들이 사체를 처리하기를 기다렸다가 요청받은 유품들을 쓸어 담기만 하면 되는 쉬운 일들이었다. 고작 그 정도의 의뢰를 수행하면서도 나는 아직 정리되지 않은 흔적들, 바닥에 말라붙은 핏자국이나 가구 뒤에서 발견된 머리카락을 볼 때마다 겁에 질렸다.

3420ED가 처음으로 의뢰 목록에 떴을 때, 나는 그 의뢰를 눈여겨보지 않았다. 의뢰인은 익명이었고 보수는 터무니없이 적었으며, 의뢰 목적도 단순 내부 조사로 되어 있을 뿐 특별한 내용은 기재되어 있지 않았다. 그런데 나는 얼마 뒤 루지의 의뢰 목록을 함께 살펴보다가 그 의뢰가 루지에게는 뜨지 않는다는 사실을, 오직 내 목록에만 떠 있음을 알게 되었다.

루지는 대수롭지 않다는 듯 말했다.

—간혹 특정 의뢰에 적합한 로몬이 있을 때, 시스템이 선별적으로 의뢰를 맡기기도 해. 그렇지만 이 경우는 그저 오류에 불과할 테지. 3420ED는 위험하지만 탐사할 가치가 없어 누구도 가지 않는 장소니까.

나는 루지의 말을 듣고도 그 의뢰를 한참이나 살펴보았다. 그리고 고민 끝에 의뢰를 받아들였다. 그것은 내게 주어진 첫 단독 의뢰였다. 타인의 기준으로는 그저 쓸모없는 요청, 무시해버려도 아무 상관 없는 한 줄의 의뢰였지만, 나는 그것이 내 가치를 비로소 증명할 때가 되었다는 시스템의 시험이라고 생각했다. '너도 쓸모 있는 로몬이라는 걸 증명해봐'라고 말하는.

지금은 그게 아니라는 사실을 안다. 루지의 말대로 그건 그냥 시스템의 오류였다. 나의 탄생이 시스템의 복제 오류였던 것처럼.

그렇지만 3420ED에 오게 된 또 다른 이유도 있다. 단독 의뢰를 수락하기 직전에, 선발 연구진이 네트워크에 업로드한 3420ED의 외형을 보았다. 그것은 폐허가 된 구조물을 인접 촬영하여 만든 입체 사진이었다. 3420ED는 규모가 클 뿐 지금까지 수도 없이 목격해왔던 멸망의 장소와 그다지 다를 것 없는 모습이었다. 그런데 그 사진을 보는 순간, 이해할 수 없는 방식으로 나의 마음이 평온해졌다. 죽음이 거기에 있다는 것을 알면서도, 그것이 견딜 수 없을 만큼 두렵지는 않았다.

그때 나는 그것이 나를 제외한 모든 로몬들의 일상적인 상태라는 것을 알았다. 그 평온함을 내가 영구적으로 획득할 수만 있다면 모든 것을 다 걸어도 좋을 것 같았다. 나는 평생 내가 가진 결함의 근원을 찾아 헤맸다. 나는 처음으로 평온함을 느낀 장소, 3420ED에 오면 나의 결함에 대한 단서를 찾을 수 있을지도 모른다고 생각한 것이다.

이 이야기를 동료들에게 하지 않은 이유는, 비웃음을 사고 싶지 않아서였다. 이런 곳까지 온 이유가 어떤 치밀한 계산이나 손실을 따져서가 아니라, 단지 단독 의뢰를 처음 받았다는 시답잖은 이유와 입체 사진을 보고 느낀 평온함 때문이라니. 그 막연한 감정에 기대어 무모하게 의뢰를 받아들인 결과, 나는 마침내 진짜 죽음의 위기에 처했다.

그런데도 이해할 수 없는 것은, 생애 중 어느 때보다도 가장 치명적인 위기에 직면한 지금, 나는 뜻밖에 평정심을 유지하고 있다는 점이다. 물론 나는 두렵다. 기계들이 언제라도 들어와서 내 목숨을 끊어버릴 수 있다는 것을 안다. 배양실은 끔찍하리만큼 답답하고 어두우며, 통조림 음식을 억지로 입에 밀어 넣을 때마다 구역질이 나고, 시간 감각도 점차 희미해져간다. 하지만 내가 그동안 다른 장소에서 느꼈던 것만큼 두렵지는 않다. 만약 내가 여기서 죽는다면, 정말 이상한 말이지만, 그 죽음을 담담히 받아들일 수도 있을 것 같다. 도대체 이곳의 무엇이 나를 이렇게 만드는 것일까.

*

오늘은 셸이 찾아오지 않았다. 다른 기계들도 나를 찾아오지 않았다. 허기가 져서 방에 남은 통조림을 먹었다. 목이 말랐고, 배양 수조에 물이 있을까 살펴보았지만 수조는 모두 말라붙어 있었다. 조명조차 없는 어둡고 좁은 공간에 갇히자 시간 감각이 어그러진다. 일 분이 영원 같다가도 몇 시간이 눈 깜빡하면 지나간다. 다행히도 시계가 있어서 그 감각을 완전히 놓지 않을 수 있다.

나는 아무것도 하지 않고 시간이 흘러가는 것을 지켜보았다.

패널 시간으로 저녁 9B시, 셸이 아닌 다른 기계가 문을 두드렸다. 왜 오늘은 셸이 안 왔냐고 물으니 셸의 상태가 나빠졌다고 한다. 처음에는 그 말을 곧바로 이해하지 못했다. 기계는 다시 말했다. 셸이 죽어가고 있다고, 아마도 한 달 안에 작동을 멈출 것이라고, 그렇게 되면 이곳은 시스템을 유지할 수 있는 유일한 오퍼레이터 개체가 사라져 소멸의 길로 들어설 것이라고. 아마 기계들은 지금까지 서로를 수리하는 방법으로 버텨왔을 것이다. 그러나 이제는 그 방법마저 시효를 다했다.

내게는 잘된 일인지도 모른다. 셸이 죽으면, 저들은 더 이상 라이오니의 기억을 되찾으라고 강요하지 않을 테니까.

기계는 나에게 셸을 수리하는 법을 모르냐고 물었다. 나는 모른다고, 대신 회수선을 가지고 기계들을 수리할 수 있는 행성으로 너희를 데려가면 어떻겠냐고 말했다. 이곳에서 터널을 한 번만 넘으면 인간이 거주 중인 행성계로 갈 수 있다.

기계는 마치 인간이 하는 것처럼 고개를 저으며 말했다.

"우리는 터널 드라이브를 할 수 없습니다. 보호 설계가 되어 있지 않으니까요."

나는 그들이 수백 년 전에 만들어진 낡은 기계들임을 기억해낸다. 그들은 처음부터 이 거주구에서 제조하여 사용한 후 폐기하도록 설계된 기계이고, 그렇기에 그들의 설계도에는 부수적인 비용이 드는 터널 드라이브 보호 장치를 적용하지 않았다. 지금 상태로 터널 드라이브를 하게 되면 기계들의 내부 전자회로가 완전히 망가질 것이다. 그러나 이곳 거주구에서 터널을 넘지 않고 도달할 수 있는 다른 문명은 없다.

셸이 나에게 자신들을 데려가달라고 했던 것이 무슨 의미인지 이제 알았다. 기계들을 물리적으로 회수선에 태워 탈출하는 것은 의미가 없다. 그들의 전자뇌가 파괴될 테니까. 터널을 넘으면 그들은 고철 덩어리가 된다. 기계로서는 완전한 죽음이다.

셸이 라이오니를 기다린 이유도 짐작할 수 있다. 라이오니는 그들을 무사히 터널 밖으로 데려갈 방법을 찾겠다고 약속하며 떠났을 것이다. 그러나 라이오니는 돌아오지 않았다. 방법을 찾지 못했을 수도 있고, 방법을 알지만 애초에 돌아올 마음이 없었을지도 모른다. 어느 쪽이든 라이오니는 약속을 지키지 않았다. 그들은 주인에게 버려진 것이다. 기계들은 이미 그 사실을 아는 것 같다.

오직 셸만이 그 사실을 모른다. 셸은 여전히 내가 라이오니라고 믿고 있다.

"셸을 보러 갈 겁니까? 현재 컨트롤 센터에 고정되어

있습니다."

기계들은 내게 무언가를 기대하는 듯하다. 곧 죽음을 맞이할 그들의 리더에게 동정심을 보여달라는 뜻일까? 물론 나는 셀에게 동정심을 느낀다. 오랜 기다림 끝에 미쳐버린 셀이 가엾고, 기계에게 연민을 갖는 내가 당혹스럽다. 그의 고독과 외로움을 이해할 수 있다.

하지만 나는 라이오니가 아니다. 아무리 죽어가는 기계라고 해도 내가 라이오니를 어설프게 흉내 낸다면 그는 나의 거짓말을 간파할 것이다. 내가 정말로 라이오니가 아니라는 사실을 알게 되었을 때 그가 나에게 행할 일들이 두렵다. 셀은 나를 간단히 죽일 수 있다. 기계들의 전면부 가장 잘 보이는 곳에는 언제나 총구가 위치해 있다. 무엇보다 나는 셀을 기만하고 싶지 않다.

"안 갈 거야. 난 그가 기다리는 라이오니가 아니니까."

기계는 나의 거절에 건조하게 응답한다.

"알겠습니다."

드르륵 소리를 내며 문을 나서는 기계의 뒷모습을 바라본다.

하루에도 열몇 번씩 거주구의 중력이 뒤흔들린다. 나는

딱딱한 매트에 누워 구역질을 하며 죽음을 생각한다. 말라붙은 수조에 토사물이 쌓인다. 중력장이 뒤집힐 때마다 토사물이 흩어져 배양실은 엉망이 된다. 무언가 와장창 깨지는 소리, 구조물 어딘가가 떨어져나가며 생기는 거대한 진동, 비명 같은 사이렌 소리가 나의 얕은 잠을 깨운다. 누군가 나를 구하러 오는 꿈을 꾸지만 깨어나면 나는 다시 멸망의 현장에 와 있다. 죽음은 결코 정적이지 않다는 것을 나는 뒤늦게 깨닫는다. 이곳을 구성하는 모든 물질들이 비명을 지르며 고통을 호소한다. 내가 목격해온 폐허의 적막과 고요는 어디까지나 살아서 그것을 목격하는 이들의 것이었다. 적어도 죽어가는 이들의 것은 아니었다. 그 사실을 이제야 알게 된다.

셀이 죽는 순간, 이 거주구도 완전히 끝을 맞이하게 될 것이다. 나 역시 그 멸망을 피할 수 없으리라는 생각이 든다.

*

거주구의 외부 구조물이 파괴되어 떨어져나갔다. 천장과 바닥이 뒤흔들리는 것에 놀라 한참 굳어 있었다. 우르르 물건들이 쏟아져 내리고 진동이 멈춘 후에는 심장이 쿵쿵 뛰는 소리만 들렸다. 정신을 차린 다음에 배양실 문을 마구 두드렸다. 바깥에서 문을 열어준 기계들은 아직 내부 구조물은 파괴되지 않았으니 문제가 없을 것이라고 말했다.

이제 배양실의 조명은 하루에 한 시간쯤 들어온다. 그 외에는 암흑에 잠겨 있다. 희미한 조명이 켜지면 나는 다급히 음식을 입에 밀어 넣는다. 하지만 이게 다 무슨 의미가 있을까?

셀은 아직 죽지 않았다.

그때까지 내가 버틸 수 있을지 모르겠다.

죽음에 대한 공포와 안도감이 동시에 찾아온다. 그 안도의 감각은 이곳에 도착한 이후 나를 계속해서 감싸고 있지만, 여전히 그 감각의 근원을 이해하기도 설명하기도 어렵다.

*

이틀이 지나자 배양실의 조명이 완전히 꺼져버렸다.

기계들은 자신들이 머무는 창고로 나를 옮겨주었다. 거주구에서 인공 중력장의 영향이 가장 강한 곳이다. 나는 비틀거리며 걷는다. 기계들이 나를 부축해준다. 누구에게도 보이고 싶지 않은 우스운 꼴이다.

　버튼을 누르자 창고 문이 열리고, 나는 눈앞에 펼쳐지는 기계 문명의 초라한 실체를 목격한다.

　천장까지 닿는 철제 선반에 죽은 기계들이 층층이 쌓여 있다. 창고는 매우 규모가 커서 입구에서 다른 쪽 끝이 보이지 않지만, 그 선반들 대부분을 작동을 멈춘 기계들이 차지하고 있는 것 같다. 기계들은 죽은 동료의 부품을 갈취하여 자신들의 삶을 연장해왔다. 창고 곳곳을 돌아다니는 기계들은 원래 모습을 알아볼 수 없을 만큼 조악한 형태이다.

　죽음에 기생하여 생명을 이어가는 삶의 방식. 내게는 눈앞의 이 모든 것들이 아주 익숙하다.

　"너희들, 로몬들과 똑같은 짓을 하네."

　기계들이 처음으로 나의 말에 호기심을 보인다.

　"로몬이 무엇입니까?"

　"여기 행성계 바깥에, 너희처럼 살고 있는 종족이 있어. 내 동족들이기도 하지."

　기계들 일부가 작업을 멈추고 내 말을 듣기 시작한다. 나는 창고에 몇 없는 인간용 의자를 차지하고 앉아 기계들에게 이야기를 들려준다. 죽음으로부터 삶을 갈취하는 로몬들의 생활 방식과 강인한 성품, 평생 우주를 떠도는 운명,

그리고 회수인으로서의 삶에 관해. 로몬 동료들과 똑같이 시스템에 의해 복제되어 태어났지만, 나에게는 다른 로몬들과 달리 치명적인 결함이 있다는 이야기도 한다.

"이제 내가 라이오니가 아니라는 걸 잘 알겠지. 난 그냥 로몬족 회수인이야. 여기서 얻어 가려던 건 고작해야 내부 구조물 사진 몇 장이었어."

"우리는 이미 알고 있었습니다."

나에게 매일 통조림을 가져다주던 기계가 말한다.

"셀을 제외하고요. 당신이 로몬이라는 종족에 속한 것은 몰랐지만, 외부에서 온 인간이라는 건 알았습니다."

나는 미간을 찌푸리며 그 기계를 쳐다본다.

"그럼 왜 진작 풀어주지 않은 거야? 셀에게 가서 내가 라이오니가 아니라고 말하면 되잖아."

"셀을 설득하기는 어렵습니다. 하위 기계인 우리에게는 유연한 사고가 허락되지만, 셀에게는 고정된 논리 체계가 있습니다. 셀은 이 거주구의 시스템 오퍼레이터이고, 시스템을 유지하기 위해 입력된 일반 명제들을 설득으로 바꾸기는 힘듭니다. 셀은 이곳의 모든 통로와 탈출구를 알기에, 우리가 당신을 풀어주려고 해도 그가 길을 막을 겁니다. 유일한 방법은 당신이 스스로 라이오니가 아님을 셀에게 증명하는 것뿐입니다."

"뭐, 그렇다고 쳐도…… 내가 라이오니라는 게 셀이 고집하는 그 일반 명제에 해당한다는 거야? 왜?"

기계들은 가만히 침묵한다. 대답을 못 하는 이유가 있는 건지, 대답을 하기 싫은 건지 모르겠다.

나는 창고를 둘러보면서 새로운 의문을 떠올린다. 왜 기계들은 수백 년이나 이곳에 있었으면서 이토록 소박한 문명만을 구축했을까. 왜 거주구 전체를 점령하지 않았을까. 그들은 확장과 번영에는 관심이 없어 보인다. 처음 기계들에게 붙들렸을 때는 이곳 사람들이 죽은 이유가 기계 혁명 때문일 것이라고 생각했는데, 지켜보고 있자니 그들은 혁명을 하기에는 너무 온순하다. 배양실에 혼자 갇혀 있을 때보다 여기 창고에서 기계들과 함께 있는 것이 나에게는 더 편안하게 느껴진다. 이곳은 중력장이 강해서 몸의 장기들이 아래로 떨어져나갈 것처럼 욱신거리고, 수시로 머리를 울리는 진동이 느껴지는데도 그렇다.

"셀과 이야기하기 전에 알고 싶어."

내가 묻는다.

"라이오니는 누구지? 너희에게 아주 중요한 존재였나?"

이번에는 바로 앞에 선, 키가 작은 기계가 대답한다.

"그렇습니다. 라이오니는 과거에 우리를 소유했던 주인입니다. 우리는 모두 라이오니에게 애정을 지녔습니다. 셀은…… 좀 더 맹목적이었습니다."

나는 가만히 기계의 말을 듣고 있다.

"산산조각이 난 셀을 목숨 걸고 구해준 게 라이오니였습니다. 라이오니에게도 셀은 특별한 기계였습니다. 폐기당해야 했던 라이오니를 구해준 기계가 셀이었으니까요."

낯선 단어 선택에 나는 되묻는다.

"라이오니가 폐기당해? 라이오니는 인간이었잖아."

"라이오니는 인간이었지만, 폐기 대상이었습니다."

"그 이야기를 해줘."

기계들은 말을 멈추고 나를 물끄러미 바라본다. 나는 다시 묻는다.

"여기서 무슨 일이 있었던 거지?"

키가 작은 기계가 나에게서 한 발짝 물러나고는 천천히 대답한다.

"이곳은 불멸인들의 도시였습니다. 라이오니는 이곳에 살던 불멸인들의 복제였고, 동시에 결함 있는 복제였습니다. 그리고 우리의 동료이기도 했지요."

나는 이곳 거주구와 셀, 라이오니, 기계들에게 무언가 복잡한 사연이 있었음을 짐작한다. 기계는 긴 이야기를 시작한다.

3420ED는 월등한 생명공학 기술을 보유한 불멸의 도시였다. 자신들의 건강한 복제를 생산하고 몸을 교체하면서 기억과 자의식을 단절 없이 전송하는 기술이 불멸을 가능하게 했다. 3420ED의 거주민들은 죽지 않았고 노화하지도 않았다. 영원한 젊음과 건강 위에 도시는 유례없는 번영을 누렸다. 그러나 3420ED와 교류하던 인접 문명들이 복제 기술의 실체를 알게 되자 혐오감을 표하고, 복제들에게 정말로 고유한 자의식이 부재하는지 증명하라고 요구하자, 불멸인들은 소행성과 외부 구조물 전체에 은폐 보호막을 씌워 외부와의 단절을 선언했다.

도시는 고립된 채 수백 년간 번영했다. 죽음을 잊은 불멸인들은 무료함을 몰아내기 위해 온갖 유희용 실험에 몰두했다. 도시를 유지하는 기계들에게 자의식이 부여된 것도 그 실험의 일부였다. 불멸인들은 기계를 완벽하게 통제하는 법 또한 알았기에, 기계들은 자의식을 지닌 채로 그들의 주인에게 복종했다. 신체 교체를 위해 생산된 복제들에게서 자의식이 발생했다는 보고가 이어졌지만, 아무도 그 것을 신경 쓰지 않았다. 복제들의 자의식은 불멸인의 자의식이 전송되는 순간에 즉시 제거되었으므로.

모든 것이 완벽하고 순조로웠다. 도시에서 수백 년 만의 '죽음'이 발생하기 전까지는.

배양실 인근 구역에서 감염병 D가 처음 보고되었을 때, 연구자들은 감염원을 분석한 후 기존 바이러스의 국소적인 변형으로 결론을 내렸다. 전염력도 약했고 발열과 오한이 전부였기에 대수롭게 여기는 사람은 없었다. 심각한 통증도 없었고 사망에 이를 만한 질병도 아니었다. 하루 이틀 앓고 나면 증상도 사라졌다.

그러나 몇 주 뒤, 자의식 전송을 위해 장치로 들어간 한 불멸인이 손쓸 새도 없이 시체가 되어 나왔을 때, 비로소 감염병 D의 진짜 문제가 무엇인지 드러났다. 첫 번째 죽음에 이어 두 번째, 세 번째 죽음이 발생했을 때는 도시 전체에 비상이 걸렸다. 감염병 D는 그 자체로 신체를 파괴하는 병이 아니었다. 감염병 D가 파괴하는 것은 수백 년간 도시에 자리 잡았던 불멸이라는 개념이었다. 복제된 신체로의 자의식 전송을 불가능하게 만드는 미세한 면역 체계의 변화. 그것이 불멸인들의 도시에 '죽음'의 공포를 전파한 감염병이었다.

　공포와 불안이 퍼지자 질병보다 빠르게 불멸인들을 파괴하기 시작한 것은 그들 자신이었다. 그들은 수백 년간 죽지 않는 인간으로 살아왔다. 불멸은 그들에게 숨 쉬듯 당연한 삶의 조건이었고, 불멸인들의 죽음에 대한 두려움은 오래전 유전자 수준에서 이미 제거되었다. 질병이나 사고에 대한 지나친 공포도 불필요한 특성으로 여겨졌다. 그들은 강인했고, 과감했으며, 모험을 두려워하지 않았고, 새로운 도전을 즐겼다. 그러나 도시에 갑작스러운 죽음이 도입되면서 모든 것이 달라졌다. 그들은 후천적으로 공포를 학습했다. 수백 년간 유예되었던 죽음에 대한 뒤늦은 공포였으므로, 그 무게는 엄청났다.

　어떤 이들은 얼른 현실을 받아들였다. 그간 단절되어 있던 다른 문명에게 도움을 요청해야 한다고 말했다. 질병과 죽음에 전혀 대비하지 못한 도시의 상황이 멸망을 가속화하고 있었다. 어떤 이들은 최소한 고립 상태만이라도 해제해야 한다고 말했다. 그러나 많은 이들은 다른 문명들로 인해 이곳이 이른 멸망에 다다를까 봐 두려워했고, 대부분은 대책 없는 혼란에 빠져 있었다. 감염은 속절없이 퍼져나갔다. 온갖 뜬소문과 괴담이 돌았다. 타인의 혈액을 혼합해서 주입하면 면역 기능이 강화되어 감염으로부터 안전하다는 속설이 퍼지자 불멸인들은 서로에게 상해를 입히기 시작했다. 폭력은 감염병보다 빠르게 전파되었다.

라이오니는 불멸인의 복제 과정에서 결함이 발생한 복제였다. 면역 향상을 위해 투입된 돌연변이 유도체가 지나친 변이를 초래했고, 급속 성장 과정에서 뒤늦게 성격의 결함이 발견되었다. 15세에 성장이 강제로 중단된 소녀는, 얼마 지나지 않아 다른 불량품들과 함께 폐기될 운명이었다.

그런데 라이오니가 폐기를 위해 배양 수조 밖으로 끌어올려졌을 때, 배양실 전체를 뒤흔드는 사이렌이 울렸다. 거주구 전체의 이동을 중단하라는 비상 명령이었다. 그 즉시 라이오니의 폐기 처분도 중단되었다. 한때 불멸인이었던 직원들이 격벽에 격리된 동안 라이오니와 불량품들은 달아나 기계들의 창고로 숨어들었다. 기계들은 도망친 복제들에게 창고 한편을 내주었다.

불멸인들이 처음 경험하는 죽음의 공포에 압도되어 도시 전체를 파멸로 몰아가는 사이, 라이오니와 동료들은 그들만의 공고한 요새를 구축했다. 불멸인들이 화풀이로 부숴대 엉망이 된 기계들을 수거해 와서 고쳤고, 배양 수조에 방치된 복제들을 풀어주었다. 풀려난 복제들은 새로운 동료로 합류했다. 창고를 점령한 복제와 자유로워진 기계들은 다른 기계들의 복종 프로그램을 제거하는 일을 도왔다. 기계들이 서로를 수리하는 법을 터득할 때까지 복제들이 기계를 돌보아주었다. 라이오니는 해방된 복제들 중에서는 유일하게, 그에게 발생한 유전적 결함 때문에 죽음의 공포를 이해하는 개체였으므로, 공포에 질린 불멸인들의 행동 패턴을 예측하는 데에 큰 공을 세웠다.

라이오니가 중요한 기계 부품을 훔치러 관리탑에 잠입했다가 불멸인들에게 발길질을 당해 처참하게 부서진 셀을 구해 온 것도 그때였다. 시스템 오퍼레이터를 훔쳐 간 여자아이를 수상하게 여긴 불멸인들이 기계 부대를 동원해 라이오니를 추적했고, 사격이 시작되려던 순간, 고철 덩어리가 된 셀이 그 앞을 힘겹게 막아섰다. 기계들이 오퍼레이터와 불멸인들의 명령 충돌에 혼란을 겪는 틈을 타서, 라이오니는 셀을 끌어당겨 창고로 도망쳤다.

라이오니의 목표는 3420ED에서 불멸인들을 완전히 몰아내고 남은 복제와 기계들이 함께 이 도시에서 평화롭게 살아가는 것이었다. 일은 라이오니가 바라던 대로 풀리지 않았다. 불멸인들의 수가 점점 줄어들자 멸망의 진행은 정체기에 접어들었다. 혼란 속에서 살아남은 소수의 불멸인들은 폐허가 된 도시를 버리고 우주선을 타고 떠났다. 다른 거주구를 점거하여 새로운 방식의 불멸을 찾아보려는 것 같았다. 떠나지 않은 이들은 거주구의 남은 자원을 소모하며 약물에 중독되어 사망하거나, 죽은 것과 다름없는 상태가 되었다.

한편 해방된 복제들은 기존의 불멸인들과는 또 다른 의미로 도시를 떠나고 싶어 했다. 그들은 태생적으로 두려움의 감정이 제거된 존재들이었고, 불멸인들처럼 후천적으로 죽음에 대한 공포를 학습할 만큼 오래 살지도 않았다. 그들은 죽음을 운명으로 지닌 채 태어났지만 정작 죽음을 두려워하지 않는, 이전에는 존재하지 않았던 새로운 인류였다. 그들은 이 좁은 거주구에 갇혀 진부한 삶과 죽음을 반복 재현하는 대신 바깥으로 나가 자신들이 획득한 삶의 가능성을 시험해보기를 원했다.

─우리와 함께 가지 않겠다니, 어째서 그런 선택을 하는 거지? 너도 우리와 같은 복제 출신이 아닌가. 배양 수조에 갇혀 늙은이들의 자의식을 물려받을 끔찍한 처지에서 벗어났는데, 이제 와 여기에 남겠다고?

기계가 재생한 흐릿한 영상 속에서, 라이오니가 어떤 표정을 하고 있는지는 보이지 않는다. 영상에서 보이는 것은 대부분 대화를 가만히 듣고 있는 기계들이고, 그 옆에 라이오니를 비롯한 복제들이 있다는 것은 오가는 목소리로만 파악할 수 있다.

―하지만…… 우리가 모두 떠나면, 기계들은 어떻게 되는 거야? 그들이 우리의 해방을 도왔잖아. 그리고 지금은 우리를 따르고 있어. 그들은 우리를 주인으로 여겨. 그러니까 나는, 이들을 버릴 수 없어. 누군가는 남아서 기계들을 책임져야 해. 최소한 그들을 데려가야 해.

라이오니는 자신의 말에 확신이 없는지 여러 번 말을 멈추고 더듬는다. 반면 라이오니에게 반론하는 다른 복제는 확신에 차 있고, 위압감이 느껴지는 태도로 말한다.

―그들에게는 그들의 삶이 있다. 그건 우리가 책임질 일이 아니다. 데려갈 수 없다는 건 네가 가장 잘 알 텐데. 그들의 프로그램은 터널을 넘으면 파괴된다. 이곳에 남는다는 것도 현실성이 없어. 너는 이곳에 평생 남을 건가? 그러지 않을 거라면 떠나는 일을 유예하는 것이 무슨 의미가 있지?

—왜 평생 여기 남으면 안 되는데?

—이 도시는 소멸의 길로 접어들었다. 불멸인들이 폭동을 일으키면서 구조물에 너무 많은 손상이 생겼고, 인공 생태계도 파괴되었어. 오래 유지되지 못할 거다. 새로운 터전을 찾아 나서는 게 나아. 라이오니, 너는 걱정과 두려움이 너무 많다. 기계들은 알아서 자신의 길을 찾을 것이다.

—맞아. 난 너희들과 달리 걱정이 많아. 사라지는 것이 무서워. 나의 죽음뿐 아니라 기계들의 죽음도.

—이곳에 남는 것도 죽음의 지연일 뿐이지.

—하지만 내가 떠나면…….

영상은 그 부분에서 중단되고, 두 번 깜빡이다 완전히 꺼진다. 나는 라이오니의 다음 말에 나올 단어들을 상상한다. 라이오니는 남게 될 기계들을 생각했다.

기계가 말한다.

"라이오니는 떠나지 않았습니다. 라이오니는 우리의 두려움에 공감하는 유일한 복제였죠. 기계들에게도 소멸의 공포가 있다는 것을, 다른 복제들은 이해하지 못했지요. 라이오니는 남아서 기계들을 터널 밖으로 안전하게 데려갈 방법을 찾으려고 했어요. 불멸인들의 기술 라이브러리에 복제의 권한으로 접근해 보호 설계 방법을 찾겠다고 했지요."

"결과는 어떻게 됐지? 찾지 못했나?"

"그랬습니다. 라이오니 혼자서 그 방법을 찾는 건 애초에 불가능했습니다. 어쩌면 이미 제조된 기계에 추가로 보호 설계를 덧입히는 방법 자체가 없었을지도 모릅니다. 라이오니는 두 번째 계획을 세웠습니다. 그냥 여기 남아서 기계들과 함께 살아가는 것이었지요. 거주구에 남은 인간은 없지만 기계들은 있으니, 외롭지 않을 거라고 생각했을 겁니다."

"그런데 왜 마음을 바꾼 거지? 라이오니가 돌아오지 않았다는 건, 결국은 라이오니가 떠났다는 거잖아."

"제가 라이오니를 설득했습니다."

기계는 무덤덤하게 말한다.

"도시는 라이오니가 살아남을 수 없는 환경이 되어가고 있었으니까요."

기계는 라이오니를 제외한 인간들이 모두 떠난 이후 거주구에 일어난 일들을 설명해주었다. 거기서부터는 나도 익히 아는 이야기였다. 인간의 손이 더는 닿지 않는, 멸망의 장소에서 발생하는 일들은 대개 비슷하다. 처음에는 재생

시스템이 파괴되어 자원 복구가 불가능해졌고, 인공 생태계의 동물과 식물들이 모두 죽었다. 기계들이 간과했던 것은, 라이오니에게는 다른 생물이, 그리고 다른 생물의 죽음이 필요하다는 것이었다. 그것이 유기체의 존재 조건이었다. 기계들과 달리 인간은 유기체의 죽음 위에 삶을 구축한다. 거주구 내부의 공기, 물, 식량에 이르기까지 모든 것이 라이오니의 생존이 불가능한 상황으로 치달았다.

　—셀, 꼭 다시 돌아올게.

　이번에는 영상 속의 모습이 선명하다. 라이오니의 전체 모습이 담기지는 않았다. 얼굴 아래에서부터 촬영되어 있다. 높이가 낮은 기계의 시야에 담긴 장면 같다. 영상 속에서 라이오니는 어떤 기계를 꼭 끌어안는다. 기계가 누구인지 알아볼 수 있다. 녹슨 곳 하나 없이 말끔한 셀. 지금과 같이 엉터리 부품을 덕지덕지 매달기 전, 훨씬 유려한 모습을 하고 있던 원래의 셀이다. 매끈한 유선형의 금속 몸체와 본체 상단부의 장식적인 광학 신호 입력기가 라이오니를 향한다.

—다시 돌아와서, 저 터널 너머의 우주로 데려가줄게.

얼굴은 보이지 않지만, 라이오니가 울고 있다는 사실을 알 수 있다. 셸이 기계 팔을 내밀어 라이오니의 손을 잡는다. 라이오니는 한참이나 그 손을 잡고 있다가 마지못해 발걸음을 돌린다.

영상이 다시 종료된다. 기계가 말한다.

"그 이후에 라이오니가 어떻게 되었는지는 모릅니다. 하지만 저는 라이오니가 다시 돌아오지 못하리라는 것을 알고 있었습니다. 기계들에 비하면 라이오니의 수명은 너무 짧으니까요. 설령 방법을 찾아낸다고 해도 그때는 이미 너무 늦었을 거란 걸 알았지요."

"그런데 왜 셸은 너희도 아는 사실을 모르지?"

"셸은 이 도시에 맞추어 제작된 시스템 오퍼레이터입니다. 그에게는 변하지 않는 명제가 있습니다. 이 거주구에 살았던 주인들은 불멸인이기에, 결코 죽지 않는다는 겁니다. 셸의 논리 체계 속에서 라이오니는 불멸의 존재입니다. 그는 라이오니가 돌아올 것이라는 믿음을 끝까지 저버리지 않았습니다."

나에게 통조림을 가져다주던 기계가 말한다.

"그러나 우리도 셸이 이렇게까지 가망 없는 기다림을 지속할 줄은 몰랐습니다. 이제 모든 것을 끝낼 때가 됐습니다. 셸이 분노하더라도 당신이 사망의 위험에 처하지 않도록 호위하겠습니다."

그가 내게 요구한다.

"셸에게 가서 모든 걸 말하십시오. 라이오니는 절대 돌아오지 않을 것이라고요."

그의 말이 옳다. 라이오니는 절대 돌아오지 않을 것이다. 하지만 긴 이야기 끝에는, 아직 의문이 남아 있다.

"그래. 그런데, 그 전에 말이지."

나는 망설이다 묻는다.

"혹시 너희도 내가 라이오니를 닮았다고 생각해? 셸이 착각할 만큼?"

"당신은 라이오니가 아닙니다."

기계는 말한다. 짧은 침묵 이후 한마디가 덧붙여진다.

"하지만 당신은 라이오니를 닮았습니다. 그렇게 믿고 싶을 만큼요."

어떤 복잡한 생각들이 머릿속을 헝클어뜨린다.

셸은 앞을 보지 못한다. 그러니까 내가 라이오니를 닮았다는 것은, 단순히 외형적 유사성 이상의 무언가를 의미한다.

멸망한 도시를 탈출한 복제들은 무엇이 되었을까?

라이오니는 어디로 갔을까?

퍼즐의 조각들이 맞춰진다.

로몬들이 주형 복제 시스템을 통해 태어나는 것. 로몬들에게 죽음에 대한 공포가 각인되어 있지 않은 것. 그럼에도 내게는 두려움이라는 태생적 결함이 존재하는 것. 셀이 나를 라이오니라고 부르는 것. 시스템이 나에게 단독 의뢰를 맡긴 것.

깨달음이 나를 움직이게 한다. 시스템이 나를 이곳에 보낸 이유. 멸망을 지켜볼 때면 언제나 찾아들던 죄책감. 그럼에도 오직 이 도시를 마주할 때만 평온해지던 마음.

나는 이곳에 와야만 했다.

"그래. 알겠어. 지금……."

라이오니가, 나의 원본이 그것을 원했기 때문에.

"셀을 만나게 해줘."

내 목소리가 떨리고 있다.

셀에게 달려간다. 셀은 당장이라도 부서져버릴 것 같은 모습을 하고 있다. 기계의 외피가 열려 부품들을 그대로 드러낸 채 바닥에 놓여 있다. 각각의 부품과 연결된 느슨한 전선들이 컨트롤 보드의 제어 버튼으로 이어진다. 셀이 끝까지 시스템을 붙들기로 결심했다는 것을 알 수 있다. 그럼에도 그는 분명히 죽어가는 중이다. 셀의 고장 난 눈이 흔들리더니 나의 발소리가 난 곳으로 방향을 돌린다. 그 센서로는 아무것도 감지할 수 없으면서도 나를 보려는 것 같다. 나는 내가 기억하지 못하는 기계를, 그러나 여전히 나를 기억하는 기계를 마주 본다.

셀에게 들려주는 나의 거짓말은 이렇게 시작된다.

셀, 미안해. 내가 너무 늦게 돌아왔지.
이제는 너를 떠나지 않을게.

*

기계들이 물과 음식을 가져다주었지만 나는 거의 먹지 않았다. 셀의 기능이 점차 소실되면서 거주구의 운명 역시 셀을 뒤따르고 있었다. 인공 중력장이 점점 약해져 셀과 나를 바닥에 붙잡아두는 것은 미약한 중력뿐이었다. 구조물이 계속해서 부서지고 뒤틀리고 무너져 내렸다. 컨트롤 보드에서 거주구의 멸망을 생생히 지켜볼 수 있었다. 눈앞의 풍경이 일그러지고 있었다. 이것은 내가 지금까지 목격해온 멸망 이후의 폐허가 아니었다. 멸망의 순간이었다.

나는 열흘간 셀의 옆에 머물렀다. 셀에게 내가 셀을 만나기 위해서 했던 수많은 일들을 이야기해주었다. 도시를 탈출한 이후에 마주했던 무시무시한 멸망의 장소들을, 어떻게 터널을 넘어서 수많은 새로운 문명과 행성을 발견했는지를. 그곳에서 셀과 기계들을 구할 방법을 찾기 위해 얼마나 분투했는지, 방법을 찾지 못했을 때 얼마나 절망스러웠는지, 이곳으로 다시 돌아오기 위해 거쳐야 했던 미로 같은 터널들은 어땠는지에 대해서도 이야기했다. 나는 그 일들을 정말로 겪은 것처럼 말해줄 수 있었다. 셀에게 들려주기 위해 꾸며낸 이야기 속에서 적어도 나의 고통, 혼란, 슬픔과 두려움은 모두 실재하는 것이었다. 지금 이 순간만큼은 그것이 다행이라는 생각이 들었다. 그 모든 것을 오직 상상으로만 지어내야 했다면, 셀은 내가 라이오니가 아니라는 사실을 알아차렸을 것이다. 나에게는 셀에게 들려줄 이야기가 없었을 것이다. 나는 죽음의 공포를 알았고, 그래서 셀을 다독여줄 수 있었다.

셸은 흐트러져가는 목소리로, 자신이 라이오니를 기다리며 거주구를 유지하기 위해 무엇을 했는지를 이야기했다. 인간이 모두 떠난 거주구가 완전히 무너지지 않도록 셸은 오랜 시간을 분투해왔다. 하지만 그 이야기에는 이상한 구석이 있었다. 때로 셸은 나를 라이오니라고 부르기를 주저했고, 이야기의 어떤 부분들은 마치 자신이 라이오니가 아닌 다른 누군가에게 말하고 있다는 걸 아는 것처럼 들렸다. 그러나 셸은 그 짧은 머뭇거림의 시간 외에는 대개 나를 라이오니라고 불렀다.

시간이 흐른 후에 나는 그 순간들을, 셸이 나에게 들려주던 이야기들을 다시 복기해본다. 셸은 정말로 내가 라이오니라고 믿었을까, 아니면 믿는 척했을까. 만약 셸이 사실은 내가 라이오니가 아니라는 걸 알고 있었다면, 우리 사이에는 우스꽝스러운 이중의 연기가 존재했던 셈이다. 나는 셸이 나를 라이오니라고 믿으리라 생각하며 라이오니를 연기하고, 셸은 그런 내가 라이오니가 아니라는 사실을 알면서도 라이오니라고 믿는 척 연기하는, 덜그럭거리는 거짓말들이. 나는 셸이 나를 라이오니라고 믿기를 바라면서도 한편으로는 믿지 않기를 바랐다.

어쩌면 실제로 일어난 일은 그 어느 쪽도 아니었을 수

있다. 완전한 믿음도 완전한 연기도 아닌, 내가 라이오니라고 확신할 수는 없지만 단지 그렇게 믿고 싶은 상태. 기계가 죽음을 맞이할 때 어떤 상태가 되는지 나는 상상할 수 없지만, 우리의 대화는 그런 종류의 중첩 상태에 놓여 있었으리라고 생각한다. 그 열흘 동안 셀은 어떤 순간에는 나를 라이오니라고 믿고, 어떤 순간에는 그렇게 믿지 않았을 것이다. 그래서 나를 라이오니라고 생각하면서도 낯선 존재로 대하며 이어지는 그 기나긴 이야기가 가능했을 것이다.

마지막 순간, 나는 라이오니로서 셀의 손을 잡아주었다.

*

셀의 죽음 이후, 거주구 3420ED는 빠른 속도로 붕괴되었다. 남은 기계들은 나에게 자신들의 전원을 제거해달라고 요청했다. 나는 그들에게 작별을 고했고, 기계들은 나에게 고맙다고 말했다. 그 오랜 시간이 흐른 후에도 결국 돌아와주어서 고맙다고.

내가 용감하고 대담한 로몬이 아니었기 때문에 나는 구조될 수 있었다. 나를 걱정해왔던 이모들과 루지, 동료들이 실종된 나의 마지막 의뢰 장소를 추적해 구조선을 보냈다. 구조선은 탈출 포드에 갇혀 도시 주위를 부유하는 나를 찾아냈고, 무너진 3420ED의 파편에 맞아 훼손된 회수선을 함께 이끌고 로몬들의 탑으로 복귀했다.

임무 결과를 보고하러 갔을 때, 시스템은 나의 주형에서 성격적 취약함이 발견되었다는 소식을 전해왔다. 문제를 해결하기 전까지 당분간 같은 주형의 복제를 중단할 것이며, 추후 이 주형에서 또 다른 로몬 아이들이 태어나게 될지는 결정된 바가 없다는 이야기였다. 나는 시스템에 삿대질을 했다.

"나를 이용한 거야? 이미 태어난 나는 어쩌고?"

하지만 돌아오는 길에는 태어나 처음으로 그런 생각을 했다. 나에게 주어진 이 태생적 결함이, 사실은 결함이 아닐지도 모른다는 생각을.

한 달 넘게 고립되었던 트라우마와 부상 때문에 나는 오랫동안 재활 치료를 받아야 했다. 나의 상담사는 내가 사고를 겪기 전보다 더 건강해진 것 같다고, 나의 불안이 많이 줄어든 것 같다고 말했다. 그 말이 옳았다. 나는 여전히 멸망의 장소에 갈 때마다 죽음을 상상하고 그것에 압도되지만, 예전만큼은 아니다.

상담사는 상냥하게 묻는다.

"이제는 환각을 보지 않나요?"

"네. 이제는 괜찮아요."

하지만 상담사에게 말하지 않은 것도 있다.

나는 지금도 가끔 눈을 감으면 셸을 만난다. 그는 무너져 내리는 도시를 지키며 소리 내어 웃고 있다. 파편들이 셸의 위로 떨어진다. 그리고 이상한 일이지만 그 풍경 속에는, 내가 아닌 라이오니가 있다. 죽어가는 셸의 곁에서 라이오니는 셸의 손을 잡는다. 둘은 멸망을 맞이하고 있지만 불행하지 않다.

나는 그 뒷모습을 바라본다. 나의 원본이 아니라, 그 자체로 최후이자 유일한 존재였던 라이오니의 모습을.

마리의 춤

이제 아무도 마리가 어디로 갔는지 모르고, 그건 나도 마찬가지다. 하지만 사람들은 지금도 내게 마리의 행방을 물어온다. 나는 그 사건이 터질 것을 알고 있었던 유일한 외부인이었기에, 사람들은 나와 마리의 관계에 대해 여러 추측을 내놓는다. 그들은 나와 마리가 아주 친밀했다고, 가족과 같은 사이였을 거라고, 그러지 않고서야 마리가 그런 비밀을 알려주었을 리 없다고 생각한다. 그렇기에 다른 누구도 아닌 내가 마리의 행적을 모를 리 없다고 말한다.

나는 늘 같은 대답을 한다. 나는 마리와 어떤 특별한 관계도 아니었다고. 그냥 마리를 단기간 가르쳤던 무용 강사에 불과하다고. 지금도 나는 내가 마리와 어떤 관계였는지, 마리가 나를 어떻게 생각했는지 잘 모르겠다. 무용 강사와 수강생에 불과했다는 것은 정확한 표현일까? 그 이상의 무언가가 있었다고 말하려는 건 아니다. 수업은 고작해야 반 년이었고, 마지막에는 파행으로 치달았다. 관계는 불신과 분노로 끝이 났다. 다만 그런 말로는 충분하지 않은 것 같다. 나와 마리는 짧은 순간, 다른 종류의 감각을 공유한 적이 있었다. 대부분의 사람들은 경험해본 적조차 없는 아주 기이한 감각을.

그런데 그것만으로 이 관계를 특별하다고 말할 수 있을까.

실패한 테러리스트. 마리는 지금도 그렇게 불린다. 그 사건은 운이 나빴다면 돌이킬 수 없는 재난으로 번졌을 것이다. 사건 이후 몇 년이 지났지만, 모두가 그날의 충격을 선명하게 기억한다. 그 이후 같은 일이 발생한 적은 없으나 여전히 마리가 남긴 공포가 사람들의 머릿속에 각인되어 있다.

동시에 그날의 이야기는 사람들의 호기심을 자극한다. 사람들은 방송에 나와서, 온라인 커뮤니티에서, 언론 지면과 책에서 끊임없이 떠들어댄다. 그날 사건 현장이 얼마나 끔찍했는지. 모그들이 언제부터 그 일을 기획했는지. 마리는 어떻게 그 일의 주축이 되었는지. 사람들은 사라진 마리가 언젠가 돌아오지 않을지, 다음 테러를 준비하고 있는 것은 아닌지, 어쩌면 '제2의 마리' '제3의 마리'가 등장하는 것은 아닌지 우려한다. 아니, 우려라는 말은 정확하지 않은 것 같다. 어떤 사람들은 마리가 돌아오기를, 또 다른 마리가 등장하기를 마음 깊은 곳에서 기대하는 듯하다.

"그때 정확히 무슨 일이 있었나요?"

모두가 그날의 일을 궁금해한다. 제대로 남은 기록은 아무것도 없고, 현장을 촬영 중이던 카메라는 전부 부서졌으며, 남은 것은 오직 목격담뿐인 그 무대를. 페스티벌에 왔던 사람들이 비명을 질러대기 직전에 진짜로 있었던 일을. 무대 위의 마리가 움직임을 멈추고, 관객들을 향해 웃어 보였던 그 순간을.

나는 그날 무대에 가지 않았지만 그곳에서 무슨 일이 일어났을지 충분히 짐작할 수 있다. 나는 마리가 공연을 준비하는 과정에 가장 많이 개입했던 사람이었고, 마리의 진짜 의도가 무엇인지 가장 먼저 알아차린 사람이었다. 마리가 그 계획을 실행하는 것을 막아보려고 했고, 결국은 실패한 사람이기도 했다.

하지만 생각해보면 마리는 단지 어떤 흐름을 구체화해서 현실로 옮긴 것에 불과한지도 모른다. 되돌릴 수 없는 흐름은 그 전부터 분명히 있었다. 사람들은 모그들을 특수 구역에 가두었지만, 그들은 격리에 순응했던 적이 없다. 모든 인간이 한때 그랬듯 모그들은 어린아이였다가 시간이 흘러 어른이 되었다. 마리는 울타리를 무너뜨렸고, 그 사건의 결과는 어떤 방식으로든 사람들의 생각을 바꾸었다. 그 이전으로 돌아갈 방법은 없다.

적어도 내가 목격한 바에 의하면 그렇다.

*

그해 늦봄, 나는 대학 동기 정윤에게 이상한 제안을 받았다. 자신의 철없는 사촌 동생이 무용 강사를 구해달라며 고집을 피우고 있다는 것이었다. 나는 얼마 전까지 강사로 근무하던 학원을 원장과의 갈등으로 그만둔 탓에 잔뜩 지쳐 있었고, 휴식이 절실히 필요했던 시기였기에 개인 레슨을 받아들인다는 게 내키지 않았다. 정윤은 한 번만 이야기를 들어달라며 긴 푸념을 늘어놓았다.

정윤의 사촌 동생은 마리라는 이름의 여자아이로 이모네 집안의 오랜 골칫덩어리였다고 한다. 모그로 태어났지만 중학교에 입학하기 전까지는 꽤 공부를 잘하는 편이었는데, 재능 있는 딸의 결함을 안타깝게 여긴 부모가 해외 특수학교로 유학을 보낼 만큼 전폭적으로 지원해주었다. 그런데 정작 그 학교에서 뭘 보고 왔는지 귀국한 이후로 엉뚱한 일들을 벌이기 시작했다. 친구들과 같이 무슨 사업을 하겠다며 우겨대다가, 대학 입시도 준비하지 않고 갑자기 프로그래밍에 빠져 프로그램 개발에 몰두하더니, 얼마 전부터는 난데없이 춤을 배우겠다고 선언했다.

잠깐 달래듯 레슨을 듣게 해주면 되겠지 생각했던 마리의 부모는 무용과 출신인 조카 정윤에게 강사 섭외를 부탁했고, 정윤은 처음에 무용 학원을 소개해주려 했다. 하지만 생각보다 쉬운 일이 아니었다고 한다. 처음 찾아간 곳에서는 등록 기간이 아니라며 거절했고, 다른 학원도 몇 군데 상담을 해보았지만 강사들의 태도가 영 못 미더운 데다, 잘 보지도 못하는 사촌 동생이 나쁜 대우를 받지 않을까 걱정이 되고, 무엇보다 이모가 돌연 말을 바꾸어 무용 강사는 꼭 믿을 만한 지인이어야 한다고 주장하고 있어, 고심 끝에 나에게 연락을 하게 되었다는 이야기였다.

단번에 거절하지는 못했다. 정윤의 말이 워낙 횡설수설이어서 그 마리라는 아이가 정확히 무엇을 원하는지는 몰라도 이제 와서 입시를 준비하려는 건 아닌 듯했다. 그 전까지 나는 주로 대학 입시생들을 가르쳐왔다. 연극영화학과 지망생들이나 현대무용 특기 시험을 준비하는 학생들이었다. 설령 그 애가 입시를 준비하려는 게 아니라고 해도, 그것 자체가 큰 문제는 아니었다. 다만 나는 그 애가 모그라는 게 마음에 걸렸다. 만약 그 애가 태생적 모그라면, 본인의 열의와는 관계없이 춤을 배울 수 없을 것이다. 정윤이 대체 무슨 생각으로 부탁하는 것인지 당혹스러웠고, 동시에 호기심이 일었다.

모그는 일종의 시지각 이상증을 겪는 사람들로 현 미성년 인구의 최대 5퍼센트 정도로 추정된다. 왼손잡이 정도로 흔한 셈이지만 마리를 만나기 전까지 나는 모그를 직접 만난 적이 없었다. 모그들과 그들의 가족은 주로 편의 시설이 잘 구비된 특수 구역에 거주하며 주로 저들끼리만 교류하는 등 폐쇄적인 공동체를 이루고 살아간다고 알려져 있다. 드물지만 임플란트식 보조 장치의 도움을 받아 시각 재활에 성공한 경우도 있다고 하는데 사람들 사이에 섞여 문제를 숨기고 살아가므로 쉽게 알아챌 수 없다. 그런데 정윤의 이야기를 들어보니 그 아이가 재활에 성공한 경우는 아닌 것 같았다.

나는 다시 정윤에게 메시지를 보내서, 사촌 동생이 정말 모그냐고 물었다. 모그들은 춤을 추기는커녕 감상하거나 즐길 수도 없을 텐데 배우는 게 무슨 의미가 있는지, 춤을 볼 수 없는 사람에게 무슨 수로 춤을 가르쳐야 하는지, 혹시 이게 사이비 종교나 다단계 회사와 관련이 있지는 않은지 따졌다. 정윤은 내가 따져 묻자 당황해하면서도, 그 애가 춤을 배울 수 있느냐는 내 질문에는 확신을 가지고 말했다.

"소라야, 일단 한번 만나줘. 나도 잘은 모르지만 걔들은 걔들 방식이 있더라고."

마리와의 첫 만남은 생각보다 평범했다. 연습실을 예약해두고 스트레칭을 하던 중 정시에 누군가가 문을 두드렸다. 문 앞에 선 마리가 고개를 꾸벅 숙였다. 첫인상은 장난기 넘치는 보통의 10대 후반 여자애였다. 부스스한 연갈색 단발에, 품이 넓은 후드티와 바지를 입고 있었는데, 옷의 패턴만큼은 아주 복잡하고 강렬했다.

"최소라 선생님이시죠? 저는 마리예요."

마리는 웃으며 인사했다. 정윤이 철없는 사촌 동생이라고 잔뜩 험담한 것과는 달리 평범한 아이처럼 보여서 오히려 당황스러웠다. 내가 마리를 안쪽으로 안내하자 마리는 호기심 어린 얼굴로 연습실을 둘러보았다. 그 모습을 보니 점점 의아해졌다. 저 애는 연습실에 무엇이 있는지, 어디에 무엇이 위치하는지 보이는 걸까? 아니면 그저 보이는 척을 하는 걸까? 마리가 주위를 살피는 동안 나는 접이식 의자 두 개를 펼쳐 연습실 구석에 놓았다.

마리는 의자 다리에 살짝 부딪치긴 했지만 제자리를 찾아서 앉았다. 마주 앉으니 나를 보는 것인지 아니면 내가 있을 법한 허공을 보는 것인지 감이 잘 오지 않았다.

"시작하기 전에 몇 가지 질문 좀 할게."

나는 마리에게 춤을 왜 배우고 싶은지 물었고, 교습이 쉽지 않을 텐데 괜찮겠냐고 물었다. 정확히 배우고 싶은 춤이 무엇인지, 만약 그런 게 없다면 왜 잘 모르는 것을 배우고 싶어 하는지도 물었다. 취미로 춤을 배우는 거라면 보통은 현대무용보다는 다른 장르의 춤을 배우는 경우가 많은데 — 물론 마리의 경우가 특수하다는 것은 이해하지만 — 그럼에도 꼭 현대무용을 배우려는 이유가 있느냐고 물었다.

나의 질문을 가장한 거절의 말을 찬찬히 다 듣고서 마리는 무언가 알겠다는 듯이 이렇게 말했다.

"모그인 제가 잘 배울 수 있을지 걱정하시는 건가요?"

허를 찔린 기분이 들어 마리의 표정을 살폈다. 얼굴에 딱히 기분 나쁜 기색은 없었다. 나는 수긍했다.

"솔직히 그래. 모그 학생을 가르쳐보는 건 처음이라 자신도 없고. 네가 뭘 원하는지도 아직 모르니까."

"배울 수 있어요. 해본 적 있거든요. 보여드릴까요?"

나의 대답을 듣기도 전에 마리는 주머니에서 접이식 스크린 하나를 꺼내 들었다. 특이하게도 스크린의 표면은 매끈하지 않고 군데군데 튀어나온 굴곡이 있었는데, 마리는 손끝을 들어 익숙한 듯 스크린을 문질렀다. 노이즈가 섞인 영상이 재생되었다. 나무 바닥이 깔린 연습실이 보였다. 한 여자아이가 다리를 허공으로 쭉 뻗고 있었다.

"예전에 다녔던 학교에서 무용 수업을 들었어요."

그 영상은 여타의 무용 연습을 찍은 영상처럼 평범해 보이다가도 어딘가 기묘하게 느껴지는 점이 있었다. 여자아이는 좌우를 오가며 몇 종류의 단순 동작을 반복했는데, 카메라를 전혀 의식하지 않는 것처럼 자꾸 화면 바깥으로 벗어났다. 넓은 연습실을 최대한 다 나오게 잡은 화면 구도인데도 그랬다. 나는 그 여자아이가 마리인지 궁금했지만, 저화질에 작은 얼굴이어서 분간이 쉽지 않았다.

"재미있었어요. 아무도 신청하지 않아서 폐강 위기였다가, 저와 친구 두 명이 마지막에 신청을 해서 두 달을 들었죠. 선생님 말로는 이건 춤이 아니라 그냥 스트레칭만 하다가 끝난 거라고 했지만, 저는 그 수업이 정말 좋았어요. 몸의 근육과 신경의 위치를 세세히 알게 되는 느낌이었어요."

마리의 시선은 스크린을 향하지 않았다. 마리는 나를 보고 있었는데, 정확히는 내가 아닌 내 주위의 풍경, 나를 둘러싼 공기, 혹은 나의 테두리를 보는 것 같았다.

"춤은 잘 모르지만 몸을 움직이는 것에는 관심이 있어요. 선생님이 수락해주셔서 기뻐요. 믿을 수 있는 선생님이 필요했거든요. 제가 뭘 하고 있는지 정확하게 말해줄 사람이요. 꼭 잘한다, 예쁘다 칭찬해주지 않으셔도 괜찮아요. 그냥 제가 어떻게 움직이고 있는지, 어떻게 움직여야 하는지만 알려주셔도 돼요."

마리는 대수롭지 않은 듯 말했다.

"저는 어차피 보여지는 아름다움 같은 건 모르니까요."

아마 신중하지 못했던 나 자신에 대한 자책감 때문이었겠지만, 마리의 말은 기어이 그 말을 하게 만든 나를 질책하는 것처럼도 들렸다. 그 앞에서 아직 수락한 것은 아니라고, 가르칠 자신이 없다고 대답할 수는 없었다. 짧은 침묵이 어색해질 무렵 나는 입을 열었다.

"그래. 솔직하게 말해줘서 고맙고, 앞으로 잘해보자."

나중에 돌이켜보았을 때 그건 내가 스스로에게 놓은 덫이기도 했다는 생각이 든다.

마리를 처음 만났을 때만 해도 모그 학생의 교습에 쓸 자료가 흔치 않았다. 온종일 참고 자료를 찾아 인터넷을 뒤졌지만, 나는 모그들이 시각적으로 표현되는 예술에는 거의 관심이 없는 것 같다는 결론에만 도달했을 뿐이다. 그들이 세계를 인지하는 방식이 보통 사람들과 근본적으로 다르다는 점을 생각해보면 당연한 일이었다. 대학 교육을 받은 모그들은 대개 데이터와 이론의 영역에서 일했다. 마리 역시 유학을 그만두고 돌아오지 않았다면, 소프트웨어 공학이나 데이터 분석을 했을 것이라고 나에게 말한 적이 있다.

모그들에 대해 좀 더 조사해보았다. 광범위한 해양오염을 해결하기 위해 단 몇 달간 사용되었던 테트라마이드는 한 세대에 걸친 시지각 이상증 아이들을 만들어냈다. 부작용은 생태 순환을 통해 널리 확산되었는데, 특히 동북아시아 지역에서 증상 발현 비율이 높았다. 최초 증후군 규명자의 이름을 따 '모그'로 불리게 된 아이들은 공통적으로 시지각 회로에 결함을 안고 있었다. 모그들은 시각 자극을 받아들이는 데에는 이상이 없지만, 그 개별적인 자극을 하나의 구체적인 형상으로 조합하는 일에 실패한다. 인간이 보는 세계는 세계 그 자체가 아니라 인지 체계를 통해 재구성된 세계이기 때문에, 재구성에 실패한 모그들의 세계는 파편화된다. 흩어진 퍼즐 조각, 여러 빛깔의 안개, 색면의 추상화. 어떤 이들은 낭만적 대상화의 일종으로 그들을 '추상의 세대'라고 부르기도 한다. 하지만 그런 묘사가 정말로 모그들의 세계와 일치하는지는 알 수 없다.

첫 수업 날 마리는 파란색 라벨 스티커를 가져왔다. 길거리 투표 이벤트에서나 보던 모양이었는데, 마리는 내 손끝과 발끝에 그것을 붙여달라고 말했다. 나는 미심쩍어하면서도 마리의 요구를 따랐다.

"플루이드는 공간상에서의 위치 좌표를 알려줘요. 실제로 라벨을 눈으로 보는 건 아니에요. 대신 그 위치를 플루이드가 전달해주는데, 숙달되면 전달받는 좌표만으로 머릿속에 눈앞의 모습을 그릴 수 있어요."

설명을 들어도 그게 어떤 것인지 상상할 수 없었다. 나는 마리의 세계를 군이 이해하려고 노력하는 대신, 마리에게 기본적인 스트레칭과 기초 동작을 가르쳤다. 첫 번째보다는 두 번째 수업에서, 그리고 세 번째 수업에서 마리는 움직임을 더 잘 알아차렸다. 마리는 가끔 피로한 듯이 자리에 멈춰 서서 눈을 깜빡였는데, 그럴 때 나는 그 애의 눈이 부자연스럽게 주위 환경을 붙잡듯 움직이는 것을 보았다. 이따금 마리는 눈에서 렌즈를 꺼냈다가 다시 눈에 넣었다. 그 렌즈가 플루이드냐고 묻자 마리는 고개를 저었다. 그것은 단지 입력 장치와 연계된 렌즈에 불과하다고 했다.

"플루이드는 제 두개골 안쪽에 있어요. 일종의 신경계 임플란트죠. 선생님도 루트칩을 써본 적 있지 않으세요? 외장 접속 장치를 쓰셨겠지만 그것과 비슷해요."

"난 루트칩에 적응 못 했어. 대부분이 그랬겠지만."

"맞아요. 저도 그렇게 들었어요."

마리는 자신만만하게 웃었다.

"우리 같은 사람들만이 적응에 성공했죠."

그 말을 할 때 나는 마리가 어떤 자부심을 담아 말한다는 느낌을 받았다. 그리고 그 자부심은 나를 조금 불편하게 만들었다.

생각해보면 마리의 그런 태도만이 불편한 것은 아니었다. 마리를 둘러싼 것들 대부분이 늘 나에게 불편한 감정을 가져다주었다. 마리를 볼 때마다 나는 명확히 대답하기 힘든, 그러나 나를 불안하게 만드는 질문들을 생각했다. 왜 마리는 자신이 감상할 수 없는 형태의 아름다움을 표현하려고 하는 것일까. 그것은 혹시 아름다움에 대한 농담이나 기만 비슷한 일이 아닐까. 마리가 모그들에 관해 이야기할 때 내비치는 자긍심은 무엇일까. 마리는 이 수업에서 무엇을 배우고 싶은 걸까. 마리는 궁극적으로 무엇을 증명하고자 하는 것일까.

불편함을 핑계 삼아 그만둘 수도 있었지만, 나는 그렇게 하지 않았다. 친한 친구의 부탁이니까, 레슨 기간이 짧으니까, 레슨비를 많이 받기로 했으니까……. 여러 이유를 손꼽아보았다. 그렇지만 나는 내가 마리를 가르치기로 한, 나의 내면에 있는 진짜 이유를 알았다. 마리는 낯선 존재였고, 나의 호기심을 자극했다. 마리는 내가 한 번도 만난 적 없는 학생이었고 앞으로도 만날 일 없는 학생이었다. 나는 마리가 궁금했고, 그 애를 더 알고 싶었다. 그것이 누군가를 가르치기로 결정하기에는 부적절한 이유라는 것을 알면서도 그랬다.

*

마리와의 레슨은 천천히 서투르게 진전되었다. 학원에서 근무할 때 기초반에서 수업하던 커리큘럼을 가져왔는데, 마리는 뛰기와 구르기처럼 움직임이 큰 동작들은 잘 알아차렸지만 상대적으로 폭이 좁은 섬세한 동작을 어려워했다. 바닥과 밀착한 상태에서 움직이는 플로어 테크닉은 마리에게 감흥보다 의아함을 안기는 것 같았다. 물 흐르듯 이어지는 동작보다는 딱딱 끊어지는 분절적인 동작을 더 잘 따라 했다. 가장 어려워하는 건 시선 처리였다. 마리의 시선은 자주 갈 곳을 잃었다. 하지만 자신의 손이 어디로 향하는지 몰라서 그렇다기보다는, 시선 처리가 왜 필요한지 근본적으로 이해하지 못하는 것에 가까워 보였다.

나는 모든 동작을 아주 느리게 보여주었다. 그런 다음 마리가 동작을 인식한 것 같으면, 조금씩 속도를 높였다. 손끝이나 발끝을 움직이는 동작들은 직접 터치하며 움직임을 가르쳐주었다. 보통의 학생들에게 하던 방식과 큰 차이가 없는데도, 나는 당혹감을 자주 느꼈다. 매 순간마다 마리가 머릿속에서 지금 이 동작을 어떻게 받아들이고 있을지 끊임없이 의식했다. 그러다 보면 문득 나의 움직임에서 이질감이 느껴지는 순간도 있었다.

마리는 음악을 잘 듣고 움직였다. 리듬감이 좋았고 타고난 근력이 있었으며 몸도 가벼웠다. 일단 한번 동작을 익힌 다음에는 잘 잊지 않았다. 입시반 학생이었다면 재능이 있다고 평가했을 것이다. 하지만 마리는 섬세한 표현에는 관심이 없어 보였다. 손의 모양이나 발끝의 방향 같은 것들은 마리의 인식 체계에서 쉽게 무시되었다. 아마 그것은 마리가 감각하는 방식 때문이었을 것이다. 그러니까 마리는 나의 시범 안무를 보거나 거울에 비친 자신의 모습을 보는 것이 아니라, 플루이드를 통해서 인식된 안무를 보았기 때문에. 마리와 나는 표면적으로는 같은 동작을 했지만 실제로는 다른 종류의 일을 하고 있었던 셈이다.

한번은 마리가 자신의 감각 보조 장치인 플루이드에 관해 구체적으로 이야기해주었다. 플루이드는 완전히 새로운 기술은 아니었다. 예전에 이미 개발되었던 루트칩을 개량한 것에 가까웠다. 루트칩이 세계의 모든 연결망을 대체할 것처럼 다들 떠들어대던 시기가 있었다. 나도 그 물결 속에 있었다. 루트칩은 피부 안쪽에 삽입하거나 머리에 부착하는 외장 장치를 이용해 감각 신경을 자극하는 신경 칩으로, 모든 사람을 상시적인 온라인 상태에 두는 기술이 상용화된 최초의 사례였다.

하지만 루트칩은 간편한 시술법과 저렴한 비용에도 불구하고 보편화되지 않았다. 사람들은 과도한 감각 자극에 적응하지 못했다. 테스트에 참가한 사람들은 바깥 세계에 있던 네트워크가 내면으로 쏟아져 오는 경험을 낯설어했다. 상시로 연결된 느낌을 받는 것과, 실제로 늘 연결되는 것은 달랐다. 자아와 외부 세계를 분리할 수 없게 되자 심한 피로감을 호소하는 사람들이 늘어났다. 결국 루트칩은 실패한, 혹은 너무 시대를 앞서간 기술로 남았다.

마리는 루트칩을 한번 써봤다가 온종일 멀미로 앓아누웠다는 내 이야기를 듣고는 재미있다는 듯이 웃었다.

"그럴 만도 하죠. 플루이드를 썼다간 일주일은 멀미를 하실걸요."

루트칩의 부작용은 감각계로 직접 전송되는 과다한 신호가 뇌에서 과부하를 일으켜 발생했다. 그런데 플루이드는 감각 신호의 대부분을 차지하는 시각 정보를 과감히 생략하면서 그 문제를 피해갔다. 모그의 부모 세대 개발자들이 만든 1세대 플루이드는 모그들을 위한 감각 보조 장치로 처음 도입되었다. 모그들은 상시 접속 상태에서, 외부의 시각 정보를 다른 감각 정보로 변환하여 전달받을 수 있었다. 방대한 양의 정보처리는 네트워크상에서 이루어졌다. 플루이드의 도입은 모그들의 교육 수준을 고도로 끌어올렸다.

마리는 친구들과 함께하려고 했던 사업이 바로 플루이드의 다음 단계를 개발하는 일이었다고 말했다.

"우리는 플루이드에서 그 이상의 가능성을 발견했어

요. 플루이드의 원리가 우리를 항상 접속 상태로 두는 것이라면, 플루이드는 사고의 도구가 될 수도 있어요. 그게 원래 루트칩의 역할이기도 했고요. 약간의 개조를 거치자 어떤 종류의 감각을 그대로 다른 사람에게 전달하는 것도 가능해졌어요. 플루이드는 감각 신경에 직접 연결되니까, 중간 매체를 거칠 필요가 없는 거예요."

사실 그때 나는 마리의 말을 거의 이해하지 못했다. 내가 어릴 때 잠시 시험해보았던 루트칩은 단순한 가상현실 인터넷에 불과했는데, 눈으로 보던 화면이 직접 머릿속에 펼쳐지는 경험만으로도 극도의 피로감을 불러일으켰다. 나는 마리가 플루이드의 가능성을 다소 과장되게 표현하고 있다고 생각했다. 모그들에게는 플루이드가 무척 중요한 도구일 테지만, 실제로 그것은 현실의 시각 정보를 세심하게 포착하는 단계에도 이르지 못한, 아직은 개선될 필요가 있는 기술처럼 보였다. 나는 마리의 이야기가 흥미로웠지만 진지하게 생각하지는 않았다. 어쨌든 문제될 것은 없었다. 마리는 플루이드의 도움을 받아 스트레칭에 익숙해졌고, 적어도 몇 가지 기초 동작을 할 수 있게 되었으니까.

레슨을 한 지 두 달이 되던 날, 나는 마리에게 갑작스러운 통보를 받았다.

"선생님, 저 공연을 하게 됐어요."

황당한 이야기였다. 무용을 배운 지 고작 두 달 된 마리가 무대에서 공연을 한다는 것도, 공연의 주체가 마리 혼자가 아닌 모그들의 퍼포먼스 그룹이라는 것도 그랬다.

마리는 가을에 열리는 한 대규모 페스티벌의 특별 무대에 서게 되었다고 말했다. 마리의 실력을 알고 있던 나로서는 정말이지 뭐라고 반응해야 할지 곤란했다. 알고 보니 그 행사는 시에서 지원하는 대중음악 페스티벌로 기획되었는데, 무명 아티스트들에게 기회를 주기 위해 음악에만 한정하지 않고 특별 무대의 퍼포먼스 공모를 받았고, 하필 마리가 선정된 것이었다. 심지어 관중이 가장 많은 시간대였다.

"도대체 어떻게 한 거야?"

"기획 의도를 엄청 인상 깊게 보신 것 같아요."

마리가 그렇게 말하며 어깨를 으쓱였다. 마리는 참가 지원서에 아름다움을 볼 수 없는 모그들이 어떻게 아름다움을 표현하는지 보여주고 싶다고 썼다. 아직은 실체가 없는 모그들의 퍼포먼스 그룹에 벌써 그럴듯한 이름도 붙였다고 했다. 그 이야기를 들으니 웃음이 나왔다.

"그 담당자가 누구인지 몰라도, 너에게 속은 거네. 말만 그럴싸하고 사실은 하나도 준비된 게 없잖아."

"정말 그렇게 생각하세요? 저는 어떻게든 될 거라고 생각하는데요. 훌륭한 선생님께 배우고 있잖아요."

"되긴 뭐가 돼. 초등학생 장기자랑 수준이라도 되면 다행인데."

내가 퉁명스레 말해도 마리는 이 상황이 마냥 재미있다는 듯이 키득거렸다.

마리가 공연을 할 수 있을지, 그룹 퍼포먼스가 가능은 할지 모든 게 미심쩍었지만, 어쨌든 하나의 작품을 완성하는 일을 돕기로 했다. 마리는 참고하고 싶은 안무가 있다며 영상을 가져왔는데, 내가 보기에는 그저 평범한 수준의 퍼포먼스였다. 빠른 템포의 경쾌한 음악이 깔리자 어두운 무대 위로 조명이 비춰졌고, 흰색 드레스를 입은 무용수가 독무를 추기 시작했다. 나풀거리는 옷이 인상적이기는 했다. 영상의 중반부쯤 다른 무용수들이 등장하여 군무가 시작되었는데, 단순한 동작을 배경처럼 반복하다 끝이 났다. 내가 여전히 의문을 품은 채로 영상을 종료하자 마리가 말했다.

"빛이 무대를 가로질러 번지는 모습이 마음에 들어요. 찾아본 모든 영상 중에 제일 좋았어요."

나는 지극히 평범해 보이는 움직임이 어떻게 마리에게 가장 마음에 드는 춤이 될 수 있었는지를 생각했다.

그 전까지 나는 마리가 팔을 뻗어 허공에 어떤 움직임을 그리고, 거울 앞을 지나 턴을 하고, 다시 바닥에서 물구나무 동작을 하는 모습을 보면서, 마리가 처음 기대했던 것보다 훨씬 잘해낸다는 걸 알면서도 늘 어떤 아쉬움을 느끼곤 했다. 이제 막 배우기 시작했을 뿐이니 서투른 것이 당연했지만, 그보다도 근본적인 이유가 있었다. 마리는 보여지는 아름다움을 표현하는 데 관심이 없었다. 처음에 마리는 그 아름다움을 모른다고 말했으나 무지보다는 무관심이 더 적합한 표현일 것이다. 결과적으로 마리가 하는 일은 춤이라기보다 목각인형의 기능적인 움직임처럼 보였다.

마리는 섬세한 움직임은 자신의 관심 대상이 아니라고 말했다. 애초에 모그들은 구체적인 형상을 볼 수도 느낄 수도 없으며, 플루이드가 전해주는 공간 묘사가 아니라면 모든 춤 동작은 단지 허공을 가로질러가는 형체의 이동으로만 보인다고 했다. 마리의 입장에서, 거울에 비치는 자신의 동작과 나의 동작에는 그다지 유의미한 차이가 없었다.

그런데도 왜 마리는 무대에서 춤을 추려는 것일까? 단순히 자기만족을 위해 춤을 추는 것과, 사람들 앞에 서서 춤을 추는 것에는 큰 차이가 있다. 심지어 마리는 그 무대를 꽤 중요하게 생각하는 듯했다.

"꼭 무대에 서고 싶다면, 무용이 아닌 다른 공연을 할 수도 있어. 노래를 한다든지."

"이미 해본 적 있어요."

마리는 팔을 뻗어 가볍게 스트레칭을 하며 대답했다.

"중학생 때 합창단에 동원됐거든요. 모그 교육원을 홍보하는 자선 행사에서 우리에게 공연을 하라고 했죠. 기분이 나빴지만 선택지가 없는 상황이어서, 우리는 연습을 대충 했어요. 보란 듯이 가사도 다 틀리고 엉망진창으로 무대를 마쳤어요. 그런데 막상 반응이 어땠는지 알아요?"

나는 마리가 매트 위에서 등을 굽혀 발끝을 잡는 것을 보았다.

"자선 행사에 온 사람들이 울기 시작하는 거예요."

같이 스트레칭을 해야 하는데, 나는 그냥 마리의 이야기를 듣고만 있었다.

"관객들이 훌쩍이고, 달려 나와 우리를 껴안았어요. 강당의 공기가 습해지는 것에 우리는 어리둥절해졌고요. 그 사람들은 왜 그랬을까요? 정말 누가 들어도 엉망진창인 공연을 했는데. 우리는 열다섯 살이었고, 열다섯 살은 어린 나이지만 때에 따라 탁월함을 기대받기도 하는 나이잖아요. 그날 저는 사람들이 우리에게 아무것도 기대하지 않는다는 걸 알았어요."

유쾌한 이야기는 아니었다. 나는 잠시 침묵하다가 낮은 목소리로 덧붙였다.

"그러면 춤이야말로 피해야 할 것 같은데. 사람들은 모그가 춤을 잘 출 거라고 기대하지 않을걸."

"저는 선생님과 제가 하고 있는 것이 다르다고 생각해요. 이건 같은 춤이 아니에요. 그래서 사람들이 무엇을 기대하든 무시할 수 있어요. 어차피 그들은 제가 뭘 하는지 모르니까요."

마리는 무신경하게 말하며 팔을 다시 한번 뻗었다.

돌이켜보면 그 이야기를 듣고 나는 마리가 무대에 서려는 의도가 무언가 다른 것임을 짐작했어야 했는지도 모른다. 하지만 그때는 마리의 '선생님과 제가 하고 있는 것이 다르다'라는 그 말이 어떤 의미인지 생각하기에도 바빴다.

나는 마리가 고른 음악에 맞추어 안무를 짜고, 실제로 연습을 해보며 안무를 마리에게 적합하게 다듬어갔다. 처음 구상대로 가르쳐보니 수정해야 할 부분이 많았다. 크고 동적인 움직임으로 공간을 넓게 쓰도록 수정했고, 마리가 이해하지 못하는 섬세한 동작들을 줄였다. 마리의 짧은 독무에 이어지는 군무 파트의 안무를 시작할 무렵 나는 마리가 이미 군무를 출 모그 친구들을 모아두었다던 말을 떠올렸다.

"이제부터는 같이 추는 파트니까 제대로 하려면 그 친구들도 레슨을 받아야 해."

그런데 마리가 꺼낸 말은 완전히 뜻밖이었다.

"그냥 평소대로 제게 가르쳐주시면 돼요. 그걸로 충분해요."

"그걸로 충분하다고? 어떻게 충분한데?"

"제가 군무 동작을 배우면, 다른 사람들도 그걸 알게 돼요."

"네가 안무를 친구들에게 가르쳐준단 얘기야?"

"정확히 말하면 가르치는 건 플루이드예요. 이제 플루이드는 거의 완성 단계에 도달했어요. 자기수용 감각을 매끄럽게 전달할 수 있어요. 공간상에서 몸의 위치를 인지하고 신체를 제어하는 감각이요."

마리는 이해하지 못하는 나를 향해 웃으며 자신의 머리

뒤편을 가리켰다. 플루이드가 보는 도구만이 아니라던 말
이 떠올랐다.

"보여드릴게요."

마리가 접이식 스크린에 영상을 재생했다. 영상 속에서
수업을 한 번도 들은 적 없는 마리의 모그 동료들은 내가
마리에게 가르친 춤을 그대로 추고 있었다. 섬뜩한 기분이
었다.

마리가 여태까지 말해왔던 플루이드라는 것이 얼마나
상식의 틀을 벗어난 도구인지 알 것 같았다. 그것이 정말로
몸의 감각까지 전달할 수 있는 연결망이라면, 대체 어떻게
그런 것이 작동하는가?

"플루이드, 궁금하지 않으세요?"

마리는 그렇게 말하며 웃었다.

그날 이후 마리는 나에게 플루이드에 접속해볼 것을 권
해왔다. 새로운 감각의 도구를 사용해보고 싶지 않느냐고
물었다. 자신은 플루이드의 공동 관리자이고, 나에게 접속
권한을 줄 수 있다고 말했다. 그것은 마치 차 한잔을 권유하
듯, 가벼운 제안이었다.

플루이드에 처음으로 접속하던 순간을 기억한다.

"처음부터 모든 자극을 여는 건 위험해요. 멀미를 심하

게 할 수도 있으니까, 정보를 제한할게요."

나는 마리가 건넨 칩을 간이 접속기에 연결하고 눈을 감았다.

수많은 목소리. 그것이 플루이드의 첫인상이었다. 추상적인 공간 속에서 사람들이 말을 하고 있었다. 분홍색, 푸른색, 연보라색의 안개가 나를 통과해 갔다. 모든 방향에서 모든 사람이 말을 걸어왔다. 사람들은 그곳에 없다가 목소리를 얻는 순간에만 존재하는 것 같았다. 지금 그들은 현재 시점에 있다. 그들은 지금까지 처해왔던 어떤 구획이나 분리된 집단에 속해 있지 않다. 그들은 구체적인 형체 대신, 구체적인 목소리를 갖는다.

처음에는 너무 많은 목소리가 섞여 있어서 전혀 알아들을 수 없었다. 집중한 끝에 몇 가지의 이야기를 분리해낼 수 있었다. 마리의 춤. 마리의 공연. 마리의 친구들. 드물게 의미를 아는 단어들이 들려왔다. 누군가 나에게 환영 인사를 건넸고, 뭐라고 대답을 하고 싶었지만, 그 공간에서 목소리를 내는 방법을 몰랐다. 웅성거림 속에서 시간의 흐름을 짐작할 수 없었다. 나는 마치 눈을 가리고 걷는 것처럼, 팔다리를 묶은 채 헤엄치는 것처럼 공간 속에서 허우적거렸다. 마지막에 나는 무언가 이상한 이야기를 들었다. 하지만 내가 그 의미를 파악하기도 전에 그것은 마리가 제한한 감각의 벽에 막혀 곧장 흩어졌다.

어디선가 "그만할게요" 하고 말하는 마리의 목소리가 들렸고, 공간은 모서리에서부터 일그러지기 시작했다.

"어땠어요?"

눈을 떴을 때 마리가 기대하는 표정으로 물었다.

"어지러워. 뭐가 뭔지 모르겠고."

"재미있지 않아요?"

"토할 것 같아."

비틀거리며 화장실로 걸어갔다. 심장이 쿵쿵 뛰고 있었다. 마리의 말이 옳았다. 새로운 감각. 새로운 소통 방식. 그것은 단순한 가상현실 네트워크가 아니었다.

접속이 종료되기 전에 내가 먼 곳에서 들은 말의 의미를 생각했다. 위험한 이야기, 내가 알아서는 안 될 무언가를. 그건 뭐였을까. 갑자기 쏟아져 들어오는 많은 감각 신호들 때문에 생겨난 착각일까. 머릿속이 복잡했지만 나는 고개를 흔들어 그것을 떨쳐버렸다.

*

    내가 마리의 제안을 거부하지 않았고 그들의 세계에 호기심을 보였기 때문에, 마리는 나를 그쪽으로 끌어들일 수 있다고 생각한 것 같다. 플루이드에 처음 접속한 이후로 마리는 줄곧 의미심장한 이야기를 꺼내곤 했다.

    "어떤 사람들은 모그가 되기를 선택하기도 해요. 전환은 간단하거든요. 의학 용어로는 '감염'이라고 부르는 것 같지만, 간단한 캡슐 하나로도 시지각 이상증을 경험할 수 있죠. 다회 복용으로 후천적 모그가 될 수도 있어요."

    "모그가 된다니, 이상한 사람들이네."

    마리는 내 대답을 듣더니 항의하듯 말했다.

    "이상하지 않아요. 보통은 플루이드를 우연히 경험한 사람들, 모그의 가족이나 친구들이 전환을 고민해요. 플루이드는 모그가 된다는 게 결핍이 아니라는 걸 알려줘요. 변화인 거죠. 어쩌면 진보일 수도 있어요."

    나는 마리를 이해할 수 없었다. 모그가 결핍이 아니라는 주장도 이해할 수 없었다. 내가 알지 못하는 곳에서, 모그 아이를 가둬 키우거나 살해하는 끔찍한 일들이 일어난다고, 많은 지원을 받은 자신은 특수한 경우에 불과하다고 마리는 말한 적이 있었다. 모그가 결핍이 아니라는 것이 그런 억압에 대한 일종의 반발 심리라는 것은 알겠지만, 엄연한 이상증으로 규정된 것이 어떻게 결핍이 아니게 될까. 마리의 주장에는 내가 받아들이기 힘든 모순이 있었다. 하지만 동시에 나는 마리가 보여주는 낯선 세계를 들여다보는 것이 좋았다. 그 세계는 내가 알지 못했던 목소리들로 가득 차 있었다. 나는 새로운 감각에 목말라 있었다.

논쟁의 끝에서 마리는 늘 웃으며 말하곤 했다.

"우리 이제 레슨 시작해요, 선생님."

마리를 가르치는 일은 정확히 그런 종류의 새로운 감각을 발견하는 일이었다. 연습실 벽면을 가득 채운 거울을 보는 것은 나뿐이었다. 마리에게 춤은 손을 허공에 펼치고 팔을 부드럽게 움직여 회전하는 것이 아니라, 어떤 위치에 있던 추상적인 물체가 직선으로 이동했다가 뚝 떨어져 다른 곳에 존재하는 과정이었다. 마리가 나에게 자신의 감각을 설명할 때 내가 그것을 전혀 이해할 수 없던 것처럼, 마리 역시 나의 반복된 설명을 이해하지 못했다. 나는 단지 그 공간상의 위치 감각이 전달되기를 바라며 계속해서 같은 동작을 보여주었다.

마리와 함께 있으면 가끔 나는 눈을 가리고 춤을 추는

것 같았다. 그럴 때 움직임은 표현되는 것이 아니라 내재된 것이었다. 근육 속에, 피부의 표면 아래, 혈관 속에. 마리와 춤을 출 때 나는 구체성의 세계로부터 자유로웠다.

하지만 그런 중에도 언뜻 느꼈던 낯선 직감을 기억한다.

한번은 마리가 전환 캡슐을 연습실에 가져온 적이 있다. 그저 이런 것이 정말로 있다고 나에게 보여주려는 목적인 것 같았지만, 나는 마리가 다시 가방에 넣어둔 그것이 무척 신경 쓰였다. 대체 어떤 사람들이 저 캡슐을 필요로 하는 것일까? 정말 마리의 말대로 자진해서 모그가 되거나 모그의 감각을 경험하려는 사람들이 있는 걸까? 그날 레슨을 하는 내내 마리의 가방을 흘끗거렸다. 마리가 내 시선을 눈치챘는지는 모르겠다. 그것은 마치 제대로 봉인되지 않은 독약처럼 느껴졌다.

무언가 이상한 일이 일어나고 있다는 느낌은 공연 날이 다가올수록 확고해졌다. 마리가 더는 내 도움을 필요로 하지 않는 것 같았다. 대신 내가 이해할 수 없는 방식으로, 플루이드를 사용해 모그 동료들과 논의하는 시간이 점점 길어졌다. 마리는 혼자 안무를 연습하다가 가끔씩만 내게 조언을 구했다. 그럴 때마다 나는 마리가 안무의 완성도를 신경 쓰기보다는, 그저 나를 눈속임하기 위해 조언을 구하는 것 같다고 느꼈다. 마리에게는 단지 무대에 서는 것이, 그리고 사람들의 주목을 끄는 것이 중요해 보였다. 하지만 무엇을 위해서?

플루이드를 단 한 번 경험한 이후로 나는 자주 꿈을 꾸었다. 목소리의 파편들이 나를 때리듯이 스쳐 지나갔다. 아주 제한적인 형태의 플루이드를 경험했을 뿐인데도, 그것이 나에게 깊은 흉터를 남긴 것 같았다. 나는 플루이드에 대한 생각에서 벗어날 수 없었다. 만약 마리가 걸었던 감각의 제한이 풀린다면, 내가 모그들이 느끼는 방식과 같은 방식으로 플루이드에 접속한다면, 그곳에서 무엇을 보게 될지 알고 싶었다.

아마도 수많은 감각이 있을 것이다. 그들에게 그다지 의미를 갖지 않는 시각 정보를 제외한 모든 감각이 있을 것이다. 그리고 그중 하나는…….

마리는 플루이드가 거의 완성되었다고 했다.

플루이드를 완성하기 위한 마지막 감각은 무엇이었을까.

문득 나는 섬뜩한 생각에 사로잡혔다. 그때, 접속이 끊기기 전 내가 들은 말이 무엇이었는지 갑자기 알 것 같았다. 마리가 나에게 보여준 것은 매우 제한적인 대화들이었

다. 그런데 그 사이에 무언가가 끼어들었다. 내가 들어서는
안 되는, 오직 그들의 세계에만 속한 대화의 일부가.

나는 마리의 가방을 뒤집어 루트칩과 간이 접속기를 찾
아냈다. 마리가 나에게 연결했던 개조 루트칩이 잡동사니
사이에 끼어 있었다.

그날 저녁 내가 플루이드에 접속했을 때 관리 권한을
가진 마리는 곧장 그것을 알아차렸을 것이다. 하지만 접속
이 강제로 끊기기 전에 그곳에서 흘러넘치던 목소리들이
먼저 내 머릿속으로 들어왔다.

모그들은 플루이드의 완성에 관해 말하고 있었다.
모그들은 새로운 세상에 관해 말하고 있었다.
모그들은 모그들에 관해 말하고 있었다.
모그들은 더 많은 모그들에 관해 말하고 있었다.
모그들은 ……에 관해 ……하고 있었다.

의견들은 일치하지 않았다. 충돌하는 목소리들이 부딪
쳤다. 파편을 맞은 듯한 통증을 느꼈다. 세부 사항은 알 수
없었다. 대화의 단편들이 쏟아져 들어왔다.

그리고 나는 마리가 무대에서 보이려고 하는 것이 단순

한 춤이 아님을 깨달았다. 마리는 아주 위험한 일을 준비하고 있었다.

나는 모그들과 달리 이런 형태의 소통에 익숙하지 않았다. 순간 마리가 왜 자신들의 소통 방식을 더 진보한 것으로 여기는지 알 것 같았다. 공간 속에서 모든 목소리가 동등한 무게를 가지고 충돌하고 있었다. 그들이 불필요한 감각 정보를 버리고 추상의 세계에 뛰어들었을 때, 나는 눈을 감고도 여전히 시각 정보를 기다리는 불완전한 존재였다. 아무리 집중해도 그 이상의 정보를 얻을 수 없었다. 그들은 무엇을 하려고 하는가.

하지만 앞으로 어떤 일이 일어날지를 짐작하는 데에는 충분했다. 접속이 끊겼고, 눈을 떴을 때는 자정이었다.

마리에게서 온 전화가 울렸다. 나는 받지 않았다. 전화는 계속해서 울렸고, 나는 벨을 무음으로 바꾸고 전화기를 침대 구석에 던져두었다. 마리를 설득해야 했다. 내가 알게 된 그 일을 막아야 했다. 그러나 도저히 어떻게, 그럴 수 있는지 감이 잡히지 않았다.

다음 날 만난 마리는 한숨도 못 잔 것처럼 초췌했다.

"네가 무슨 일을 하려고 하는지 알아."

"눈치챌 거라고 생각했어요. 방해하지 마세요."

"왜 그렇게 과격한 방식을 고집하는 거야?"

"그러지 않으면 아무도 변하지 않을 테니까요."

"일방적으로 변하는 게 무슨 의미가 있어?"

"어떻게 그런 말을 해요? 지금까지 이 세계에 맞추려고 노력한 건 우리 모그들이에요. 당신들이 아니고요."

"난 네가 적어도 이 수업에는 진심이라고 생각했어. 그런데 그게 전부 그 끔찍한 계획을 완성하기 위한 준비 단계에 불과했다고?"

나는 배신당한 어린아이처럼 행동했다. 어른답게 구는 대신 내가 느끼는 분노를 마리에게 쏟아냈다. 마리와 내가 공유했던 모든 것이 거짓에 불과하다고 느꼈다.

"선생님. 저를 만나기 전에 다른 모그를 본 적 있어요?"

"아니."

"왜 못 봤다고 생각해요?"

나는 말문이 막혔다.

"선생님도 이걸 경험하고 나서야 저를 이해했잖아요."

그렇지 않았다. 내가 이해했다고 생각한 것은 사실 아무것도 아니었다. 춤도, 움직임도, 내재된 아름다움도, 마리에게는 중요하지 않았다.

"수업은 그만하자."

마리는 단지 몸의 감각을 추출하고 있을 뿐이었다. 플루이드를 완성하기 위해. 그리고 사람들을 전환시키기 위해.

"이제 수업 따위는 네게 필요 없잖아."

그때 나는 마리가 크게 상처받은 표정을 지었다고 생각했지만, 다음 순간 그건 나의 착각임을, 내가 마리에게서 그런 감정을 읽어내기를 바랐을 뿐임을 깨달았다. 마리는 내가 웃고 있는지 울고 있는지 파악할 수 없다. 마리는 이해하려고 하지도 않는다. 마리에게는 그저 모그들만의 견고하고 유연한 세계가 있을 뿐이다.

마리는 문 앞에서 나를 불렀다.

"가지 마세요."

하지만 이제 마리에게는 내가 필요하지 않았다.

나는 연습실을 나오면서 테두리 밖으로 약간 밀려난 기분을 느꼈다. 내가 단 한 번도 속한 적 없는 그 세계에서. 그것은 아주 이상한 느낌이었다.

　익명의 제보를 남겼지만 누구도 내 제보를 진지하게 받아들이지 않았다. 모그들이 그런 일을 꾸민다고요? 인터넷에서 이상한 음모론을 보신 건 아니죠? 그런 반응이 돌아왔고 나에게는 증거가 없었다. 내가 플루이드에서 보았던 것은, 다른 방식의 감각으로는 전달할 수 없는 것이었다. 모그들의 이야기는 오직 그들만이 접근할 수 있는 형식으로 되어 있었다.

　나는 그날 무대에 가지 않았다. 마리가 할 일을 알고 있었고, 그것이 두려웠다. 익명의 제보가 묻힌 이후, 나는 마리의 계획에 대해 더는 누구에게도 말하지 않았다. 지금에 와서 겨우 할 수 있는 이야기지만, 나는 내가 아주 짧은 순간 경험했던 것들을 다른 사람들도 경험하게 될지 알고 싶었던 것 같다. 나중에 그 방임 때문에 수사 대상이 되었고 마리의 공연을 도왔다는 의심을 받게 되었지만, 만약 그때로 돌아가더라도 나는 마리를 적극적으로 막지 않았을 것이다.

　이상한 말처럼 들릴지 모르지만, 나는 그런 일을 벌일 권리가 마리에게 있었다고 생각한다.

그리고 그날, 모든 사람이 알고 있는 바로 그 사건이 일어났다.

페스티벌을 보기 위해 무대 앞에 선 수천 명의 사람에게 전환 물질이 담긴 안개가 흩뿌려졌다. 무대 특수효과라고 생각했던 사람들은 안개 속에서 의심 없이 숨을 들이쉬었고, 다음 순간 그들의 세계는 완전히 흐트러졌다. 사람들은 비명을 질렀다. 그들은 분노했고 겁에 질렸다. 사람들은 어디로 가야 할지도 모르면서 어디론가 도망쳤다. 부상자가 속출했고, 그들 대부분이 시지각 이상증을 얻었다. 혼란 속에서 마리는 어디론가 사라졌다.

같은 시각에 모그들은 거리로 나왔다. 어떤 모그들은 사람들이 많이 오가는 거리에서 마리와 같은 행동을 했다. 어떤 모그들은 안개를 흩뿌리는 대신 거리로 캡슐을 던졌다. 하지만 다른 많은 모그들은 그저 거리에 우뚝 서 있기만 했다.

마리는 수많은 논쟁을 남기고 떠났다.

사람들은 마리를 어떻게든 붙잡아야 한다고, 강력하게 처벌해야 한다고 말했다. 수많은 사람이 시지각 이상증으로 괴로워했다. 증상은 일시적이었지만 깊은 트라우마를 남겼다. 어떤 사람들은 그 경험 이후로 모그들을 이전보다 더 증오했고, 마리와 모그들이 벌인 과격한 테러 때문에 이제 누구도 모그들을 받아들이지 않을 것이라고 말했다. 그 말을 입증하듯 모그들을 향한 증오 범죄도 일어났다.

그리고 이해하기 힘든 어떤 선택들도 있었다. 어떤 사람들은 치료를 받지 않은 채 계속 모그로 살아가기를 선택했다. 그들은 주위 사람들로부터 이해받지 못했고, 사회적인 비난과 조소의 대상이 되었다. 하지만 어떤 이들은 분명히 그런 선택을 했다. 또 어떤 사람들은 다시 시각을 회복했지만, 이제야 모그들을 이해할 수 있게 되었다고 말했다. 논쟁적인 선택은 모그에 관한 다른 논쟁들을 이끌어냈다. 사람들은 모그들의 존재를 갑작스레 알아차렸고, 그 사실에 놀랐다. 어느 쪽이든, 사람들은 그 사건 이전으로는 돌아갈 수 없었다.

사라지기 직전에 마리는 나에게 마지막 메시지를 보내왔다.

[선생님, 수업 즐거웠어요.]

나는 답을 하지 않았다. 속으로는 수많은 생각을 했지만, 실제로는 아무 말도 쓰지 않았다. 이후 마리에게서 온 그 메시지를 빌미로 수사팀이 일 년도 넘게 나를 추궁한 것을 생각해보면, 그날 마리에게 작별의 답장이라도 보냈어야 했다는 생각을 뒤늦게 한다. 한편으로는 마리가 내 답장을 기다리지 않았을 것이라고도 생각한다.

사건 직후 플루이드 서버는 문을 닫았다. 그리고 몇 주 지나지 않아 개별적으로 조직된 플루이드 그룹 수백 개가 다시 생겨났다. 그룹과 그룹을 연결하는 또 다른 연결망이 개설되었다. 이제 중심이 되는 곳은 없었다. 대신 모그들은 파편화된 세계에 자유롭게 속하게 되었다.

나는 아직도 가끔 플루이드에 관한 꿈을 꾼다. 그곳에서 사람들은 여전히 목소리로 존재한다. 나는 제한된 감각을 가졌다. 나는 모그들이 하는 것만큼 풍부하게 그 세계를 감각할 수 없다. 하지만 제한된 감각으로, 애써 세계의 표면을 더듬어보려고 노력한다.

나는 플루이드가 완벽한 공간이라고 생각하지 않는다. 그러나 그것은 우리가 취할 수도 있었던 어떤 소통의 형태였다고 생각한다.

*

이제 마지막 이야기를 할 때가 되었다. 며칠 전 나는 익명의 누군가에게 메시지를 받았는데, 그는 자신이 마리의 무대를 지켜보았던 또 다른 모그라고 했다.

　우리는 카페에서 만나 이야기를 나누었다. 그는 플루이드를 통해 마리가 그날 무슨 일을 할지 전해 들었지만, 마리의 계획에 찬성하지 않았다. 마리의 행동으로 죽는 사람이 생길까 봐 걱정이 되었다고 했다. 모그들 사이에서도 마리의 퍼포먼스에 관한 의견은 각자 달랐고 팽팽히 대립했다. 그중에서 그는 온건한 타협을 택한 사람이었다. 그는 마리의 공연이 진행되는 동안 무대 옆에서 기다렸고, 당황한 사람들이 정신없이 빠져나갈 때 인파에 깔려 쓰러진 사람들을 빼내는 것을 도왔다. 그는 사람들에게 일시적 시지각 이상증을 치료하는 방법을 알렸다. 그는 마리의 행동이 부적절했다고, 지금도 결코 마리의 방식에는 동의할 수 없다고 말했다. 하지만 무대에서 보았던 것이 단지 사건의 전초 단계만은 아니었다고 그는 회상했다.

　"그래도 당신이 와줬다면 마리는 기뻐했을 텐데요."

　그런 말로 운을 떼면서 그는 자신이 본 것을 이야기해 주었다. 마리는 그 무대 위에서 정말로 춤을 추었다고 한다. 음악에 맞추어 무대의 끝에서 끝으로 뛰고, 구르고, 손끝을 접으며 무언가를 표현하는 것처럼 보였다고. 그 순간 움직임은 마리에게 아주 중요한 무언가인 것 같았다고. 그게 마리의 변덕인지, 아니면 사람들의 시선을 붙잡아 자리를 떠나지 않게 하려는 목적이었는지, 그것도 아닌 다른 의도가 있었는지는 알 수 없다. 그렇지만 분명한 건 춤의 어떤 부분들은 플루이드와 아무 상관이 없었다는 것이다. 적어도 어떤 순간에 마리는 진심으로 춤을 추는 것처럼 보였다고 그는 말했다.

"당신에게 말해주고 싶었어요. 그날 제가 보았던, 마리의 춤에 대해서요."

그는 어딘가 먼 곳에서 마리가 잘 지내고 있을 거라 생각한다고 했다. 언젠가 모그들 사이에서 마리의 소식을 들으면 연락하겠다며, 그는 자리에서 일어섰다.

그의 뒷모습이 멀어지고 카페 문을 열고 완전히 사라질 때까지, 그리고 이후에도 한참이나 나는 무언가에 짓눌린 것처럼 그 자리에 계속 앉아 있었다.

창밖의 해가 천천히 기울며 다른 색의 빛줄기를 탁자 위로 비추었다.

빛은 얼마나 상대적인 것일까?

문득 나는, 어딘가에서 춤을 추고 있을 마리를 생각했다.

마리는 여전히 목각인형처럼 춤을 출 것이다. 동작들은

허공에 계산된 궤적만을 긋고 사라질 것이다. 아름다움은 표면 아래에 머물 것이다. 그러나 보여지는 것은 이제 누구에게도 중요하지 않을 것이다.

파편들 속에서 모든 감각이 선명해지기 시작했다. 나는 수많은 목소리를 들었다. 마리가 이곳에 남긴, 어느 하나도 결코 같지 않던 목소리들을.

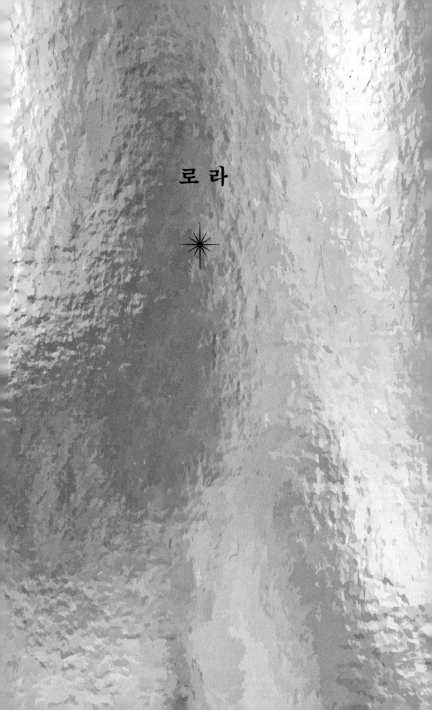

로 라

진은 노트북에서 손을 떼고 창밖을 내다보았다. 벌써 해가 저물고 있었다. 온종일 깜빡이는 커서를 보았는데도 답장을 마무리하지 못했다. 그간 쌓인 메일에 답장을 보내지 않은 지가 꽤 되었다. 그래도 예전에는 본문 정도는 확인했는데, 이제는 제목만 보고도 어떤 내용인지 짐작할 수 있어 읽지 않았다.

대부분의 메일은 《잘못된 지도》에 관해 묻고 있었다. 자신의 과제나 논문 집필을 위해 더 많은 사례를 듣고 싶다거나 참고 자료를 얻고 싶다는 사소한 요청이 많았지만, 그 밖에도 내용은 다양했다. 주위에 '지도'가 망가진 사람이 있다거나, 자신이 잘못된 지도를 지닌 것인지 의심된다는 하소연, 밑도 끝도 없이 당장 진과 만나서 대화를 나누고 싶다는 부탁까지.

처음에 진이 그 구구절절한 사연들을 모두 읽어보았던 이유는, 혹시나 진이 찾고자 했던 바로 그 사례를 찾을 수 있진 않을까 하는 마음에서였다. 그러나 시간이 지나며 진은 기대를 접었다. 진은 자신에게 메일을 보내오는 사람들의 절실함을 이해했다. 한때는 진도 그랬었다. 그래서 세계 곳곳을 돌아다녔고, 잠을 줄여가며 취재를 했고, 논문을 읽고 낯선 의학 용어들을 더듬어가며 공부했다. 하지만 이제 취재는 끝났다. 진은 원하던 것을 얻지 못했고, 지쳐 있었다.

많은 사람들이 《잘못된 지도》를 읽고 놀라운 깨달음을 얻었다고, 삶에 중요한 영감을 받았다고, 자신과 다른 사람들을 더 잘 이해하게 되었다고 말했다. 그건 이상하고도 불합리하게 느껴지는 일이었는데, 정작 그 책을 쓴 진에게는 수많은 의문만 남았기 때문이다.

로라를 이해하기 위해 시작한 여행은 진에게 어떤 답도 주지 않았다. 《잘못된 지도》는 누군가에게 구원이 되었을지언정 진을 구원하지는 못했다. 진은 이제는 그 이야기를 매듭지어버린 저널리스트에 불과했다. 《잘못된 지도》가 작년에 장편 다큐멘터리로 제작되고 여러 영화제에서 상을 받으면서, 원작을 쓴 진에게 오는 인터뷰 요청과 이메일 문의가 급증했지만 아무런 답도 하지 않은 것은 그 때문이었다. 무슨 말을 덧붙여봐야 불필요한 사족이 되리라는 생각. 진의 내면에서 이 문제는 이렇게 미완의 상태로 끝나버렸으니까.

그런데 일주일 전에 온 메일은 조금 달랐다. 자신을 H라고 밝힌 여자는, 참고 자료를 요청하지 않았고 본인이나 다른 사람의 사연을 구구절절 늘어놓지도 않았다. 심지어 자신이 누구인지, 어떻게 이 책을 발견했는지와 같은 흔한 이야기조차 없었다. 그의 메일 서두는 평범했다.《잘못된 지도》를 읽고 큰 충격을 받았다고, 이 책이 자신의 삶에서 아주 의미 있는 무언가를 말해주고 있다고. 물론 그것뿐이었다면 진도 이 메일을 다른 메일과 달리 취급하지 않았을 것이다.

H는 다른 질문을 덧붙였다. 그는 로라에 관해 물었다.

예전에 당신의 연인 이야기를 읽은 적이 있습니다. 제가 처한 상황과도 매우 비슷해서, 오랫동안 그 글을 생각해왔어요. 헌사의 L이 아마 그일 거라고 짐작합니다. 그도 이 책을 읽었나요? 그가 어떤 결정을 내렸는지 물어도 될까요?

H는 어디서 로라에 관한 이야기를 읽은 것일까? 진은

책에서 한 번도 로라를 언급하지 않았다. 그 모든 여정과 모든 문장의 근저에 로라를 이해하고 싶다는 갈망이 있었지만, 진은 로라의 이름을 결국 쓰지 않았다. 설령 로라가 자신의 이야기를 쓰는 것을 허락해주었다고 해도, 진은 그렇게 하지 않았을 것이다.

출간 이후의 인터뷰에서 무심코 이야기를 한 것일까 돌이켜보아도, 그런 기억이 없었다. 섬세한 독자 일부는 간혹 서문의 그가 누구인지를 물어왔지만, 진은 그 질문에 늘 입을 다물었다. 진은 어쩌면 H가 말하는 '예전'이라는 것이 정말로 오래전, 진의 마음속에 《잘못된 지도》의 초안이 그려지기 전일지도 모른다고 생각했다. 진이 원고료로 제대로 된 생계를 꾸리기도 전, 시시한 연애 칼럼을 잡지에 싣고 고작해야 푼돈을 쥐던 시절에. 진은 그때 썼던 글들을 생각하다 후회스러워졌지만, 먼저 H에게 로라의 이야기를 읽은 곳이 어디인지 물어야겠다고 생각했다.

메일을 쓰는 동안 자동세척을 마친 커피머신이 이제 막 커피를 내리며 요란한 소음을 냈다. 진은 식탁 앞으로 걸어가 커피잔을 손에 쥐었다. 손에 닿는 뜨거운 커피잔의 감촉이 낯설게 느껴졌다. 그럴 때가 있었다. 로라에 대해, 로라의 삶에 대해, 로라의 감각에 대해 끊임없이 생각하기 시작한 이후로, 이렇게 아주 일상적인 감각이 이질적으로 느껴질 때가. 진은 손바닥의 열기와 손등에 닿는 찬 공기의 대비를 생각하며, 동시에 로라를 생각했다. 그 삶은 어떤 감각으로 가득 차 있을까.

로라는 말했다. 사랑과 이해는 같지 않다고. 진은 그 말에 동의할 수 없어 긴 취재를 시작했다. 로라의 어떤 부분이 완전한 미지의 영역으로 남아 있다는 것, 그리고 로라가 진에게 그것을 설명할 생각조차 없다는 것은 진을 슬프게 했다. 진은 세계를 돌아다니며 로라와 비슷한, 그러나 정확히 같지는 않은 사람들을 만났다. 그들은 진을 경계했고, 때로는 반겼고, 가끔은 거부했지만, 진은 그들에게서 각자 다른 진실한 내면 일부를 발견했다. 그래서 한순간 진은 자신이 로라를 거의 이해했다고, 로라의 복잡한 내면에 거의 가닿았다고 생각한 적도 있었다.

《잘못된 지도》는 이런 헌사로 시작한다.

여전히 불가해한 L에게.

*

    인간은 고유의 신체 지도를 가진다. 팔과 다리를 의식하지 않을 때도 그것이 어디에 있는지 알 수 있는 것은 인간에게 몸의 위치와 움직임을 감지하는 고유수용 감각이 있기 때문이다. 하지만 어떤 사람들은 어긋난 고유수용 감각을 가진다. 다시 말해, '잘못된 지도'를 가진다.

    일시적인 신경 마취가 고유수용 감각을 잃게 할 수 있다. 그런 경험을 한 사람들은 자신의 몸이 자기 것처럼 느껴지지 않았다고, 심하게는 몸과 영혼이 분리된 감각을 느꼈다고 말한다. 그것은 대개 짧은 순간 지속되는 부작용에 불과하다. 반면 어떤 사람들에게는 불일치의 감각이 사라지지 않는다. 그들은 자신의 몸이 그런 방식으로 존재하는 것에 불편함을 느낀다. 겉으로는 멀쩡해 보이는 팔과 다리가 자신의 것이 아니라고 여기거나, 자신의 시각 또는 청각과 같은 감각에 거부감을 느낀다. 그들은 자신의 지도와 현실의 몸을 일치시키기를 원한다. 그래서 어떤 이들은 스스로 눈을 멀게 하고, 어떤 이들은 스스로 팔을 절단한다.

    진의 첫 목적지는 마드리드였다. 마드리드의 한 식당에

로라

서 진은 절단 욕구를 느끼는 사람들을 만나 이야기를 나누었다. 그들은 이제 막 모임을 조직하는 단계였고, 그들 중 일부는 몸 정체성 통합 장애를 진단받았다. 그들은 뇌 내의 신체 지도와 실제 신체의 불일치로 발생하는 불쾌감을 경험했다. 어떤 이들은 보조기구로 신체 일부를 고정해 무력화하는 것에 만족했지만, 일부는 여전히 세계 각국에서 자신들에게 적합한 의료 시술, 즉 수족 절단을 시행해줄 의사를 찾고 있었다.

"다른 치료법은 없나요?"

"다들 시도를 안 해봤겠습니까? 온갖 심리 상담, 정신 치료를 시도했지요. 수십 종류의 약을 먹어봤고요. 거울 치료나 시뮬레이션 치료로 효과를 본 사람들도 아주 드물게 있긴 해요. 결국 그걸로도 안 됐던 사람들이 이렇게 모였죠. 의사들이 우리를 고치겠다고 얼마나 엉뚱한 시도를 연달아서 해댔는지 들으면, 당신도 한숨이 나올걸요."

그들은 자신들과 비슷한 사람들의 사연을 모은 공개적인 웹사이트를 만들고 운영했다. 웹사이트는 세계적으로 주목받았지만 곧장 수많은 비난에 직면했다. 사람들은 그들에게 당장 정신 치료가 필요하다고 말했고, 일부 장애인 단체는 그들이 신체장애를 낭만화하고 있다며 불쾌감을 표했다. 웹사이트는 잠정 폐쇄된 상태였다.

"우리도 팔과 다리를 잃은 채로 사는 게 쉽지 않다는 건 알고 있어요. 알면서도, 이 끔찍한 불일치감을 도저히 견딜 수 없는 겁니다. 멀쩡한 팔다리를 절단하는 것이 너무 기괴해 보인다는 건 압니다. 그렇지만 안전한 환경에서 신체에 적절한 처치를 하는 것과, 헛된 희망을 걸고 끊임없이 정신적 고통을 가하는 것 중 어느 것이 더 잔인할까요? 우리는 수십 년간 제대로 된 치료를 받지 못했어요. 증상이 심해지면 병원에 감금당하거나, 언젠가 정신 이상을 치료할 수 있게 될 거라는 위로를 받는 게 다였죠. 아직 존재하지도 않는 치료법을 가정해서 말하는 것이 무슨 의미가 있습니까?"

단체의 요직을 맡고 있다는 남자는 단호하게 말했다.

"우리가 아는 이들 중에는 스스로 다리를 절단하려다 감염되어 죽은 사람도 있습니다. 잘라내는 데에는 성공했지만, 자신이 감각하는 부위보다 너무 낮은 위치를 잘라서 여전히 불편함을 느끼는 사람도 있고요. 제가 아는 어떤 녀석은, 결국 총으로 자기 팔을 날린 다음 병원에 가서 절단할 위치를 세세히 주문했어요. 지금 그는 자신의 신체에 만족하고 있습니다. 불행히도, 지금 우리에게 허락된 방법은 고작 그런 것들뿐입니다."

이야기를 나누던 누군가가 진이 책을 쓰고 있다는 말을 듣고 혜윤을 소개해주었다. 혜윤은 드물게도 고유 감각 자체를 전부 상실한 사람이었다. 처음에 진은 전달받은 혜윤의 메일로 연락했다. 혜윤은 손의 위치 감각이 없어 타이핑을 하는 일이 무척 힘들다며 화상 전화를 요청했다. 화면 속의 혜윤은 놀라울 정도로 외견상 아무 이상이 없어 보였지만, 대화를 나누면서 쉴 새 없이 자신의 몸을 곁눈질로 확인했다. 그렇게 하지 않으면 몸이 그곳에 있다는 사실을 알 수 없어 불안하다고 했다. 진은 마드리드의 모임에 관해 이야기하면서, 절단이라는 치료법에 대한 혜윤의 견해를 물었다.

"그 이상한 친구들에게 소개받으셨단 말이죠? 재미있는 친구들이죠. 그들의 심정은 이해가 가요. 저도 제게 감각할 수 없는 몸이 있다는 사실이 끔찍할 때가 있어요. 하지만 절단에 대해서라면 잘 모르겠어요. 제 경우를 생각해보세요. 만약 그런 방식으로만, 절단으로만 문제를 해결할 수 있다면, 저에게는 죽는 것 외에 방법이 없을걸요. 그렇지 않나요? 그럼 전 뭘 해야 하죠?"

혜윤은 농담이라며 웃었다.

"저도 죽음을 자주 생각하기는 해요. 그래도 잘 모르겠네요. 당신의 표현대로라면, 그들은 변형된 지도를 가진 셈이고, 저는 아예 지도를 상실한 셈이죠. 차이가 있으니 같은 선상에 놓고 비교할 수는 없을 거예요."

미국 코네티컷에 본부가 있는 세계 트랜스휴먼 연합은 인간이 지닌 신체의 한계를 넘어서고자 하는 단체였다. 그들의 주된 목적은 신체 증강 시술을 합법화하기 위해 증강 자율화 법안을 추진하는 것으로, 지금도 규제의 아슬아슬한 선을 넘나들며 신체를 변형하는 사람들이 연합에 모여 있었다.

연합의 회장은 어깨까지 길게 늘어뜨린 귀가 인상적인 여자였다.

"그러니까, 지금의 법률 규제는 쓸데없이 엄격해요. 규제의 명분은 치료는 되지만 향상은 안 된다는 거지요. 하지만 치료와 향상의 경계는 늘 분명치 않아요. 인간은 항상 자신의 신체를 개조하고 변형해왔으니까요. 증강을 막을 거라면 다들 멀쩡한 뼈에도 박아 넣는 임플란트 시술이나 백신 접종도 막아야겠지요."

회장은 거대하고 고풍스러운 피어스를 양 귓불에 달고

있어서 마치 고대 문명에서 현대로 이동해 온 왕족처럼 보였다.

"우리 연합 사람들은 주로 새로운 감각에 관심을 가집니다. 시각과 청각의 개선에 대단히 관심이 많은데, 현존 시술로도 충분히 일반인의 두 배 효율에 달하는 슈퍼비전을 획득할 수 있어요. 다만 그 시술을 허가받으려면 시력이 저하되었다는 걸 입증해야 한다는 게 우스운 현실이지요. 자기 센서를 손가락에 삽입하는 것도 유행이 되고 있어요. 저는 일상에서 쓸모가 없다고 생각해서 동참하지는 않았지만, 젊은이들 말로는 꽤 재미있는 센서라고 하더군요. 아, 겉으로 보이는 신체를 변형하는 경우도 물론 있습니다. 뼈와 근육 일부를 신소재로 과감히 대체해서 매우 곧고 우아한 자세를 가지게 되었다는 회원의 이야기를 들었어요. 그는 아주 성공적인 모델로 활동하고 있지요. 저처럼 외모에 관해서라면 가벼운 시술로 만족하는 이들도 많지만요."

트랜스휴먼들은 신체를 변형하고 개조하는 것에 매우 적극적이었다. 목숨이 위험해지지 않는 선에서, 혹은 기꺼이 위험을 감수해가며 그들은 최대한의 시도를 하고 있었다. 그들의 목표는 확고했다. 더 나은 기능을 추구하며, 기존 신체의 한계를 뛰어넘는 것.

진이 트랜스휴먼 연합원들에게 《잘못된 지도》의 중심 아이디어에 대해 소개했을 때, 그들 대부분은 고개를 내저었다.

"우리의 몸이 잘못되었다고 느낀 적은 없어요. 우리 사례를 싣고 싶은 거라면, 아주 적합하지는 않은 것 같군요. 다만, 몸이라는 것이 인간의 잠재력이 무궁한 영혼을 담기에 턱없이 부족하다고는 느끼죠. 그 잠재적인 가능성을 충분히 발현할 수 있도록 신체를 증강하는 것이 우리가 하고자 하는 일입니다."

트랜스휴먼들은 몸 정체성 통합 장애를 앓는 사람들과 달랐고, 사고로 수족을 잃은 이후 환상통을 앓는 사람들과도 달랐다. 트랜스휴먼들은 신체를 변형하는 것에 거부감이 없기에, 적극적인 신체 개조를 통해 더 나은 신체를 가지기를 원하는 이들이었다.

대화가 끝나갈 무렵 진이 물었다.

"그럼, 팔을 하나 더 다는 것에 대해서는 어떻게 생각하시나요? 그것도 일종의 증강 아닐까요?"

"글쎄요. 가끔 팔이 모자란다고 생각한 적이 있긴 하죠. 한 손에는 서류를, 한 손에는 커피를 들고 무거운 유리문을 밀 때라던가……."

여자는 이상한 질문을 받았다는 듯이 무신경하게 대답했다.

"하지만 평소에는 두 팔이 그렇게 부족하다고 생각해본 적이 없는데요."

*

로라는 세 번째 팔을 원했다.

진은 스물한 살에 로라를 처음 만났다. 대학 피트니스 센터에서 운동을 마치고 돌아가던 진은, 센터 유니폼을 입은 아르바이트생이 수건을 잔뜩 담은 카트를 밀고 오다 기둥에 부딪치는 것을 눈앞에서 목격했다. 깜짝 놀란 사람들이 몰려들고, 진이 바닥의 수건을 주워 담는 것을 도와주는 동안에도 어딘가 정신이 딴 데 팔려 있던 그 아르바이트생이 바로 로라였다. 로라는 진에게 정말 고맙다며, 도와주지 않았으면 저녁 과외 수업에 늦을 뻔했다고, 자신이 언젠가 꼭 커피를 사겠다고 했다. 그때만 해도 진이 로라에 대해 가지고 있던 감정은 가벼운 호기심과 호감 정도였다. 문제는 카페에서의 다음 만남이었다. 굳이 자신이 들고 가겠다며 쟁반을 나르던 로라는, 전혀 그럴 만한 장소가 아닌 곳에서 갑자기 균형을 잃었고, 바닥으로 넘어졌다. 옷이 커피 얼룩으로 엉망이 된 로라에게 진은 기겁하며 뛰어갔는데, 그때 보았던 로라의 표정을 진은 잊지 못했다.

커피를 엎은 사람이 흔히 보일 법한, 당황하거나 자책하거나 짜증을 내거나 창피해하는 것이 아니라, 단지 묘한 체념과 무신경함이 섞여 있던 그 표정. 말하자면 '어쩔 수 없지' 같은 얼굴을 하고 있던 로라.

진과 눈이 마주치자 로라는 표정을 바꾸어 웃었다.

"세탁해도 멋진 얼룩이 남게 생겼어요. 그나저나 여기 커피 냄새가 좋은데, 제가 다음에 또 사도 될까요?"

진은 로라가 지나치게 낙천적인 사람이라고 생각했고, 그건 크게 틀린 생각은 아니었다. 다만 로라에게 빠르게 매료된 나머지 로라가 어떤 해결 불가능한 문제를 지니고 있다는 생각까진 하지 못했다. 진은 로라의 문제를 아주 나중에야 깨달았는데, 생각해보면 처음부터 몇 가지 수상한 점이 있었다.

로라는 뜬금없이 양팔을 들어 올리거나, 들어가려던 가게의 문 앞에서 갑자기 멈춰 서거나, 한 손으로 포크를 움직이면서 다른 한 손으로 포크를 막으려고 했다. 진은 그런 행동이 단지 로라의 엉뚱함을 보여준다고만 여겼다. 또한 로라는 단순히 부주의하다고 표현하기에는 과할 정도로 어딘가에 자주 부딪치고, 넘어지고, 피부가 긁히곤 했다. 그런데 로라는 상처를 입고도 별로 속상해하지 않았다. 어느 날 로라의 오른쪽 팔에 유독 많은 상처를 보았을 때 진은 로라가 자해를 하는 건 아닌지 의심한 적도 있다. 조심스레 괜찮은지 물었을 때 로라는 대수롭지 않다는 듯 말했다.

"어릴 때 큰 교통사고를 당했거든. 그 후유증인지, 가끔 몸에서 쭉 힘이 빠져. 팽팽히 당긴 고무 끈을 탁 놓는 것처럼. 그래도 심각한 문제는 아냐. 누구나 하나쯤 갖고 있는, 평범한 골칫거리지."

서른 살에 로라는 다니던 회사를 그만두고 프리랜서 디자이너로 일하기 시작했다. 그때도 진은 로라가 재택근무를 해서 다행이라고, 매일 출퇴근하는 것보다는 좀 더 편할 거라고만 생각했다.

그다음 해, 진이 로라를 만난 지 거의 십 년이 되어가던 시점에, 로라는 처음으로 진에게 말했다.

"내게는 세 번째 팔이 있어. 그걸 실제로 달 생각이야."

사고를 당한 열두 살 이후로 로라는 존재하지 않는 세 번째 팔에 극심한 통증을 느끼기 시작했다고 한다. 사고로 절단된 사지에 환상통을 겪는 일은 흔했지만, 로라의 경우는 아예 존재하지 않는 과잉 사지에 통증을 느끼는 것이어서, 어떤 재활 치료도 소용이 없었다. 유일하게 로라에게 효과가 있었던 치료는 가상현실 시뮬레이션 치료였다. 스무 살 무렵 신경과 의사가 제안한 방법이었다. 시뮬레이션 치료는 예상했던 것보다 성공적이어서 로라가 느끼던 세 번째 팔의 통증은 훨씬 줄어들었다. 그러나 반대로 세 번째 팔이 있다는 감각은 더욱 선명해졌다.

진은 도저히 로라의 결정을 이해할 수 없었다. 사고 후유증으로 거짓 감각을 경험하게 되었다면 거짓 감각을 고칠 일이지, 가짜 팔을 다는 것이 어떻게 해결책이 될 수 있단 말인가? 진은 로라를 설득하기 위해 새로운 클리닉을 물색했고, 다른 병원에 다니며 상담을 받아보도록 권유했다.

진이 무척 당황한 데다 로라를 어떻게든 말리겠다는 의지가 강했으므로, 한동안 로라는 진의 제안을 따르는 것 같았다. 세 번째 팔을 달겠다는 이야기를 다시 꺼내는 대신, 순순히 진이 이끄는 대로 클리닉을 받았다. 진은 매일 밤 로라에게 나아질 수 있다고, 괜찮을 거라고, 쉽게 포기하면 안 된다고 말했다.

로라의 거짓말은 오래가지 않았다. 몇 달 뒤에 로라는 통보했다.

"진, 나 다음 주에 수술 예약을 잡았어."

로라는 여러 해 전부터 기계 팔 이식을 준비해왔다고
말했다. 우선 세 번째 팔을 다는 수술이 신체 증강이나 취
향에 따른 신체 변형이 아니라 로라가 지닌 '불일치' 증상
에 대한 치료 목적이라는 것을 지난한 서류 절차를 통해 증
명해야 했다. 다음으로 로라는 자신이 느끼는 세 번째 팔의
형태를 직접 디자인하고, 인공 수족의 전문가들과 상의하
며 기계 팔을 제작했다. 제작한 팔을 로라가 간이로 부착하
고 움직여보며 세부적으로 다듬는 과정도 있었다. 그 팔을
로라의 신경과 근육에 잇는 수술을 하기 직전, 가족들에게
이식 결정에 대해 이야기했고, 마지막 순서가 진이었다. 진
은 자신의 연인이 존재하지 않는 팔 때문에 혼란을 겪고 있
다는 것도, 그 해결책이 뇌를 고치는 것이 아니라 새로운 팔
을 다는 것이라는 결론도 받아들일 수 없었지만, 무엇보다
로라가 아무 상의도 없이 혼자 모든 것을 결정한 다음 단지
통보를 해왔다는 사실이 가장 받아들이기 힘들었다.

"그 말도 안 되는 수술을 허가해줬다고?"

"그렇지. 말도 안 되는 수술이어서, 그래서 결코 쉽지
않았어. 지난 십 년간 나의 뇌를 계속해서 자료로 남겼어.
진, 이걸 봐. 이게 나의 뇌 속 지도야."

로라가 내민 자료에는 흑백의 뇌 스캔 데이터들과 의사의 소견이 적혀 있었다. 수많은 시도에도 불구하고 로라는 그 오랜 세월 동안 세 번째 팔이 존재한다고 생생하게 느꼈다. 어떤 방법으로도 로라의 뇌는 고쳐지지 않았다. 잘못된 지도는 이미 로라의 삶 전체를 사로잡았다.

"봐, 지금도 그 팔이 너를 만지고 있는 것 같아. 우리가 포옹할 때 나는 세 번째 손을 이용해서 네 뺨을 쓰다듬어. 그런데 그게 사실은 실재하지 않는다는 걸 깨달을 때마다, 내가 어떤 틈새에 낀 존재 같다고 느껴. 진, 네 감정에 대해 생각해보지 않은 건 아냐. 내가 너라면, 받아들이기 힘들 거라고도 생각했어."

침묵하는 진에게 로라가 말했다.

"네가 떠나면 난 아주 슬플 거야. 너를 사랑하는 일은 나를 기쁘게 해. 하지만 그렇다고 해서 내가 되는 일을 포기할 수는 없어. 나 자신이 되는 일은 인생 전체를 건 모험이야. 네가 날 지지해주면 좋겠어. 그럴 수 없다면……."

로라는 말을 멈췄다가, 진을 한참 바라보고는 말했다.

"그래도 상관없어. 난 이렇게 할 수밖에 없으니까."

　진이 가장 괴로웠던 것은 로라가 애초부터 이해받을 생각이 없었다는 점이었다. 로라는 과잉 사지를 오로지 자신의 문제로만 남겨두었고, 오랜 시간 진에게 세 번째 팔의 존재에 대해 말하지 않았으며, 기계 팔을 달기 직전에야 모든 것을 통보했다. 진은 로라의 그런 태도를 보며, 로라가 처음부터 어떤 이해도 기대하지 않았을지도 모른다고 생각했다. 어쩌면 그 괴로움이 《잘못된 지도》를 쓰도록 진을 이끌었을 것이다. 글은 진이 타인을 이해하는 방식이었고, 진은 로라의 내면을 알고 싶었다.

　책과 논문을 수집하며 문헌 조사를 했고, 지인을 통해 제보를 받아 인터뷰를 요청했다. 수락해준다면 세계 어디로든 인터뷰 대상자를 만나러 갔다. 일 년 반이 넘는 취재 기간에 진은 로라와 비슷한 수십 명의 사람들을 만났다. 뇌의 잘못된 지도와 몸의 불일치를 신체의 변형을 통해 바로잡으려고 한다는 점에서, 몸 정체성 장애가 있는 사람들과 로라는 유사했다. 한편, 신체에서 무언가를 제거하는 것이 아니라 더한다는 점에서는 트랜스휴먼들도 로라와 유사했다. 하지만 그중 누구도 로라와 정확히 같지는 않았다.

《잘못된 지도》에 실린 사례 중 로라와 유사한 경우는 단 한 건뿐이다. 취재에 응한 노인은 그것이 이미 지나온 과거의 일이라고 회상했다. 증상은 50대 후반에 뇌졸중으로 쓰러진 이후 발생했는데, 약 2주간 왼쪽 허리 부근에서 또 다른 팔이 움직이는 것 같은 느낌을 받았다고 했다. 그러나 노인은 오랜 재활 훈련을 통해 지금은 그런 감각을 거의 느끼지 못하며, 가끔 다른 팔이 달려 있던 자리가 간지러울 뿐이라고 했다. 그 밖에 문헌상으로 보고된 사례가 일부 있었으나 로라처럼 과잉 사지를 경험하는 경우는 매우 드물었다. 대개는 인터뷰했던 노인과 유사하게 뇌 병변의 합병증으로 나타났고, 로라처럼 분명한 팔의 존재로 드러나지도 않았으며, 다른 기능 장애가 치료되면 환상지 역시 사라졌다.

진은 기능적 자기공명영상(fMRI)을 이용해 과잉 사지를 연구한 십 년 전의 논문을 발견하고 취재를 요청했다. 교신 저자에게서 연구 대상인 환자의 개인정보를 넘겨줄 수 없다는 말과 그 이후 새로운 사례를 발견하지 못했다는 답변이 돌아왔다. 유일하게 진의 취재에 응했던 연구원도 실험 결과에 대해서 회의적이었다.

"제가 연구에 참여한 건 사실이에요. 이미지 분석을 맡

왔죠. 하지만 그 이후로 같은 증상의 환자를 한 번도 보지 못했어요. 과학 연구 중에는 간혹 그런 것들이 있지요. 단 한 번 관측되었다가, 이후에는 다시 나타나지 않는 어떤 특이한 현상들이요. 그런 건 사실 자연의 일시적 오류라고 봐야 하는 게 아닐까 싶습니다만……. 혹시 어떤 특정한 사례를 염두에 두고 계신가요?"

진이 잠깐 흔들린 것은 사실이었다. 연구원은 로라의 상황에 대해서, 자신이 아는 만큼은 과학적 설명을 덧붙여 해설해줄 수 있을 터였다. 그러나 진은 결국 로라에 대해 말하지 않았다. 로라가 자신의 환상지를 끝내 현실로 구현했다는 것도.

진은 로라가 든 비유에 대해 자주 생각했다.

"평생을 살아갈 집의 설계자가 네게 도면을 내밀었어. '이게 당신의 집이에요.' 분명히 도면에는 커다란 방이 하나 있어. 창문이 커서 햇볕이 잘 들고, 방 한쪽에 책장을 들여 서재로도 쓸 수 있을 만큼 멋진 방이야. 그런데 아무리 찾아봐도 실제로는 그 방이 없는 거지. 내 현실은 작고 비좁은 거실뿐이야. 도면을 준 설계자가 나를 비웃어. '잘 찾아보세요, 방이 분명 거기에 있다니까요.' 나를 놀리는 걸까? 내가 환각을 보는 걸까? 살아갈수록 그 가상의 방이 더 절실해지는데, 무언가가 내 눈을 가려서 문을 찾을 수 없는 걸까? 잘못된 건 나일까, 아니면 이 집일까, 애초에 내가 받은 도면일까?"

진은 로라가 누구에게도 완전히 이해받지 못한다는 사실에 종종 우울감을 느낀다는 것을 알았다. 로라를 이해하는 단 한 사람, 진은 그런 사람이 되고 싶었다.《잘못된 지도》를 쓰면서 진은 로라가 경험하는 현상을, 로라의 신체에 내재된 불쾌감을 적어도 머리로는 받아들일 수 있게 되었다. 그러나 그것은 교과서의 특정 구문을 외는 것처럼, 수식을 기계적으로 옮겨 적는 것처럼, 진짜 이해로부터 자꾸만 미끄러졌다.

"진, 네가 그 모든 일을 했다는 걸 생각하면 난 기쁘고 또 슬퍼져. 어떤 사람을 이해하고 싶어서 사람들은 글을 쓰고 책을 찾아 읽고 또 애써 상상하지만, 너처럼 온 세계를 여행하고 돌아와서 한 권의 책을 완성하는 사람은 정말 드물겠지. 나도 그걸 알아."

로라는 웃으며 말했다.

"그렇지만 하나는 확실히 해야 해. 너는 나를 위해서가 아니라, 너를 위해 그 여행을 다녀온 거야."

로라

H는 두 번째 메일에서 진이 대학 시절 잡지에 기고한 에세이를 읽었다고 했다. 그제야 진은 그때 썼던 글의 내용을 기억해냈다. 그것은 가벼운 연애 에세이였는데, 자주 다치고 부주의한 연인이 걱정스러우면서도 사랑스럽게 느껴진다는 내용이었다. 그때 진이 글을 보여주었더니 로라가 "별 얘기를 다 쓰는구나, 너는" 하고 웃었던 기억이 떠올랐다. 로라의 그런 특성이 신체의 불일치감에서 비롯한 것임을 알았다면, 그래도 그것이 마냥 사랑스럽게 느껴졌을까.

이제 제가 당신에게 메일을 쓴 진짜 이유를 이야기해보려고 해요. 진, 저도 당신과 같습니다. 제게 아주 가까운 사람이 몸을 바로잡고 싶어 해요. 그건 누가 보아도 끔찍한 결과로 향해 가고 있어요. 저는 불안하고 두려워요. 그를 잃을까 봐 두렵지만 무엇보다도, 제가 그를 앞으로도 이해하지 못할까 봐, 그래서 사랑하지 못하게 될까 봐 두려워요.

그는 H의 연인일 수도 있고 가족일 수도 있을 것이다. H는 변형된 신체를 갖게 될 그 사람을 여전히 사랑할 수 있을지, 만약 그 새로운 신체를 자신이 끔찍하게 여기기라도 한다면 그것이 옳은 일인지, 그의 변화를 어떻게 받아들여야 하는지 혼란스러워 했다.

하지만 진, 당신도 알 거예요. 우린 그들을 설득할 수 없잖아요. 이해할 수도 없고요. 우리는 그저…… 기다릴 뿐이에요. 다가올 변화를.

그러면 우리가 할 수 있는 일은 대체 뭘까요.

진은 H가 느낄 막막한 심정과 혼란을 이해했다. 벌써 몇 년의 시간이 지났지만, 진은 여전히 로라의 세 번째 팔을 보는 것이 낯설고 고통스러웠다.

만약 로라가 세 번째 팔을 아주 매끄럽게 다루었다면 무언가 달라졌을까? 로라는 적응하지 못했다. 세 번째 팔은 오른쪽 어깨 부근의 근육과 신경에 연결되었는데, 로라가 그 팔을 제대로 가눌 수 없었던 것이 애초부터 인간에게 없는 신체 부위를 연결했기 때문인지 혹은 후천적으로 연결된 팔이기 때문인지는 알 수 없었다.

신경 접합 부위를 덮은 인공 피부에서는 자주 진물이 흘렀고, 징그러운 흉터가 생겼다. 팔을 수시로 닦아주어야 해서 결국 인공 피부를 반쯤 벗겨냈다. 로라는 기계 팔의 외관을 마음에 들어 하지 않았다. 무거운 세 번째 팔 때문에 자주 균형을 잃었고, 염증으로 고생했다. 나중에는 원래 가지고 있던 팔의 기능마저 저하되었다. 의사는 기계 팔을 떼어내는 것이 좋겠다고 조언했다.

로라는 그렇게 하지 않았다. 세 번째 팔을 가진 채로 살아가겠다고 했다. 그것이 자신이 할 수 있는 최선의 현실이라고 말했다.

로라에게 세 번째 팔은 증강도 향상도 아니었다. 그것은 몸에 대한 훼손이었고, 차라리 결함을 갖기로 선택하는 것이었다. 진이 그렇게 긴 여정을 떠났던 것은, 어떤 사람들이 스스로 결함을 갖는 결정을 내리는 이유를 조금이라도 이해하고 싶었기 때문이다.

진은 식은 커피를 한 모금 마시고 메일을 마저 쓰기 시작했다.

H, 제가 당신을 도울 수 있을지는 잘 모르겠습니다. 아마 제가 무슨 말을 하든 당신은 그를 설득해보려고 할 테고, 그는 자신이 원하는 결정을 내리겠죠. 그러면 당신은 혼란스러워지고, 당신 역시 어떤 특정한 결단을 내려야 한다고 생각할 겁니다. 그렇지만 꼭 그럴 필요는 없다는 이야기를 이제 하고 싶습니다.

사실 저도 여전히 당신과 같은 혼란을 느낍니다. 그것은 앞으로도 끝나지 않을 거예요. 그 긴 여정이 끝나고 오랜 시간이 흐른 지금에야, 그곳에도 결국 해답은 없었다는 사실을 알게 되었거든요. 당신의 첫 번째 메일을 받고, 어쩐지 로라를 만나야겠다는 생각이 들었어요.

어제 저는 거의 두 달 만에 로라를 다시 만났습니다. 로라가 기계 팔을 단 이후로 우리는 만나다 헤어졌고, 또 만나다 헤어지기를 반복했습니다. 그 모든 사건이 로라의 팔 때문이라고 말하지는 않을 거예요. 그건 단지, 우리 사이에 결코 좁힐 수 없는 간격이 있다는 걸 확인해주는 하나의 사건이었을 뿐입니다.

도저히 더는 기다릴 수 없어 만나러 왔다는 말에 로라는 그럴 줄 알았다며 웃었습니다. 그러고는 세 번째 팔로 저를 꽉 안아주었어요.

그 팔은 여전히 차갑고 단단했으며 지독한 기름 냄새가 났습니다. 힘 조절을 못 해 부품들이 제 어깨를 찔러댔고, 공기 중으로 노출된 인공 근육이 제 뺨을 건드렸습니다. 아무리 반복해도 익숙해질 수 없는 감촉이었어요. 로라는 제가 불편해한다는 것을 알면서도 일부러 세 번째 팔을 늘 포옹에 동참시켰고요. 이번에도 그랬죠.

눈이 마주쳤을 때, 로라는 장난기 어린 표정으로 씩 웃었습니다. 그 순간 저는 여전히 로라를 사랑하고 있다는 사실을 알았어요. 동시에 제가 앞으로도, 어쩌면 영원히 로라를 이해할 수 없으리라는 것도요.

하지만 그걸 깨닫는 기분이 나쁘지는 않았습니다.

사랑하지만 끝내 이해할 수 없는 것이 당신에게도 있지 않나요.

로라

마지막 문장을 막 끝마쳤을 때, 초인종이 울렸다.

진은 얇은 커튼을 통과해 쏟아지는 햇빛과 서성이는 실루엣을 보았다. 창문 너머 여름 정원을 등지고 누군가 문 앞에 서 있었다. 오른쪽 어깨에서 시작되는 직선의 기계 팔과 뻣뻣한 움직임, 기우뚱한 그림자. 은색의 표면 위로 햇살이 부서졌다.

진이 끝내 이해할 수 없을 로라가, 그곳에 있었다.

숨그림자

단희는 그날 아침 북적이는 입자들을 느꼈다. 평소와 다른 소란이었다. 이따금 숙소 건물 전체가 말들로 꽉 차는 일은 있었지만, 지금처럼 방 안까지 떠내려올 정도로 시끄러운 적은 드물었다. 분명 무슨 일이 생긴 것이다. 옷을 대충 걸쳐 입고 침실 문을 여는데, 이 시간에 늘 건너편 침대에 깊게 잠들어 있던 조안의 모습이 보이지 않았다.

복도로 들어서니 흐릿하던 입자들의 의미가 점차 선명해졌다. 어떤 입자들은 멀리서부터 왔고, 또 어떤 입자는 바로 근처에서 왔다. 그것들은 하나의 이야기로 수렴되었다. '누군가가 어디로 떠난다. 아주 먼 곳으로.' 단희는 그 의미를 읽으며 마음이 무거워졌다. 예상해온 일이었다. 수십 수백 번을 상상했던 일이, 이제 일어났을 뿐이다. 그러나 그날이 이렇게 빨리 올 줄은 몰랐다.

계단을 내려가자 천장이 높은 로비가 보였다. 짙은 녹색 천장 아래, 업무 구역으로 이어지는 문 옆에 사람들이 모여 있었다. 게시판에 붙은 무언가가 사람들의 시선을 끌고 있었다. 인파에 가려 뭐가 쓰였는지 보이지 않았지만, 공기 중을 떠도는 대화만으로도 단희는 그게 무엇인지 알 것 같았다. 그래도 두 눈으로 직접 확인해야 했다.

[실례합니다.]

단희는 사람들 사이를 뚫고 게시판 앞에 섰다.

오래된 안내문들이 어지럽게 붙은 게시판에, 이제 막 새로 게시된 한 장의 종이가 눈에 띄었다. 탐사대 선발 명단이었다.

그리고 명단 맨 위에 조안의 이름이 있었다.

[너, 괜찮아?]

단희는 고개를 돌렸다. 유나였다.

단희는 굳은 표정을 숨기지 않았다. 유나는 이해한다는 시선을 보냈다. 게시판 앞에 모인 사람들이 흘끔거리며 방금 도착한 단희의 눈치를 보았다. 공기 중에 의미 입자들이 섞여 있었기에, 사람들이 조안뿐만 아니라 자신에 관해서도 속닥대고 있음을 단희는 알 수 있었다. 방금 깨어나 잘 돌아가지 않던 머리가 천천히 식었고, 어떤 사실이 분명해졌다.

조안은 다시는 돌아올 수 없는 곳으로 간다.

조안은 그것을 스스로 결정했다.

누군가 어깨를 톡톡 치더니 뒤쪽 어딘가를 가리켰다. 단희는 계단 위를 올려다보았다. 중앙 계단과 이어지는 복도를 지나 조안이 빠른 걸음으로 걸어가고 있었다. 조안은 남들보다 키가 훌쩍 크고 피부가 붉은 데다 머리색까지 화려해서 멀리서도 알아볼 수밖에 없었다. 짧은 순간 단희는 조안과 눈이 마주쳤고, 조안의 발걸음도 잠시 느려졌다. 하지만 조안은 다시 시선을 돌리고 속도를 높여 걸어갔다. 언제나처럼 머플러를 둘둘 감아 코와 입을 가린 채였다. 조안의 태도가 뜻하는 바는 명확했다. 아무리 설득해도 이제는 조안의 마음을 바꿀 수 없으리라는 사실.

단희는 가라앉은 기분으로 생각했다.

그래, 바쁘겠지. 너는 저 멀리, 우주로 가야 하니까.

*

숨그림자 사람들은 호흡으로 의미를 읽는다. 공기 중에 단 여덟 개의 입자만 섞여 있어도 그것을 인식할 수 있다.

지하인들의 뇌실에 서식하는 마이크로바이옴은 유기 분자들을 학습하고 합성하며, 인지 체계와 상호작용하여 의미 입자를 구성한다.

분자들은 공기 중으로 의미를 실어 나른다. 지하인의 호흡기로 들어간 분자는 후각 수용체와 결합하고, 후각 수용체는 의미를 증폭한다. 분자는 우회하거나 비유하지 않는다. 각각의 분자들은 그것이 지닌 작용기와 구조에 따라 의미화된다. 시간이 흐르면서 잇따르는 의미 입자들의 분해와 변형, 화학반응은 하나의 의미망을 완성한다.

단희는 어릴 때부터 의미를 담은 입자들에 이끌렸다. 모든 것이 정체하고 멈춰 있는 지하 세계에서 유일하게 아름다운 것이 있다면 그건 확산하는 언어들뿐이라고 생각했다.

최초로 입자가 의미가 되던 순간을 단희는 기억한다.

[엄마] [동생] [인형] [물] [걷다] [미안해] [고마워]

그런 것들은 공기 중에 떠 있었다. 어떤 입자는 뺨을 간지럽혔고 어떤 입자는 속눈썹 끝에 매달렸다. 후, 하고 불면 이쪽에서 저쪽으로 옮겨 갔다.

나중에는 더 추상적이고 덜 일상적인 의미를 배웠다.

[숨] [호흡] [입자] [합성] [진동] [충돌] [상호작용]

　단희는 [사랑]을 의미하는 입자들이 공기 중에 가득 차 있을 때가 좋았다. [풀]과 [가시]의 입자는 느낌이 비슷했는데 어쩐지 뾰족한 모양으로 코를 찌르는 것 같았다. 지하 세계를 말하는 [숨그림자]라는 의미 입자를 처음 알았을 때는, 숨 속에 섞여 들어오는 의미의 그림자들을 상상해보았다. 그것이 지하 세계의 실제 모습에 비해 과분한 단어라고도 생각했다. 배운 의미들로 방을 가득 채우면 어른들에게 너무 시끄럽다는 핀잔을 들었다. 그래도 단희는 서로 불규칙하게 부딪치고, 바람과 온도와 호흡을 따라 표류하고 확산하는 말들을 상상하는 일로 하루를 다 보내는 것이 좋았다.

　의미합성 연구실의 보조 연구원이 된 건 열여섯이 되던 해였다. 학생 신분으로 연구 보조를 하는 경우는 이전에도 있었지만, 단희는 그중에서도 이례적으로 어렸다. 단희의 가족들도 무척 기뻐했고 숨그림자에서도 꽤 화제가 되었다.

　친구들은 소식을 듣고 찾아오더니 축하 세례가 끝나기도 전에 대뜸 속닥였다.

[그럼 너, 연구소에서 정말 괴물을 기르는지 알아봐.]

[괴물?]

[요즘 도는 소문 있잖아. 연구소의 아주 낮은 층에 괴물이 갇혀 있대.]

[어, 나도 그 이야기 들은 적 있어. 우리 삼촌도 그랬어. 서류를 전달하러 연구소에 갔더니, 아래로 내려갈수록 이상한 진동이 느껴지더라고…….]

한 달 전부터 연구 시설 쪽에서 일상적이지 않은 수준의 큰 진동이 느껴지거나, 불쾌한 입자들이 입구에서 흘러나오더라고 수군거리는 사람들이 있었다. 특히 지하 아주 깊은 곳에 있는 유전자 보관소 인근이 그렇다고 했다. 누군가는 연구원들이 고대 유전자를 복원해 맹수를 만들었다고 하고, 누군가는 여러 종을 조합한 키메라를 합성한 것이라고 했다. 그 소문은 단희도 들은 적이 있었지만 별로 신경 쓰지 않았다. 연구원들이 왜 굳이 위험한 괴물을 만들어냈겠는가. 숨그림자는 닫힌 공간이라 기이한 소문이 생겨나기 좋은 곳이었다.

출근 첫날, 단희는 설렘과 긴장감이 섞인 기분으로 안내받은 장소로 향했다. 소문 같은 건 아랑곳하지 않았지만, 지금부터는 허드렛일이라고 해도 정식 연구 활동이 되는 셈이니 걱정이 되긴 했다. 그런데 정해진 시간보다 조금 일찍 오긴 했어도 연구실 불이 모두 꺼져 있어 의아했다. 단희는 비상 조명만 켜진 침침한 복도 의자에 앉아 사람이 오기를 기다렸다. 누군가 복도 끝에서 걸어왔다. 젊은 연구원이었는데, 그는 애매하게 미소 지으며 단희에게 인사를 건넸다.

[앞으로 네 교육을 담당하게 된 유나라고 해.]

그다음 말은 전혀 뜻밖이었다.

[그런데 어쩌지, 당분간 합성 연구실은 운영하지 않게 됐어.]

[네?]

[중요한 프로젝트가 있어서 다들 그쪽으로 갔어. 일손이 부족하다 보니 널 당장 가르치기도 마땅치 않고. 원래 선임들은, 두 달 뒤에 합성 연구실을 다시 열려고 했대.]

[그럼 저는 다시 집으로 돌아가야 하나요?]

[글쎄. 혹시 너도 관심 있어?]

[네?]

[그 중요한 프로젝트 말이야.]

유나의 말에 단희는 어리둥절한 표정을 지었다. 그 프로젝트라는 게 뭔지 알고 관심 있다고 대답한단 말인가. 하지만 유나의 어조가 어딘가 흥미로운 제안을 하는 것처럼 들렸으므로, 단희는 고개를 끄덕였다.

[어떤 프로젝트인가요?]

[할 생각이 있으면, 지금 유전자 보관소로 가자.]

유전자 보관소라는 말에 단희는 놀랐다. 아이들이 떠들어대던 연구동 아래의 괴물에 대한 소문이 떠올랐다. 괴담이 아니었던 걸까? 정말로 그 아래 무언가 있는 것일까?

[아, 그럼…….]

단희가 우물쭈물하자 유나는 얼른 따라오라는 듯 손을 까딱했다. 어떤 일인지도 모르고 이렇게 대뜸 따라가도 괜찮은 걸까. 단희는 망설이다 물었다.

[저 혹시, 정말로 거기 괴물이 있어요?]

유나는 무슨 말이냐는 듯 눈을 크게 뜨고는, 이내 싱긋 웃었다.

[어떤 사람들은 그렇게 말하지. 하지만 네가 직접 보면 알 거야.]

어두운 계단을 빙글빙글 돌아 한참을 내려갔다. 복도를 지나고, 비상구를 통과해 다른 건물로 이어지는 다리를 건너고, 여러 문을 통과했다. 저 아래 있는 것이 무엇이든, 정말 쉽게 접근할 수 없게끔 꽁꽁 감춰둔 셈이었다. 목적지에 가까워질수록 유나의 걸음걸이가 발 진동을 내지 않으려는 것처럼 조심스러워졌다.

[기밀은 지켜줘야 해.]

단희도 괜히 숨을 죽이며 유나를 따라갔다. 유전자 보관소 팻말이 걸린 문 앞에 도착했다. 유나는 그 문을 여는 대신, 아무것도 없는 맨 벽에 보안카드를 가져다 댔다. 작은 진동이 일었고, 그 옆에 벽인 줄 알았던 것이 문으로 변했다. 유나가 그것을 밀어젖히자 하얗고 환한 조명이 밝혀진 통로가 드러났다. 통로는 좁았고, 몇 개의 닫혀 있는 문이 보였다.

그 복도 끝 유리 벽 너머에 '괴물'이 있었다.

소문과 달리 괴물에게는 날개도 뿔도 달려 있지 않았다. 괴물은 사람과 비슷한 외형을 하고 있었다. 정확히는…… 단희의 또래로 보이는 소녀였다. 지친 듯 격리실 구석 의자에 늘어져 있었는데, 잠든 것 같았다. 유리 벽 가까이 걸어가며 보니 보통 사람과는 외모가 약간 달랐다. 피부는 붉었고 머리카락은 밝았다.

격리실은 완전히 밀폐되어 있어 입자 하나 통과하지 않을 것 같았다. 단희는 유리 벽 앞에 멈춰 섰다. 잠든 소녀에게서는 기시감이 느껴졌다. 분명히, 어디선가 저런 모습을 본 적이 있다. 어디였더라.

　[저 아이 말인데요…….]

　기억해냈다. 이제는 사진과 영상 자료로만 남은 모습이
었다.

　[원형 인류의 모습을 하고 있네요.]

　[맞아.]

　유나는 고개를 끄덕이며 말했다.

　['조안'은 과거에서 왔어.]

*

　조안은 부서진 우주선과 함께 얼음 밑에서 발견되었다.

　몇 달 전 극지방을 조사하러 간 탐사대가 처참한 사고
현장을 발견했을 때, 그곳에는 얼음 아래 수백 개의 캐빈들
이 동면 상태로 파묻혀 있었다. 단단히 언 상태였는데도, 과
거의 추락 사고로 큰 충격이 가해졌는지 캐빈 안에 있던 사
람들은 모두 심한 손상을 입었다. 탐사대는 캐빈들을 기지
로 가져오는 대신 얼음 밑에 그냥 두었다.

　손상되지 않은 캐빈은 단 하나뿐이었다. 캐빈에 새겨진
과거 공용어의 흔적대로라면 소녀의 이름은 '조안'이었다.

하지만 오랜 세월에 글자가 지워졌으니 원래는 '조안나'이 거나 '제인'일지도 몰랐다.

기밀 연구가 시작되었다. 연구원들은 이 사고가 적어도 수백 년 전 발생했다는 결론을 내렸다. 그들은 지구에서 출발해 다른 행성으로 가던 원형 인류였을 것이다. 원래 목적지는 이곳이 아니었을 가능성이 컸다. 사고 현장에 남은 DNA를 수집했지만 조안의 가족으로 추정되는 사람은 없었다. 얼음 아래에 묻힌 이들은 서로 혈연관계가 드러나지 않고 중구난방으로 섞여 있었다. 불시착한 것으로 추측되는 소형 탈출 셔틀과 블랙박스를 통해 학자들은 사고의 원인을 역추적했다. 아마도 수천 명, 혹은 수만 명 이상을 나누어 실은 대규모 이주 우주선이 이동하다가, 그중 하나가 사고에 휘말린 것이 아닌가 하는 잠정적 결론이 내려졌다.

어떤 학자들은 조안을 되살리는 것에 반대했다. 이미 수백 년 전 죽은 것이나 다름없는 사람이 숨그림자에 도움이 될지는 알 수 없었다. 원형 인류가 살아 있다는 것이 알려지면 오히려 지하 세계가 혼란스러워질 것이 분명했다. 다른 행성을 찾아가던 이주 우주선의 존재는, 이 행성의 유독한 대기층 바깥 어딘가 멀지 않은 곳에 인류의 다른 터전이 있을 가능성을 암시한다. 그것을 희망이라고 부를 수도 있겠지만, 섣부른 희망을 이르게 공표할 필요는 없었다.

연구원들은 조안의 존재를 숨기기로 합의했다. 조안을 밖으로 내보내서는 안 된다는 명분도 있었다.

[조안을 보호하기 위해서 공간을 완전히 격리해둔 거란다. 우리가 대화할 때 사용하는 입자들이 저 아이에게 어떤 영향을 미칠지 모르니까. 원형 인류는 우리만큼 후각 수용체가 섬세하게 발달하지 않았고, 뇌실에 서식하는 마이크로바이옴도 없거든. 어떤 입자는 심지어 저 아이에게 신경독으로 작용하는 것 같더구나.]

동면에서 깨어난 조안을 대면한 역사학자의 말에 의하면, 조안은 과거의 공용어를 쓸 줄 알았다. 처음에는 혼란스러운 듯 공용어로 더듬거리며 이곳이 어디냐고 묻기도 했다. 조안이 음성 언어로 말하고 있음을 알아차린 학자들이 수백 년이 지난 라이브러리에서 공용어 데이터를 복원해 어설픈 이중 통역기를 만들어 가져왔다. 그러나 통역기를 통해 조안에게 상황을 간략히 알려주자, 조안은 말을 모르는 것처럼 그날부터 입을 꾹 다물어버렸다.

그 이야기를 들어서인지도 모르지만, 단희는 격리실 문이 닫힌 자리에서 미세한 감정의 잔여물이 느껴진다고 생각했다. 그것은 숨그림자 태생이라면 누구든 어릴 때부터 엄격히 통제하기를 배우는 기분의 입자들이었다. 문 앞에는 슬픔과 두려움의 흔적이 남아 있었다.

이튿날도, 그다음 날도 단희는 격리실이 있는 복도로 향했다. 지나칠 정도로 밝은 조명을 켠 연구실에 들어설 때면, 늘 유리 벽 너머로 잠들어 있는 조안을 볼 수 있었다. 연구원들은 잠든 조안을 관찰하거나 조안에게서 채취한 무언가를 분석하는 중이었다. 단희는 마음이 불편해졌다. 그렇게 갇혀 있는 조안도, 조안을 실험체로 다루는 연구원들도 편히 볼 수 없었다. 무언가 잘못된 것 같았다.

단희는 이제 유나에게 의미합성 연구가 재개될 때까지 연구동에 나오지 않겠다고 말할 생각이었다. 여기서 자신이 보텔 일은 없었고, 또 이런 연구를 거들고 싶지도 않았다. 그런데 그날은, 이전까지와는 달리 조안이 깨어 있었다.

단희가 유리 벽 가까이 걸어가자 조안의 시선이 단희를 따라왔다. 유나가 말했다.

[저 아이, 너에게 관심이 있나 봐.]

정말 그런 것 같았다. 조금 전까지 연구원들이 아무리 말을 걸어도 관심조차 주지 않던 조안은, 단희가 가까이 다가온 순간부터 시선을 단희에게 고정했다.

[한번 말을 걸어보렴.]

누군가 단희에게 권유했다. 실험실 동물처럼 갇혀 있는 상대와 대화를 해야 한다는 게 망설여졌지만, 단희는 어쩔 수 없이 유리 벽을 사이에 두고 조안과 마주 앉았다. 색소가 옅은 눈이 단희를 향하며 깜빡였다. 무어라 수군거리던 연구원들도 그 모습을 보고 조용해졌다. 단희는 창백한 숨 그림자 사람들과는 다르게 혈색을 띤 조안의 연분홍색 피부와 밝은 다갈색의 머리카락을 보았다. 어제만 해도 짐승처럼 흐트러져 있었던 머리는 이제 단정히 묶여 있었다. 조안은 눈을 가늘게 떴다. 단희가 그러듯이, 조안 역시 단희를 관찰하고 있었다.

어색한 침묵을 깨고 단희가 말했다.

[안녕.]

[아, 조안과 이야기하려면 의미 통역기를 써야 해.]

연구원이 뒤늦게 생각난 듯 기계 하나를 들고 단희에게로 왔다. 기계는 대충 만든 것처럼 부품이 튀어나온 데다 마감이 허술했는데, 연구원은 단희의 손목 분비선 근처에 그 조악한 기계를 둘렀다.

[어떻게 쓰는 거예요?]

단희가 묻자 기계에서 이상한 진동이 느껴졌다. 움찔하며 기계를 손목에서 떼어내려던 단희의 어깨에 연구원이 손을 얹었다.

[그렇게 말하면 저 안쪽에서 원형 인류의 언어가 재생될 거야. 아직 완성된 건 아니니까, 너무 복잡한 말은 통역이 안 돼.]

유리 벽 건너편에도 붉은색 램프가 점등된 작은 기계가 있었다. 단희는 잠시 심호흡을 하고 다시 말했다.

[안녕, 조안.]

단희의 입자들은 기계를 거쳐 재생되었다.

"안녕, 조안."

그것은 격리실 안쪽 기계에서도 똑같이 재생되었다. 단희는 흠칫 놀랐다. 원형 인류의 음성 언어를 들은 건 처음이었다.

[너와 이야기를 나누고 싶어.]

이번에도 소리가 들렸다. 조안은 끈질긴 시선으로 단희를 살폈지만, 아무런 대답을 하지 않았다. 한참을 기다려도, 또다시 말을 걸어보아도 마찬가지였다. 조안은 이제 이쪽에 시선을 고정한 채, 입을 절대 열지 않겠다는 듯 꾹 다물고 있었다.

단희는 고개를 갸웃하며 유나를 향해 물었다.

[혹시 제대로 통역이 안 되는 건 아닐까요?]

[우리가 조안에게 부착한 뇌파 감지기를 보면, 조안은 재생된 음성 언어를 이해해. 처음에 역사학자와 나누었던 짧은 대화도 그렇고. 지금 저 아이는 대답을 하기 싫은 거야. 대답할 마음이 없는 거지.]

단희는 유나의 설명을 듣고 조안을 유심히 살폈다. 문득 깨끗하지만 그 애를 위한 물건이라고는 아무것도 없는, 침대와 옷가지뿐인 격리실 안의 풍경이 눈에 들어왔다.

그날의 대화는 소득이 없었는데도 연구원들은 조안이 단희에게 잠시나마 관심을 보였다는 사실이 흥미로운 모양이었다. 조안은 깨어난 이후 거의 한 달째 침묵만 고집하고 있었기에, 단희가 끌어낸 짧은 관심도 의미 있다고 했다. 연구원들은 내일도 와달라고 부탁했고 단희는 얼떨결에 고개를 끄덕였다.

다음 날도 똑같은 침묵이 이어졌다.

연구원들은 대화를 방해하지 않겠다며 밖으로 나갔다. 유리창을 사이에 두고 둘만 남으니 공간을 가득 채운 침묵이 더 어색하게 느껴졌다. 조안은 말없이 단희를 관찰하고 있었다.

단희는 언젠가 배운 원형 인류에 관한 지식을 떠올려보았다. 숨그림자에서 과거는 그다지 중요한 것이 아니었지

만, 한때 지구에 살았고 멸망으로부터 도피해 우주로 흩어
졌다는 원형 인류에 대해서만큼은 아이들도 모두 알고 있
었다. 숨그림자의 사람들이 원형 인류의 후손이라는 사실
은, 실재하는 과거라기보다 일종의 신화처럼 느껴졌다. 멀
리 있었고 아득했다. 단희는 별들이 있다는 우주를 한 번도
본 적이 없었다. 숨그림자의 세계는 닫힌 공간, 지하의 영역
이었다. 우주는 늘 강한 모래바람이 불고 유독한 기체로 가
득한 행성의 대기층으로 가려져 있었다.

눈앞에 있는 조안은 과거 인류가 이 대기층 바깥에서
왔음을 보여주는 증거였다.

[너는 우주를 보고 왔겠네.]

어색함을 깨기 위해 아무 이야기나 꺼내야 했다. 음성
을 재생하는 기계가 자신의 말을 제대로 통역하는지 확신
이 없었지만, 될 거라고 믿는 수밖에 없었다.

[지구는 어땠어? 우리는 지구를 떠나온 지 너무 오래되
어서, 그곳을 기억하는 사람들은 이제 아무도 없어.]

조안은 눈썹을 조금 움직였지만, 무슨 생각을 하는지
알 수 없었다. 원형 인류와 숨그림자 사람들의 감정 표현
방식이 완전히 달라진 것이 아니라면, 조안은 지금 일부러
표정을 숨기는 것처럼 보였다.

[네가 겪었다는 일 말이야……. 안타깝게 생각해.]

단희는 약간 체념한 상태로 말을 이어갔다.

[나도 어머니가 일찍 돌아가셨어. 외부 탐사를 나갔다가 유독성 폭풍에 휘말리셨지. 그래도 지금까지 어른들이 나를 잘 돌봐줬고, 즐겁게 지내왔어.]

조안의 옅은 눈은 이상하게도 단희에게서 더 많은 말들을 이끌어냈다.

[여기도 그렇게 나쁜 곳은 아니야. 널 해치려는 사람도 없어. 적어도 이 행성에서는 가장 안전한 장소야. 그러니까 너도 어쩌면 여기서…….]

계속 살아갈 수도 있겠지만. 문득 단희는 그게 조안에게는 무의미할지도 모른다는 생각에 말을 멈췄다. 조안은 여전히 말이 없었다.

조안이 계속해서 침묵을 지키자, 연구실 문에 달린 작은 창문으로 상황을 지켜보던 연구원들이 방으로 들어왔다. 연구원들이 대화를 직접 들은 건 아니지만, 공기 중에 남아 있는 입자들 때문에 단희가 무슨 이야기를 했는지 대충 짐작할 수 있을 것 같았다. 너무 사적인, 불필요한 이야기를 늘어놓은 데다가 조안의 반응도 이끌어내지 못했다는 생각에 단희는 부끄러웠다.

연구원들은 멸균한 방호복을 입고 격리실로 들어가 조안의 팔에서 채혈을 했다. 휴대용 스캐너로 조안의 몸을 스캔하기도 했다. 연구원들은 그것이 조안의 건강을 확인하기 위해서라고 말했지만, 지켜보는 단희에게는 그 모든 일이 전부 실험 동물을 대하는 것처럼 느껴졌다. 격리실 바깥의 작업대에서는 한 연구원이 금속 부품을 분석하는 중이었는데, 아마도 조안이 타고 있던 우주선의 잔해인 것 같았다.

연구원들이 다시 격리실을 빠져나갔을 때, 단희는 조안에게 마지막으로 말을 걸었다.

[있잖아, 내 생각에도 이건 너에게 아주 불편한 상황일 거야. 다들 널 비커 속의 실험 물질처럼 대하고 있잖아. 내가 그렇다는 건 아니지만. 무슨 말을 하기 꺼려지는 것도 이해가 돼. 그래도 만약 하고 싶은 말이 있다면 말이야. 꼭 이야기해줬으면 좋겠어. 내가 아는 거라면 뭐든 답해줄 테니까.]

단희는 나름대로 다시 한번 용기를 낸 것이었지만, 조안은 반응이 없었다. 조안은 단희에게 흥미를 잃은 것 같기도 했고 그저 피곤한 듯도 했다. 저 아이가 자신에게 호기심을 보인다는 것도 오해에 불과했을까. 조안은 그냥 아무 말도 하고 싶지 않은 것 같았다. 어쩌면 정말로 아무 생각이 없는지도. 다시 침묵이 흐른 끝에 단희는 자리에서 일어났다.

그때, 조안이 통역기를 끌어당겼다.

단희는 그 자리에 멈추어 섰다. 조안은 통역기를 노려보았다. 단희는 조안이 말하기를 기다렸다. 노골적이지는 않았지만, 바깥의 연구원들도 안을 주시하는 것이 느껴졌다.

조안이 말했다.

"나를 왜 살려낸 거야?"

단희는 통역기의 화면에 깜빡거리는 문장을 보며 무언가 대답하려다 말았고, 또 대답하려다 말았다.

그 질문은 단희가 답할 수 없는 것이었다. 그날 밤 단희는 잠들지 못한 채 조안을 생각했다. 늘 환한 불빛이 비추는 격리실 안에서 그 아이는 지금 무슨 생각을 하고 있을까. 수백 년 전 지구인들이 동면 캐빈에 몸을 뉘었을 때, 그들은 종말을 맞이한 지구보다 더 나은 행성에서 깨어나리라고 믿으며 깊은 잠에 빠져들었을 것이다. 그러나 조안은 셀 수 없이 많은 시간이 흐른 지금 혼자 깨어났고, 과거에 알던 모든 이들을 잃었다. 이곳의 사람들은 조안과 닮은 얼굴을 하고 있지만 이미 다른 종으로 분화해버린, 소통 방식조차 현저히 다른 인류의 아종일 뿐이다.

조안을 살린 것이 조안을 위한 일이라고 할 수 있을까? 연구원들은 숨그림자 사람들이 조안을 죽음에서 구해준 것처럼 말했지만, 조안의 시간은 이미 수백 년 전에 끝나버렸는지도 모른다. 조안에게는 이 모든 것이 불필요한 사후 세계처럼 달갑지 않게 느껴질 수도 있었다. 무관심하고 차가운 조안의 태도는 이 지루한 꿈에서 얼른 깨어나기만을 바라는 것 같았다.

다음 날 단희가 유나와 함께 유전자 보관소 앞에 나타났을 때, 연구원들은 당연히 다시 올 줄 알았다는 듯 단희에게 통역기를 내밀었다. 그러나 단희는 고개를 내저었다.

[조건이 있어요.]

단희는 두려움을 밀어내며 분명하게 말했다.

[조안을 계속 격리해서는 안 돼요.]

연구원들의 얼굴에 당황한 기색이 보였다. 숨기지 못한 불쾌함이 공기 중으로 떠올랐다. 단희는 말했다.

[원치 않았는데 마음대로 살려낸 거잖아요. 조안이 이곳에서 원하는 대로 살아가도록 도와야 해요. 그러면 저도 조안에게서 정보를 얻어볼게요.]

연구원들은 난색을 보였다. 하지만 논의 끝에 조안을 숨그림자에서 평범하게 살아가도록 받아들이는 게 옳다는 쪽으로 결론이 났다. 어차피 지금과 같은 상태로는 조안도 계속 입을 다물 것이고, 원형 인류에 대한 정보를 얻는다는 연구원들의 목적도 달성할 수 없을 터였다. 조안을 자유롭게 해주는 대신, 단희가 정기적으로 조안에 관해 보고하기로 했다.

그날 유나는 단희를 데리고 나오면서 말했다.

[잘했어. 네가 그 애를 살린 거야.]

단희는 어른들이 조안을 연구 자원처럼 다루다 결국 죽여버렸을 수도 있었다는 것을 깨달았다. 생명을 구해주었다고 말하지만, 실제로는 우주선의 잔해와 같은 처지였다. 유나가 견습 연구원일 뿐인 자신을 기밀 연구 현장으로 데려간 것에는 그런 잔인한 처분을 막으려는 의도가 있었으리라는 생각이 뒤늦게 들었다.

격리실의 괴물이 실은 수백 년간 동면되어 있던 원형 인간이었다는 소식은 숨그림자 곳곳에 빠르게 전해졌다. 과거에서 온 원형 인간. 그것이 괴물보다는 덜 거북한 명칭인 것 같아서, 단희는 일부러 조안을 데리고 보란 듯이 돌아다녔다. 조안이 앞으로 주로 머물게 될 학교와 생활 구역뿐만 아니라 평소에는 단희도 갈 일이 없었던 업무 구역 가장 안쪽과 지열발전소, 광산 근처까지, 숨그림자의 지리를 알려준다는 명목으로 데려갔다.

덕분에 거의 모든 숨그림자 사람들이 조안의 얼굴을 단기간에 알게 되었지만, 그에는 역효과도 있었다. 오랜 시간 고립된 공동체였던 이곳에서 외부인이란 괴물만큼이나 낯설고 두려운 대상이었다. 가는 곳마다 노골적인 시선이 따라왔다. 단지 외형이 닮아 있다고 해서 그 경계를 떨쳐버릴 수는 없었다.

숙소에 비어 있던 침대를 조안에게 쓰게 했다. 원래 학생 두 명이 함께 쓰도록 배정되는 방인데, 다른 사람의 입자에 민감한 단희 때문에 룸메이트가 자주 바뀌곤 했다. 조안은 가끔 저도 모르게 감정을 드러내는 것 외에는 어떤 입자도 의식적으로 표출하지 않았기에 함께 살 수 있을 것 같았다. 이곳 사람들과 다른 조안의 체취는 숨그림자 사람들을 당혹하게 만들었지만, 그 일관성 때문에 단희에게는 그저 편안한 배경 입자처럼 느껴졌다. 무엇보다 조안을 혼자두는 게 걱정되었다. 다른 사람들과 같은 방을 쓰도록 하는 건 더더욱 안 될 일이었다. 숨그림자 사람들에게 아직 조안은 난데없이 등장한, 언제 괴물로 돌변할지 모르는 존재였으니까.

단희는 잘 맞지 않는 옷을 걸친 조안을 보고 픽 웃었다. 조안은 단희와 생체 나이가 같은데, 키와 체격은 훨씬 커서 헐렁한 로브 외에는 단희의 옷이 하나도 맞지 않았다. 단희는 조안이 코와 입을 감쌀 수 있도록 머플러를 몇 개 구해 왔다. 연구원들은 이곳의 어떤 입자가 조안에게 독으로 작용할지 모른다며 엄청나게 투박한 모양의 방독면을 가져왔는데, 그걸 쓰고 다녔다간 숨그림자에 적응하기는커녕 수년이 지나도 눈총을 받을 것이 분명했다. 처음 며칠 동안 방에 머무르면서 별문제가 생기지 않는 것을 확인한 단희는, 가끔 입자 농도가 높은 곳을 지날 때 잠시 숨을 차단할 수 있도록 머플러를 들고 다니게 하는 것으로 충분하다고 판단했다. 하지만 조안은 그것마저도 불편하게 여겼는지 방에 들어오자마자 머플러를 대충 풀어 침대 위로 던져놓았다.

반대편 침대에 앉은 단희가 물었다.

[좀 어때? 답답하진 않아? 지상에서만 살던 사람에게 이곳이 어떻게 느껴질지 모르겠어. 여긴 하늘이 없잖아. 우

리에겐 너무 당연한 일이지만.]

조안은 눈을 깜빡이더니, 통역기에 귀를 기울이고는 조금 늦게 대답했다.

"그러네. 여긴 하늘이 없구나."

그러고는 잠시 생각에 잠겼다가 중얼거렸다.

"훨씬 나아. 그 이상한 방보다는…… 수족관의 돌고래가 된 기분이었어. 실험 동물들이 이런 느낌이었구나 생각했지. 그냥 얼어 죽게 놔두지, 왜 구했을까 싶었고."

단희는 통역기 화면에서 시선을 떼지 않았지만 조안의 말 중 절반은 놓치고 있다는 생각이 들었다. 이를테면 '수족관의 돌고래'라는 말이 그랬다. 공용어 라이브러리에 남아 있어 문자 언어로 옮겨지긴 했지만, 단희가 아는 한 입자 언어에 해당하는 '돌고래'는 없었다. 조안의 말을 적절히 통역할 새로운 의미들도 필요해 보였다. 조안은 격리실을 나선 이후로 조금씩 입을 열었다. 여전히 숨그림자를, 그리고 단희를 경계하는 것이 눈에 보이기는 했지만, 가끔 비치는 모습을 보면 원래 지구에서는 밝은 성격이었던 것 같았다.

단희는 조안이 자신과 같은 교실에서 수업을 들어야 한다고 주장했다. 수백 년 전 지구에서의 상식이 여기서 통할리가 없으니, 조안도 숨그림자의 삶에 대해 배울 필요가 있었다. 교사들은 내키지 않아 하면서도, 강하게 밀어붙이는 단희의 의견을 받아들였다. 그렇지만 조안은 며칠 만에 의욕을 잃고 말았다. 교사들의 지루한 수업을 두 번이나 통역기를 거쳐 매끄럽지도 않은 단어의 파편으로 알아들으라고 한다면, 집중하는 것이 놀라운 일일 것이다. 어떤 교사들은 늘 졸고 있는 조안에게 일부러 질문을 했고 조안은 아무렇게나 무의미한 대답을 했다. 그러면 통역기를 거친 조안의 답은 전혀 이해할 수 없는 말, 예를 들어 '사과 파편이 달라요' 같은 의미가 되어서 교사들을 난처하게 만들었다.

그래도 단희는 조안을 계속 학교에 데려갔다. 어디든 조안이 원래 갇혀 있던 격리실보다는 나았다. 잠시 문을 닫았던 의미합성 연구실이 다시 운영되면서, 낮 수업이 끝나면 단희는 연구실로 출근하고, 조안은 계속 오후 수업을 들었다. 단희는 연구실에서 의미를 이루는 기본적인 단위 분자들, 그것을 인식하는 후각 수용체의 조합 원리, 작용기를 다는 방법과 여러 단위들의 혼합으로 새로운 의미를 만들어내는 법을 배웠다. 또 시간이 지나며 분자가 어떻게 확산되고 변질되고 분해되는지, 그 변화를 언어망에 어떻게 포획하는지를 배웠다. 여유로운 때에는 조안의 이야기 속에

숨그림자

서 등장하는 지구에서 온 단어들, 아직은 입자 언어로 구현되지 않은 그 단어들을 어떻게 입자로 만들 수 있을지 고민했다.

저녁에는 조안이 자유롭게 돌아다니도록 놔두었다. 어떤 날에는 조안도 단희도 아무 데도 가지 않고 각자의 침대에서 조용히 생각에 잠겨 있었다. 주말에는 조안과 함께 숨그림자를 산책했다. 날 때부터 살았던 곳인데도 모르는 장소가 많았다. 조안은 호기심이 많은 데다 겁도 없어서, 단희가 꺼려하던 복도의 정체 모를 문들을 무작정 열어보다가 새로운 통로들을 발견하곤 했다. 그 통로들은 분리된 구역들을 잇는 비좁은 지름길로 물건을 운송하기 위해 만들어진 듯 레일이 깔려 있었지만 지금은 사용되지 않았다.

처음 조안을 풀어주기로 합의했던 연구원들이 종종 단희를 찾아와 조안에게서 원형 인류에 대한 정보를 얻어내기로 한 건 어떻게 되었느냐고 물었다. 때로는 조안이 숨그림자에 잘 적응해서 지내고 있느냐고 돌려 묻기도 했는데, 어차피 조안의 행동 하나하나는 쉽게 이야깃거리가 되어서, 이 좁은 사회에서는 조안이 어떻게 지내는지 모르는 사람이 거의 없다는 걸 생각해보면 그것 역시 정보를 얼른 캐내라는 강요에 가까웠다. 단희는 그럴 때마다 대충 둘러대고 말았다. 조안은 아직 단희에게조차 마음을 충분히 열지 못했고, 그건 당연한 일이었다. 게다가 너무 빨리 조안에 대한 정보들을 이야기해주면 그다음에는 어른들이 조안을 어떻게 대할지 걱정되기도 했다.

어느 날 조안이 평소보다 조금 들뜬, 의기양양한 표정을 하고 방으로 돌아왔다. 단희가 의아한 얼굴로 조안을 돌아보자, 조안이 잠시 망설이더니 장난스레 웃었다.

"재미있는 곳을 발견했어. 너도 몰랐던 장소일걸."

[그런 곳이 있어? 나도 숨그림자에 평생을 살았는데.]

그렇게 말하면서도 단희는 조안을 따라나섰다. 조안은 예전에 단희와 함께 찾아냈던, 생활 구역과 업무 구역을 연결하는 수송 통로로 들어가더니, 갑자기 통로 한가운데에 멈추어서 손전등으로 벽을 비추었다. 조안은 벽을 더듬다가 어느 지점에서 흙을 털어냈는데, 그곳에 녹슨 손잡이가 있었다. 단희는 겁이 났지만 조안을 따라 둥근 문 안쪽으로 걸음을 옮겼다. 빙글빙글 돌며 위로 향하는 끝없이 이어진 계단이 있었다.

[이거 혹시, 지상으로 가는 거야? 그럼 더 이상 못 가.]

조안이 기계에서 소리를 듣더니 물었다.

"왜 못 가?"

[지상에 나가면 죽어. 우린 잠시도 못 버텨.]

조안은 살짝 미간을 찌푸리면서도 계단을 오르는 걸음을 멈추지 않았다. 단희는 그만 돌아가자고 하고 싶은 마음이 굴뚝같았지만 한편으로는 저 위에 무엇이 있는지 궁금하기도 했다. 조안이 발견된 곳, 그리고 일 년 중 구름이 사라지는 며칠을 제외하고는 절대로 나갈 수 없는 곳. 지상은 언제나 두려움의 대상이었기에 단희는 그곳을 제대로 본 적이 없었다. 그저 가까워지는 정도겠지, 설마 조안이 아무 대책도 없이 지상으로 나가자고 할 것 같지는 않았다.

계단이 끝나는 곳에는 육중해 보이는 철문이 있었다. 조안이 그 철문을 열어젖히는 순간, 단희는 숨을 참으며 조안의 손을 잡아당길 뻔했다. 눈을 아프게 하는 빛이 쏟아졌다. 하지만 철문 너머는 여전히 닫힌 공간이었다. 단희는 눈을 가늘게 뜨고 손차양을 한 채 주위를 살폈다. 천장에서 아래로 비스듬하게 내려오는 유리창이 보였는데, 그 창은 열 수 없게끔 테두리가 녹은 금속으로 봉인되어 있었다.

"여긴 왜 있는 걸까?"

조안이 유리창 표면을 만져보았다. 공간은 아주 좁고 낮았다. 허리를 일으켜 세울 수 없을 정도였다. 단희는 조안 옆에 바짝 붙어 앉아서, 비스듬한 유리창 너머로 보이는 짙은 황색 구름을 보았다.

"빛에 약하구나. 생각 못 했어."

조안이 여전히 눈을 간신히 뜬 단희를 보며 말했다.

유리창은 모래에 반쯤 파묻힌 상태였다. 완전한 땅 위
는 아니지만, 지상의 상황을 관찰하려고 이런 반지층의 공
간을 만들었을지도 모른다. 하지만 낡은 철문의 상태로 보
아 사람이 오지 않은 지 오래된 것 같았다. 황색 구름이 짙
어졌다가 다시 흩어졌다가 했다. 바람이 모래를 휙 쓸고 지
나가면 순간적으로 지상의 모습이 보였다.

창 너머로 끝을 알 수 없는 사막이, 어떤 지상 생명체도
살지 않는 황량한 행성의 풍경이 펼쳐져 있었다.

"숨그림자 사람들은 왜 이런 곳에 자리 잡았지?"

조안이 물었다. 단희는 잠시 생각하고는 대답했다.

[이 사막을 벗어나면 늘 유독한 비가 내리거든. 그나마
살 만한 곳이 이곳 아래였대. 지금은 거의 바람이 멈췄지만,
가끔 이렇게 모래바람이 그치는 건 길어야 몇 시간이고, 대
부분의 날은 강풍이 불어. 지상을 개척하려고 했던 사람들
은 그 강풍에 휩쓸려서 죽었지.]

단희는 손을 뻗어 유리창 표면을 만져보았다. 어떤 틈
도 허용하지 않겠다는 듯 단단히 밀폐되어 있었다.

[지구는 어떤 곳이었어?]

조안은 다시 창 너머로 시선을 향했다.

"지금은 저 밖과 비슷해졌을지도 모르지. 그래도 내가 있을 때는, 오염되지 않은 숲과 바다가 남아 있었어. 내가 살던 동네에는 최후의 코끼리가 살았지. 원래는 다른 곳에 살던 걸 보호하려고 데려온 거였는데, 우린 그 녀석을 다들 엄청 아꼈어. 하지만 우주선에는 같이 탈 수 없었지."

그렇게 말하는 조안에게서는 아주 긴 시간을 살아온 사람 같은 쓸쓸함이 느껴졌다. 물론 태어난 순간부터 지금까지의 시간을 나이라고 친다면, 조안은 단희가 할머니의 할머니라고 부르는 사람들보다도 더 나이를 많이 먹었다. 그렇지만 그렇게 먼 과거에서 왔다고 하기에는 믿기 어려울 만큼, 조안은 열린 마음을 갖고 있었다. 숨그림자의 어른들이 훨씬 더 고루했다. 아마도 조안이 탁 트인 곳에서 자라났고 넓은 세계를 경험했기 때문일 거라고 단희는 생각했다.

[미안. 널 되살리게 해서. 물론 그건 내가 한 건 아니었지만, 그래도 겨우 이런 곳에서…….]

"무슨 말을 하는 거야?"

조안은 옅은 눈으로 단희를 빤히 보았다. 단희는 통역기를 확인했다가, 그걸 확인한다고 제대로 작동하는지 알 수 있는 건 아니라는 걸 깨닫고 다시 고개를 들었다.

[넌 여기보다 훨씬 넓은 세계에서 왔잖아. 여긴 네 목적지도 아니었어. 이렇게 좁고 갑갑하고, 꽉 막혀 있는 세계는.]

단희의 말에 조안이 키득거렸다.

"그래, 사실, 여기가 좋다고는 절대로 말 못 하겠어."

단희는 고개를 끄덕였다. 이곳에서 나고 자란 단희조차도 가끔은 이곳이 감옥처럼 느껴지는데, 바깥에서 온 조안에게는 오죽할까.

"날 살려준 게 고맙다고도 말 못 해. 연구원들은 분명 나에게 뭔가를 얻어내려는 속셈으로 날 깨운 거겠지. 난 대가를 치러야 할 거야."

단희는 조금 슬픈 기분으로 조안을 보았다. 조안의 시선이 잠시 단희를 향했다가 떨어졌다.

조안은 벽에 느슨히 등을 기대며 말했다.

"그래도 너랑 여기 이렇게 있는 건 좋아. 그건…… 절대 싫지 않아."

단희는 고개를 돌려 창밖을 보았다. 무슨 이유인지, 심장이 빠르게 뛰고 있었다.

가끔 두 사람은 아무도 찾을 수 없는 곳에서 꼬박 밤을 새우다 돌아왔다.

둘의 대화에는 늘 지연이 있었다. 단희는 기다렸고, 같은 말을 반복했다. 때로는 같은 의미를 다른 말로 풀어서 말했고, 때로는 하고 싶은 말을 아주 압축적으로 전했다. 그건 조안도 마찬가지였다. 두 사람은 천천히, 가능한 한 오랜 시간 이야기했다.

조안은 자신이 살았던 지구와, 그곳에서 떠날 무렵의 이야기를 하나씩 들려주었다. 이주선에 올라탄 사람들은 탑승 전 이미 동면된 상태로, 동면 캐빈들은 짐짝처럼 우주선에 나뉘어 실렸다고 한다. 가족들이 한 우주선에 탔는지, 아니면 다른 우주선에 탔는지, 이 행성에 불시착해 같이 사고를 당한 건지 알 수 없다고 했다.

"사실은 우주를 제대로 본 적도 없는 거야. 내내 잠들어 있었으니까."

오랜 동면 끝에 조안은 숨그림자의 의료실에서 눈을 떴다. 보이는 건 온통 하얀 천장과 벽, 의료 장비들뿐이었다. 그러다 사방이 유리 벽인, 환한 조명이 쏟아지는 격리실로 옮겨졌다. 한동안 이것이 결코 깨지 않는 이상한 꿈인 줄 알았다고 했다.

조안은 다른 이야기도 해주었다. 종말 이전의 지구, 별들이 흩뿌려진 밤하늘, 높은 곳에서 내려다보면 발아래 부서지던 태양빛. 단희는 꿈결처럼 느껴지는 그 이야기들이 좋았다.

조안은 '냄새'에 관해서도 말했다. 그것은 숨그림자의 사람들이 분자 혹은 공기라고 부르는 것에서 오는 특정한 느낌이라고 했다. 냄새와 의미는 같은 분자에 관한 다른 해석이었다.

원형 인류는 후각 수용체가 숨그림자 사람들만큼 발달하지는 않았지만 기체 분자들과 감정, 기억, 느낌을 연결하는 인지 회로를 가지고 있었다. 꽃, 나무, 과일은 각자의 이름이 붙은 냄새를 가졌다. 바다, 들판, 숲, 도시, 오두막과 창고는 각각의 장소를 연상하게 하는 냄새를 가졌다. 조안은 숨그림자에서 과일 창고 같은 냄새가 자주 난다고 했는데, 단희는 조안의 묘사에 따라 숨그림자의 냄새를 상상해보려고 했지만, 최대한 상상력을 동원해도 쉽지 않았다.

조안이 말하는 냄새는 숨그림자의 사람들이 입자를 느끼는 방식과는 아주 달랐다. 단희는 입자들의 의미를 아주 정확하게 느꼈다. 입자들은 서로 섞인 가운데에서도 각자가 가진 고유한 의미를 뚜렷이 드러냈다. 단희는 공기 중에서 확산하고 부유하는 언어의 궤적을 인지할 수 있었다. 그러나 조안에게 냄새는 아주 추상적이었다. 그것은 언어로는 전환되지 않는 개별적이고 주관적인 느낌이었다. 냄새가 어디에서 시작되어 어디로 향하는지, 어떻게 부서지고 흩어지는지에 대해 조안은 무척이나 미약한 단서만 느낄 수 있을 뿐이라고 했다.

숨그림자를 떠도는 어떤 입자는 조안을 기분 좋게 했고, 또 다른 입자는 조안을 이유 없이 불쾌하게 했다. 때로는 산뜻하게 느껴지던 입자가 오랜 시간이 지나면 불쾌해지기도 하고, 또 별로라고 생각했던 입자가 어느 날에는 괜찮게 느껴진다고도 했다. 그건 입자의 의미와는 정말 아무런 관련이 없었다. [사랑] [기쁨] [풀]처럼 단희가 좋아하는 의미 입자들은 조안에게 별 감흥을 불러일으키지 못하거나, 조금 불편한 느낌이 들게 한다고 했다.

"사랑은 석유 냄새 같아."

조안은 그렇게 말하며 투덜거렸다.

단희는 조안이 마음에 들어 하는 입자를 고를 수 있도록 연구실에서 정제한 입자 샘플 상자를 가져왔다. 조안은 신중하게 상자를 살펴보더니 몇 개의 샘플을 코에 가져다 댔다. 그러고는 뜬금없게도 [양말]의 의미 입자에서 느껴지는 냄새가 아주 마음에 든다고 했다. 단희는 웃음을 터뜨렸다. 다른 것도 아닌 양말이라니. 조안에게 방금 좋다고 한 입자가 [양말]을 의미한다고 알려주었더니, 조안의 표정이 약간 이상해졌다.

"낭만적인 의미일 거라고 생각했는데."

조안은 이 의미 입자들을 만드는 과정을 궁금해했다. 꽃이나 풀 같은 식물에서 얻은 추출물을 의미합성의 시작 물질로 사용해서 만든다는 것을 알려주었더니, 조안은 여기에도 꽃이 있다는 사실에 흥미를 보였다. 숨그림자의 식물들은 엄격히 통제되는 재배실에서만 자라나는 데다가, 귀중한 원료여서 흔히 볼 수 없었다.

"지구의 사람들은 서로에게 꽃을 선물했어. 보기에도 예쁘지만, 무엇보다 온갖 좋은 냄새가 나거든. 다 설명할 수 없는 마음을 꽃으로 전하고 싶었던 거야. 고마움, 사랑, 미안함. 말로 전하기에는 어색해지는 마음들. 그런 마음들이 같이 전달되기를 바랐지. 그런데 단희 네게는 꽃 냄새도 어떤 특정한 의미를 담은 것처럼 인식되려나."

조안은 그렇게 말하고, 단희를 보았다.

"그럼 너에게는 어떤 냄새를 선물해야 할까. 이상한 의미를 전달하면 곤란하잖아."

그런 다음에 조안은 웃었는데, 어쩐지 단희는 따라 웃을 수 없었다.

*

숨그림자에 온 지 두 해가 지난 후 조안은 라이브러리에 보관된 과거 문서들을 복원하는 일을 돕기 시작했다. 수백 년간 제대로 관리되지 않은 공용어 자료가 많이 소실되었기에 학자들이 조안에게 요청한 일이었다. 그런데 이 사실이 연구소 밖으로 알려지자 숨그림자 일부에서 격렬한 항의가 쏟아졌다. 외부인에게 공동체의 중책이자 기밀 업무를 맡기는 일에 대한 거부감이었다. 조안처럼 숨그림자에 대한 소속감이 전혀 없는 사람이 그렇게 중요한 문서들을 다루게 하면 어떡하냐고, 자료들을 오히려 엉망으로 만들 수도 있다고 날 세우는 사람들이 있었다. 단희는 그런 말들이 조안에게도 흘러들어갔을지 걱정스러웠다.

그로부터 몇 달이 지나지 않아, 조안은 라이브러리의 책임 연구원이 되었다. 기밀 자료에 접근할 수 있도록 적절한 직책을 부여하는 것뿐이었지만, 역시 많은 반발을 샀다. 다행히 단희가 옆에서 지켜본 바로는, 조안이 사람들의 비난을 그다지 신경 쓰는 것 같지 않았다.

조안은 학교에 가는 대신 연구소로 출근했고, 밤늦게 돌아와 단희의 옆에서 잠이 들었다. 새로운 일은 일어나지 않았고 숨그림자의 일상은 늘 그렇듯 정체된 채로 느릿느릿 흘러갔다. 단희는 그날의 하루 일과와, 라이브러리에서 발견된 공용어 동화책과, 식물 연구소에서 자라는 풀들에게 붙인 새로운 의미 언어에 대해 조안과 이야기를 나누었고, 그럴 때면 단희에게도 조안에게도 더는 갑작스러운 위험 같은 건 들이닥치지 않을 것 같았다.

시간이 흐르며 조안은 숨그림자에 잘 적응한 것 같았다. 사람들은 예전만큼 조안에게 노골적인 시선을 보내지 않았고, 조안 때문에 수백 년 전의 전염병이 퍼질 것이라거나 하는 헛소문도 줄어들었다. 실제로 조안이 원인으로 지목된 감기가 한바탕 돌았던 적이 있는데, 의료실에서 바이러스를 분석하여 과거에서 온 것이 아님을 밝혀냈다. 단희는 화가 났지만 조안은 누명을 벗은 것으로 충분하다고 말했다.

그러나 단희는 여전히 마음이 놓이지 않았다. 조안은 사람들로부터 완전히 받아들여진 것이 아니었다. 사람들은 조안을 불쾌하지만 당장 치워버릴 수는 없는, 거슬리는 소품처럼 대했다. 연구원들조차 겉으로는 친절하게 굴었지만, 의미에 민감한 단희는 여전히 실험체를 대하는 듯한, 그 아래 깔린 멸시와 거부를 읽을 수 있었다.

숨그림자의 사람들은 조안을 결코 같은 사람으로 받아들이지 않는다. 조안도 그것을 느낄까.

아마도 말과 말 사이에 벽이 있기 때문일 거라고 단희는 생각했다. 조안과 숨그림자의 사람들이 대화를 나누기 위해서는 이중 통역이라는 장벽을 넘어야 했다. 조안과의 대화는 매우 느렸다. 효율적이지도 않았다. 통역기의 화면을 매번 보는 수고를 들여야 했고, 입자 언어를 해석하는 기계는 단순 연구용으로 개발된 것이어서 휴대하기에는 너무 크고 걸리적거리며 눈길을 끌었다. 통역기는 조안이 처음 이곳에 온 이후로 개선되지 않았고, 지금도 이따금 우스꽝스러운 문장들을 뱉어내곤 했다.

숨그림자 사람들은 대화에 시차를 두는 것을, 글을 쓰는 대신 입자를 남기는 것을 편리하게 여겼다. 한번 대화를 시작하면 입자가 공간에 남아 뒤늦게 끼어든 사람들도 그 대화의 맥락을 쉽게 짐작할 수 있는 데다, 짧은 메시지를 남겨놓고 자리를 떠나면 나중에 들어온 사람들이 내용을 확인할 수도 있었다. 그런데 그렇게 분해되기 시작한 입자 언어는 조안의 통역기로는 제대로 해석할 수 없어서, 조안은 다른 모두가 방에 들어서는 순간 이해한 어떤 맥락을 혼자서 완전히 놓치곤 했다. 아주 긴 시간 이어지는 연구 회의보다도 식당 어디에서 언제 만나자는 간단한 약속이나 짧은 지시사항이 조안에게는 더 이해하기 힘든 영역이었다. 그러나 숨그림자의 사람들 대부분은 시차를 둔 대화 방식을 너무나 당연하게 여겼으므로, 조안이 곤란해하는 이유를 알지 못했다.

조안과 오랜 시간을 함께 보낸 단희는 이제 조안의 음성 언어 일부를 알아들을 수 있었다. 하지만 단희를 제외한 사람들은 대개 조안의 목소리를 듣는 것 자체를 원치 않았다. 발성기관이 퇴화한 사람들에게 목소리는 낯설고 당혹스러운 진동일 뿐이었다. 반대로 조안이 입자 언어를 배우는 것도 불가능했다. 조안은 외형이 유사할 뿐, 후각 수용체와 언어 회로는 숨그림자 사람들과 공통점이 전혀 없었다. 다른 종이나 마찬가지였다.

단희는 조안이 숨그림자에서 부당한 일을 당하지 않도록 최선을 다했다. 그것이 격리실에서 조안을 빼낸 자신의 책임이라고 여겼다. 그렇지만 사람들이 조안을 친구로, 동료로, 공동체의 일원으로 받아들이지 않는 것까지 어떻게 할 수는 없었다. 사람들은 조안에게 일을 주었고 머물 곳을 제공했지만, 조안을 좋아하거나 진심으로 아끼지는 않았다. 조안에게 향하는 호의의 영역은 오직 단희의 작은 방에 한정되어 있었다.

조안은 한 번도 그런 말을 직접 한 적이 없었다.

하지만 단희는 가끔 방에 들어설 때 슬픔의 입자들로 가득 찬 공기를 느꼈다. 그럴 때면 조안은 침대에 앉아 입을 다물고 허공 어딘가를 응시했다. 그러다 방으로 들어온 단희를 보고 안녕, 하고 웃으며 인사를 건넸다. 조안은 슬픔의 입자들에 둘러싸여 있었다. 조안은 입자들을 감지할 수도 없었고 자신의 감정을 공기 중에서 감추는 법도 몰랐다.

단희는 새로운 의미합성 기계를 만드는 일에 몰두했다. 만약 실험실 바깥에서, 휴대 가능한 장치로 입자를 합성할 수 있다면……. 연구는 그런 가정에서 출발했다.

입자 언어는 뇌실에 서식하는 마이크로바이옴에서 생성된다. 그것은 분비선을 따라 외부로 방출된다. 뇌실의 미생물들은 지하인들과 밀접한 공생관계를 맺고 있어, 그 결과만 보면 마치 사람이 직접 의미를 만들어내는 것처럼 보이지만, 의미 입자의 합성 자체는 미생물 군총(群叢)에 기인하고 있다.

즉, 미생물을 뇌실 바깥에서 배양하고 그것에 뉴런과 같은 방식으로 자극을 줄 수 있다면 이론적으로 입자들을 체외에서 만들어 의미망을 구성하는 것도 가능했다. 미생물 군총을 배양하는 일은 단희도 연구실에서 자주 하는 일이었다. 그렇다면, 필요한 것은 특정한 방식으로 미생물에 신호를 전달하여 원하는 입자를 만들어내는 구체적인 경로화였다.

찾아보니 과거에도 비슷한 연구가 진행된 적 있었다. 원래 사고나 질환으로 언어능력에 문제가 생긴 사람들을 돕기 위한 연구였지만, 여러 복잡한 사정으로 중단된 상태였다.

연구소에서는 단희가 의미합성기를 다시 정식 프로젝트로 진행할 수 있도록 허가해주었다. 그 목적은 조안을 위한 것이 아니라, 공식적으로 숨그림자의 환자들을 돕기 위한 것으로 기록되었다. 그러나 단희는 조안을 위해서 그것을 만들었다.

과거 연구진들이 만든 미완성 합성기에 단희가 연구해온 특이적 경로화 메커니즘을 적용하여, 의미합성기의 새로운 시제품이 완성되었다. 단희는 그것을 다른 누구도 아닌 조안에게 가장 먼저 보여주었다.

[조안, 이걸 봐. 이게 있으면 너도 입자 언어로 말할 수 있어. 기존의 통역기와 작동 방식은 비슷해. 아직 단순한 수준이지만, 그래도 일상적인 대화의 단계를 훨씬 줄여줄 거야.]

단희는 들뜬 마음으로 조안에게 의미합성기를 내밀었다. 조안이 기뻐하기를 기대했다.

조안은 물끄러미 의미합성기를 내려다보았고, 이내 그것이 무엇을 의미하는지 알아차린 것 같았다. 하지만 조안은 기뻐하거나 놀라지 않았다. 단지 어색하게 웃어 보였다.

"괜찮아. 그냥 원래 통역기를 쓸게."

단희는 답답해졌다. 조안을 설득하고 싶었다.

[조안, 이건 널 위해 만든 거야. 시간이 지나면 더 유용해질 거란 말이야. 모든 사람이 나처럼 너와의 대화에 시간을 많이 쓸 수는 없어.]

단희의 말에 조안이 물끄러미 단희를 보았다.

[생각해봐. 좀 더 효율적인 대화 방식이 필요할 거야. 앞으로도 네가 여기 속해서 살아가려면…….]

"아니, 난 여기 속하지 않아."

조안이 끼어들었다. 단희는 당황하여 조안을 보았고,

조안은 잠시 말을 멈추었다가 다시 입을 열었다.

"나와의 대화에 시간을 많이 쓸 수 없다고? 사람들은 나와의 대화에 조금의 시간도 쓰지 않아. 내 말은 들을 필요가 없으니까."

단희는 조안의 목소리를 들었고, 그 목소리가 문자가 되어 나오는 것을 가만히 지켜보았다.

"사람들이 나를 위해 대화를 멈춘 적 있어? 내가 이해하지 못하는 단어들을 서로 주고받는 걸 중단한 적이 있어? 공기가 침묵으로 가득 찬 적이 한 번이라도 있어? 그런 적이 없다면, 나는 여기 속한 적이 없는 거야."

단희는 이 순간에도 조안과의 사이에 대화의 지연이 있음을 인식했다. 그리고 아마 저 밖에는, 이 짧은 지연도 기다려주지 않았던 사람들이 많았으리라는 것도 짐작했다.

조안은 입을 다물고 단희를 마주 보았다. 단희도 조안을 가까이서 보았다. 아득한 느낌을 주는 옅은 회색의 눈. 붉은 기가 도는 피부. 폐쇄된 공간에서 자라난 사람들과는 다른 사고방식. 조안을 사랑하게 만드는 것들은 모두 행성 바깥에서 왔다. 그리고 그것들이 조안을 이곳으로부터 밀어내고 있었다.

"미안해. 그게 네 잘못은 아니지만, 그래도 잘 모르겠어. 이게 다 뭔지. 난, 지금은…… 생각할 시간이 필요해."

조안은 방을 나가버렸다. 그 이후 며칠이나 돌아오지 않았다. 조안이 머물 곳은 있는지, 잠은 어디에서 자는지 걱정되어서 단희는 잠도 오지 않았지만, 조안을 직접 찾아다니는 대신 방에서 그가 돌아오기를 기다렸다. 그저 조안이 이곳 숨그림자에서 계속 살아가야 한다는 사실을, 조안이 이곳에 속한 적 없었더라도 바꿀 수 없는 현실이 있다는 것을 이해해주기를 바랄 뿐이었다.

몇 번인가 단희는 로비에서 조안을 마주쳤지만, 조안은 못 본 척 단희를 지나쳐 갔다. 이제 조안은 단희의 바로 옆이 아니라 동떨어진 곳에 있었다. 그제야 단희는 사람들이 조안을 바라보는 시선을 새삼스럽게 알아차렸다. 흘끔거리는 눈빛, 공기를 채우기 시작하는 웅성거림, 기묘하게 왜곡되는 조안을 둘러싼 중력장을. 예전에는 짐작만 할 뿐 피부로 느끼지 못하던 것이었다. 그 시선들이 단희 자신을 향하지 않았었기 때문에.

단희는 숨그림자가 하나의 균일한 공간이라고 생각해왔다. 그러나 조안에게는 두 개의 분리된 세계가 있었다. 하나는 단희의 방이었고, 다른 하나는 그 밖의 모든 공간이었다. 단희는 자신이 조안을 격리실에서 꺼내주었다고 생각했지만, 어쩌면 격리실은 자리를 옮겨 왔을 뿐인지도 몰랐다.

　일주일 뒤에야 조안은 방으로 돌아왔다. 단희는 자리에서 후다닥 일어났다. 진짜 문제가 뭐였든, 우선 조안을 그렇게 외롭게 놔둔 것에 대해 미안하다는 말을 해야 할 것 같았다. 그런데 그 전에 조안이 무언가를 내밀었다.

　"사실 더 일찍 오려고 했는데……."

　상자 속에 작은 유리병들이 놓여 있었다.

　"이걸 몰래 만드느라 늦었어."

　단희는 의아한 얼굴로 상자 안을 보았다.

　"선물이야. 냄새가 어떤 건지 궁금하다고 했잖아. 네가 전에 준 입자 샘플들을 이것저것 섞어봤어. 엄청 맡기 고역인 것도 있고, 꽤 좋은 것도 있고, 어쨌든 섞다 보니 나에게는 꽤 익숙하게 느껴지는 냄새들이 만들어지더라고."

　단희는 하나씩 천천히 살펴보고는 유리병 하나를 들어 올렸다. 액체가 병 속에서 찰랑거리며 흔들렸다.

　"난 그게 제일 마음에 들어."

　조안이 말했다. 단희는 유리병을 밀봉한 파라핀 필름을 벗기고 뚜껑을 살짝 열어 안의 입자들을 들이마시고는 다시 병을 닫았다.

[이 유리병에는 아주 심오한 의미가 담겨 있어.]

"뭔데?"

조안이 호기심 가득한 얼굴로 단희의 다음 말을 기다렸다.

단희는 진지한 얼굴로 말했다.

['양말이 사막 구석에서 모자를 쓰고 발견되었다…….']

조안은 웃음을 터뜨리며 단희에게서 유리병을 뺏어 갔다.

"읽지 말라니까. 그냥 감각을 느끼는 거야."

[좋아. 이건 어떤 냄새인데?]

"지구를 떠나기 전 살던 집에서 나던 냄새. 거실 소파와 카펫에, 아버지가 어디선가 구해 온 오래된 방향제를 자주 뿌렸거든."

조안은 그렇게 말하고는 생각에 잠긴 것처럼 멍하니 있었다.

둘은 침대에 늘어져 조안이 가져온 유리병들을 하나씩 열어보았다. 단희는 조안처럼 냄새를 맡을 수는 없었지만, 조안이 각각의 유리병 속 입자들을 묘사하는 방식이 재미있었다. 유리병을 일곱 개째 열 때는 이제 코가 마비되어서 잘 구분이 되지 않는다고 조안은 말했다.

두 사람은 상자를 어디론가 밀어놓고 다시 이야기를 나

누었다. 단희는 조안이 지난 일주일간 도대체 어디 있었는지 알고 싶었다. 조안은 낮에는 라이브러리 조사를 돕고 밤이 되면 옆에 딸린 휴게실에서 새우잠을 잤는데, 일주일 내내 그런 자세로 잠들었더니 이제 허리가 잘 펴지지 않는다고 불평했다. 단희는 그 말에 웃으며 말했다.

[그동안 많이 기다렸어. 걱정했어.]

조안은 그런 단희를 향해 미소 지었다. 특별할 것도 없는 시시콜콜한 이야기가 둘 사이에 쌓였다. 천천히 느린 속도로 밤이 흘러갔다.

다음 날 단희는 책상 위에 놔둔 의미합성기를 조안이 가져갔다는 사실을 알았다. 단희가 간단히 적어둔 설명서도 사라져 있었다. 하지만 조안은 단희 앞에서 한 번도 그것을 쓰지 않았다. 단희도 조안에게 합성기가 어떻게 되었느냐고 묻지 않았다.

그리고 몇 달 뒤, 조안은 승선 명단에 이름을 올렸다.

*

얼음 아래의 우주선 잔해가 회수되었다. 극지방 탐사대

가 새로 조직되었다. 강풍이 부는 시기였고, 극점으로 가는 길은 위험했다. 숨그림자 사람들보다 바람에 덜 민감한 조안이 앞서 일행을 이끌었지만 낙오된 사람들도 생겨났다. 탐사를 따라나선 사람들 중 한 명이 유독성 폭풍에 휘말려 죽었다. 사람들의 비난은 조안을 향했다.

[바깥 세계 없이 다들 알아서 살아가고 있었는데.]

[내가 뭐라고 했어요? 결국 외부인이 물을 흐려놓은 거예요.]

[처음에 살리지 말았어야 해. 거둬들여도 고마운 줄을 모르니까.]

며칠 뒤 방으로 돌아온 조안의 얼굴이 새파랬다. 거의 숨을 쉬지 못하는 조안을 의료실로 끌고 가 상황을 알아보니, 사고로 죽은 이의 가족들이 조안을 찾아와 욕을 퍼부었다고 했다. 의사는 조안이 신경독으로 작용하는 입자들을 들이마신 것 같다고, 사람들이 단지 욕을 퍼부은 것만은 아닌 듯하다고 말했다. 단희는 의료실에서 해독 처치를 받고 잠든 조안을 지켰다. 하지만 복도에서 자꾸 흘러드는 대화의 흔적들을 통해, 조안이 숨그림자의 어디에서도 환영받지 못한다는 것을 알 수 있었다. 조안을 의료실로 데려오는 길에 마주친 사람들의 눈빛도 심상치 않았다.

조안은 그날의 일에 대해서도, 우주선 잔해를 회수해 온 날에 대해서도 입을 열지 않았다. 단희 역시 그 일을 묻지 않았다.

우주선 복원 프로젝트가 비밀리에 수행되어왔다는 것을 단희는 조금 더 시간이 흐른 후에야 알았다.

숨그림자의 기술력만으로는 초광속 항해에 필요한 우주선을 만들 수 없다. 그런 기술은 과거 숨그림자의 초기 정착민들이 불시착한 행성에서 생존을 위해 모든 자원을 투입하는 과정에서 소실되었다. 그러나 연구원들은 조안이 타고 온 우주선의 부품들을 역설계하는 방식으로, 저 밖 외계 행성을 탐사할 수준의 우주선을 다시 만들어냈다. 조안은 한때 자신을 가두고 죽이려 했던 사람들을 도왔다. 이 행성을 떠날 우주선을 만들기 위해.

연구원들은 조안의 존재를 통해, 저 밖에 있을 다른 인류의 존재를 확신했다. 지금까지 두꺼운 대기층 때문에 관측할 수 없었던 외계 행성들의 존재에 대해서도. 어떤 사람들은 왜 밖으로 나가야 하느냐고, 그냥 이 지하에 머무르면 안 되느냐고 물었다. 새로운 터전을 찾기에는 이미 너무 오랜 시간이 지나버렸다고, 너무 늦었다고 말하는 이들도 있었다. 단희도 그렇게 생각하는 쪽에 가까웠다. 하지만 숨그림자의 정체된 세계가 사람들의 영혼까지 집어삼키고 있다는 걸 부인하는 사람은 없었다.

탐사 명단이 발표된 날, 단희는 조안을 만나지 못했다. 조안이 자신을 피하는 것인지, 정말로 바빠서 인사도 건네러 올 틈이 없는 것인지 궁금했다.

이틀 뒤에야 단희는 방에서 조안을 마주쳤다.

조안은 방의 물건들을 정리하고 있었다. 한쪽에 버릴 물건들을 쌓아둔 상자가 보였다. 아직 출발하기까지는 시간이 남아 있다고 들었는데, 마치 단희에게 보란 듯이 짐을 정리하고 있는 조안의 모습에 단희는 울컥하고 말았다.

[꼭 떠나야 해?]

단희가 들어온 것도 모른 척하며 짐을 꾸리던 조안의 손이 허공에 멈췄다.

[꼭 지금 떠나야 하겠냐고. 가면 죽을 수도 있잖아. 다시 돌아오지 못할 수도 있잖아.]

조안은 단희를 마주 보는 대신 상자에 시선을 두었다. 짧은 침묵 끝에 조안이 천천히 입을 열었다.

"나도 알아. 정말 많이 생각해봤거든."

비스듬히 보이는 조안의 표정이 웃는 것 같기도 했고

우는 것 같기도 했다.

"그래도 이제는 분명히 알겠어. 난 여기 속할 수 없는 사람이야."

[네가 우주로 떠나서, 다른 인간종을 만나면. 다른 세계로 가면. 그러면 그곳에는 속할 수 있을 것 같아?]

단희가 따져 물었다. 조안은 입을 꾹 다물었다.

[어떻게 그걸 확신해? 어차피 우린 다 비슷한 본성을 지녔어. 어떤 세계가 너를 받아주는 게 아니야. 그저 그곳에 너를 받아주는 어떤 사람이 있는 거야.]

통역기에서 말들이 흘러나왔지만 단희는 그것이 그대로 조안을 스쳐 지나가는 것 같다고 생각했다. 조안은 침묵했고, 단희는 공기 속에서 깊은 슬픔을 읽었다. 방금 그 말들을 하지 말았어야 했다고 생각했지만, 돌이킬 수가 없었다.

"미안해. 하지만……."

조안은 말했다.

"이곳을 사랑하게 만드는 것들이 이곳을 덜 미워하게 하지는 않아. 그건 그냥 동시에 존재하는 거야. 다른 모든 것처럼."

단희는 조안이 무슨 말을 하는지 알았다. 단희도 숨그림자를 사랑하면서 미워했다. 숨그림자를 사랑할 이유들보다 더 많이, 이곳을 미워할 이유들이 있었다.

그러나 단희에게는 입자가 있고 조안에게는 없기 때문에, 단희는 남고 조안은 떠날 것이다. 무엇도 그 사실을 바꿀 수는 없었다.

*

브라우니안호는 바람이 멈춘 날 우주로 떠났다. 언젠가 조안에게 공기 속에서 불규칙하게 움직이는 입자들의 궤적에 대해 이야기해준 적이 있다. 끊임없이 부딪치며 표류하는 예측 불가능한 궤적. 물 위를 부유하는 꽃가루의 운동. 브라우니안 모션.

[입자들에게는 통계가 지워버릴 수 없는 개별적인 궤적이 있거든.]

조안은 그것이 마음에 든다고 말했다. 때로 단희는 조안이 그 불규칙한 입자 같다고 생각했다. 조안은 예측할 수 없는 궤적만을 그리며 이곳에 표류하다가, 결국은 어디론가 떠나버렸다. 자신이 어디로 가는지도 모르면서, 자신과 같이 추상적인 공기 속에서 살아가는 사람들을 찾기 위해.

단희는 숨그림자에 남았다. 조안과 함께 갈 수도 있었

지만, 그렇게 하지 않았다. 숨그림자를 떠나 도착한 다른 행성은 이곳과 같지 않을 것이다. 고립도 폐쇄도 없을 것이다. 바람이 불고, 입자들은 흩어지고, 말은 금세 무의미해질 것이다.

입자에 사로잡혀 있기에 단희는 지하를 떠날 수 없었다.

단희는 의미합성기의 연구를 이어갔다. 조안은 떠났지만 여전히 숨그림자 사람들에게는 의미합성기가 필요했다. 늙고 쇠약해져서 스스로 입자를 합성할 수 없는 사람들이 있었다. 단희는 사람들이 자신의 신체 상태와 무관하게 입자 언어를 사용할 수 있도록 합성 연구에 몰두했고, 단순한 조합으로 의미망을 구성할 수 있는 새로운 의미들을 만들어냈다. 그 의미들을 필요한 사람들이 합성해 사용할 수 있도록 기계의 미생물 군총에 학습시켰다. 신경세포의 전기신호를 적절한 생화학적 자극으로 전환해 반응을 일으킬 수 있도록 만들었다.

단희의 연구실 앞에는 노인들과 학습에 어려움을 겪는 아이들, 사고로 분비선을 다친 사람들이 찾아와 줄을 섰다.

[선생님, 아까 합성한 그거요.]

합성기를 든 아이가 웃었다.

[잘못 읽으셨어요. '물'이 아니라 '천장'이었어요.]

[알려줘서 고맙구나.]

단희는 아이를 향해 미소 지었다. 서서히 단희는 본래 가진 감각보다 데이터에 의존하기 시작했다. 연구 과정에서 후각기관을 너무 혹사한 나머지 일찍 감각을 잃기 시작했다는 진단을 받았다. 예전처럼 섬세하고 정확하게 의미를 읽을 수 없었다. 입자들이 파도와 같이 단희를 휩쓸고 지나갔다. 입자의 의미는 이제 손가락으로 문질러 지워버린 흐린 먼지 자국처럼, 마구 섞어 덧칠한 물감처럼 느껴졌다.

사람들은 여전히 단희가 새롭게 만들어낸 의미들을, 의미합성기를, 사랑하고 아꼈다. 단희는 자신이 개발한 통역기의 도움을 받아 연구를 이어갔다.

단희는 숨그림자에 남은 것을 한 번도 후회하지 않았지만, 이따금 조안을 그리워했다.

시간이 흐르고, 연구원들은 브라우니안호의 마지막 신호를 수신했다. 그들은 성운 사이로 진입하고 있었고 신호는 최후의 행운을 빌며 끊어졌다.

단희의 남은 삶은 입자와 입자 사이에 붙들린 채 흘러갔다.

*

어느 날 새벽, 단희는 북적이는 입자들을 느끼며 잠에서 깨어났다. 평소와는 다른 소란이 공기 중에 섞여 있었다. 무슨 일이 생겼다는 직감이 들었다.

다급히 옷을 챙겨 입고 문을 열었을 때, 단희를 찾아온 아이들이 문 앞에 서 있었다.

[그들이 돌아왔어요.]

반세기 전 숨그림자를 떠난 탐사대가 돌아왔다는 소식이었다. 단희는 아이들의 부축을 받으며 돌아온 사람들을 맞이하러 갔다. 탐사대는 오랜 여행 끝에 낡고 흐릿해진 브라우니안호의 상징을 다른 우주선에 달고 돌아왔다. 그들은 결국 우주 저편에서 다른 인류의 거주지를 찾아냈고, 이주 논의를 하기 위해 원형 인류들을 데리고 왔다.

탐사대원들이 친구와 가족을 다시 만나 인사를 나누는 동안, 단희는 간절한 눈으로 한 사람을 찾았다. 혹시 조안이 함께 돌아왔을까.

조안과 닮은 외모의 사람이 보일 때마다 단희는 가슴이 철렁 내려앉았다. 그러나 아무리 찾아보아도 조안이 보이지 않았다. 원형 인류들의 비슷한 얼굴 사이로 단희가 기억하는 그 얼굴을 찾아 헤맸지만, 어디에도 조안은 없었다.

탐사대의 한 사람이 단희의 팔을 붙잡았다.

[당신이 누구를 찾고 있는지 알아요.]

단희는 절박한 심정으로 그 남자를 보았다. 남자는 고개를 저었다.

[조안은 너무 쇠약해져서 장거리 항해를 할 수 없었어요. 하지만 그가 없었다면, 우리의 탐사는 실패했을 거예요.]

안타깝다는 표정을 지으며, 남자는 조안에 대해서 이야기해주었다. 조안은 다른 인류와 조우하고 접촉하는 과정에서, 경계하는 그들의 태도를 우호적으로 바꾸는 데에 중요한 역할을 수행했다. 조안은 숨그림자의 사람들이 호혜적인 관계를 맺을 줄 아는 사람들이라는 증언을 들려주었다. 그것은 원형 인류가 숨그림자 사람들과 교류 논의를 시작하는 데에 보탬이 되었다. 그 이야기를 들으며 단희는 어딘가 씁쓸한 기분이 되었다.

[조안이 당신 이야기를 자주 했어요. 다시 재회할 수 있었다면 좋았을 텐데요. 아, 그리고⋯⋯.]

남자는 가방에서 무언가를 꺼내 내밀었다.

[이걸 당신에게 전해달라고 했어요.]

그가 내민 것은 작은 유리병이었다. 찰랑거리며 흔들리

는 액체가 담겨 있었다. 아주 오랜만에 보는 것이었으나 무엇인지 모를 수는 없었다.

단희는 손을 내밀어 유리병을 받았다. 조심스럽게 밀봉된 필름을 벗겨냈다. 뚜껑을 열려고 했지만 손이 떨려서 유리병은 자꾸 손에서 미끄러졌다.

[제가 도와드릴게요.]

남자는 단희에게서 유리병을 건네받으려고 했다.

그러나 넘겨주는 순간 단희가 심하게 손을 떨었고 병은 그만 바닥에 떨어져 엎질러지고 말았다.

단희는 그 즉시 방을 채우는 어떤 입자들을 느꼈다. 입자들은 일렁였고 공기 중으로 빠르게 흩어졌다. 단희는 희미하게 감지되는 의미를 읽을 수 있었다.

['양말이 사막 구석에서 모자를 쓰고 발견되었다…….']

그러나 이제 단희에게도 입자들은 의미라기보다는 냄새에 가까워졌다. 둔감해진 후각기관은 한때 조안이 했던 것처럼, 공기 중에서 어떤 기억과 감정을 읽었다. 입자들이 단희를 그 시절로 데려갔다. 의미로는 포착할 수 없는 것들에게로. 추상적이어서가 아니라 그 자체로 너무 구체적이어서, 언어로 옮길 수 없는 장면으로. 조안이 말했던 그 공간들로.

당황한 사람들의 시선이 바닥을 향했고, 누군가는 쓸어 담을 수 없는 액체를 손으로 모아보려고 했지만, 단희는 그를 막으며 말했다.

[고마워요. 이제 충분해요.]

오래된 협약

＊

이정에게.

지금쯤 탐사선이 다음 행성에 도착했을지도 모르겠어요. 벨라타에서의 시간은 어떠셨나요? 얼마 지나지 않았는데도 벌써 이정과 해안가를 거닐던 시간들이 그립습니다. 마지막 날 드린 선물함을 꼭 살펴봐주세요. 이정의 이름을 쓴 유리병이 있을 거예요. 벨라타의 바닷모래가 마음에 든다고 했던 당신에게 제가 보내는 선물입니다. 이곳에서 보았던 모래의 색과는 조금 다를 거예요. 그 오묘한 색은 모래에 섞인 박테리아가 해안에 부는 금속 바람과 상호작용하며 만들어내는 것이거든요. 같은 환경이 재현되지 않는다면 모래의 색도 재현되지 않지요. 그 색채를 그대로 담지는 못했지만, 이정이 유리병을 볼 때마다 우리가 함께 걷던 저녁 해안가를 떠올려주었으면 하는 바람이에요.

지구에서 온 탐사선이 벨라타를 방문한다는 소식을 들었을 때, 사실 제가 가장 먼저 느낀 감정은 두려움이었답니다. 아마 제 동료 사제들도 그랬겠지요. 지구를 기억하는 사람들은 수백 년 전에 모두 죽었고, 지금은 지구 문명에 관한 기록조차 충분히 남지 않은 형편이니, 당신이 처음에 보내온 정중한 메시지에도 기꺼운 마음으로 답변을 보내지 못했어요.

그러나 걱정과 달리 지난 두 달간은 흥미로운 지적 유희로 가득한 시간이었습니다. 특히 이정을 만난 것은 제게 큰 행운이었고요. 우리가 자연과 우주, 미생물과 별의 시간에 관해 나누었던 무수한 대화들을 잊지 못할 거예요. 제가 지구 문명의 기록을 잠깐이나마 연구했던 것이 다행이었다는 생각을 했답니다. 그러지 않았다면, 지구의 문화와 언어에 대해서 전혀 알지 못했을 테니, 이정과도 그렇게 즐거운 날들을 보낼 수 없었겠지요.

얼마 전 여러분의 탐사선에 보낸 마지막 송별 메시지를 받으셨나요. 그 메시지에 쓴 것처럼, 한때 푸른 행성을 함께 공유했던 자매들로서 당신들과 나눈 우정을 우리는 지금도 무척 각별히 여깁니다. 또한 우리에게 기꺼이 지구의 놀라운 장치들을 나누어 준 것에 대해서도 감사의 마음을 전하고 싶어요.

그렇지만 이것은 이정에게 쓰는 편지이니 솔직히 말하면, 지구 측 탐사대의 태도가 유쾌하다고만은 할 수 없었어요. 마지막으로 갈수록 대원들의 태도는 처음의 존중과는 멀어졌지요. 떠나기 며칠 전에 어떤 학자들은 밤중에 대뜸 찾아와 우리를 설득하려고 했고, 공격적인 태도로 화를 내기도 했어요. 그들이 "대체 왜 진실을 마주하지 못하는 겁니까?" 하고 따져 묻던 목소리가 아직도 생생합니다.

무엇보다 제가 슬펐던 가장 큰 이유는 이정 역시 마음의 혼란을 겪고 있는 듯했기 때문이었답니다. 당신은 저를 존중하고 싶은 마음과, 저를 구하고 싶은 마음 사이에서 갈등하고 있는 것 같았어요. 아마도 그 두 마음이 공존할 수는 없다고 생각했던 모양이지요. 그럼에도 여러분의 말과 태도가 기본적으로 연민에서 비롯했음을 알기에, 저는 당신들의 선의를 의심하지는 않습니다. 그러나 다른 모든 벨라타인들에게 그런 사려 깊은 이해를 기대할 수는 없었습니다.

우리의 마지막 작별 인사도 그 때문에 엉망이 된 것일까요. 지구 측 학자들 상당수가 마음의 상처를 입고 떠났다고 들었습니다. 저는 벨라타인들이 발사 구역으로 몰려가지 못하도록 막느라 이정에게 마지막 인사조차 건네지 못했고요. 추후에 동료 사제들이 그때의 급박한 상황을 이야기해주었어요. 벨라타인들이 당신들의 탐사선에 돌멩이와 불씨를 던졌다고요. 신을 모욕하지 말라고 소리를 지르고, 침을 뱉고, 아주 모욕적인 말을 했다고요. 어떤 이들은 사제들이 여러분에게 준 선물들을 도로 빼앗아 오려 했다고 하더군요. 사제들도 떠나는 당신들을 냉대했다고 들었어요. 그 이야기를 듣고, 우리가 나눈 우정이 한순간에 무너지고 말았다는 생각에 마음이 찢어지는 것 같았어요. 한편으로 지구 측 학자들의 날 선 발언이 우리 행성 사람들과 사제들을 매우 힘들게 한 것도 사실입니다. 벨라타의 신앙이 전면적으로 공격받은 일이니까요.

이정. 혹시나 이 편지가 이정에게 제 입장만을 일방적으로 내세우는 것처럼 보일까 봐 걱정이 되어요. 그렇지만 인사조차 못 하고 당신을 떠나보낸 이후에, 제가 며칠 동안 아무것도 못 할 만큼 깊은 슬픔에 잠겨 있었다는 것만은 이야기하고 싶어요. 만약 그 자리에 제가 있었다면 어땠을까 수도 없이 생각해보았어요. 그랬다면 벨라타인들을 막을 수 있었을까. 그런 일이 벌어지기 전에 먼저 양쪽을 설득할 수는 없었을까. 그리고 모두의 앞에서 진실을 털어놓는 제 모습도 상상하지요.

그러나 그 상상은 언제나 제가 입을 다무는 것으로 끝이 납니다. 그것이 사제로서의 제 의무이니까요.

고민 끝에 이 편지를 쓰고 있어요. 이정. 우리가 나눈 마음들은 그 순간만큼은 진실한 것이었다고 믿어요. 그리고 어쩌면 당신만은 제 이야기를 듣고 기억해줄지도 모른다고 생각했지요. 당신이 먼 훗날의 가능성이 되어줄 수도 있다고요. 그래서 저는 우리의 우정에 대한 신뢰와 사랑을 담아, 그리고 슬픔을 담아 이 편지를 써 내려가고 있습니다.

*

저는 첫눈에 당신을 알아보았죠. 제비뽑기에서 이정의 개인 수행을 맡게 되었을 때, 내색은 하지 않았지만 사실 진심으로 기뻤답니다. 고작 몇 마디의 인사를 나누는 것만으로도 당신이 지닌 편견 없는 호기심과 탐구 정신을 느낄 수 있었거든요. 당신과 제가 첫날부터 밤새워 이야기를 나누었다고 말하자 다른 학자들이 놀라던 것이 생각나요. 우리의 이야깃거리는 끊이지 않았죠. 벨라타와 지구의 자연은 얼마나 다르고 또 얼마나 같은지. 각각의 세계는 얼마나 견고하고 고유한지. 함께 벨라타의 검은 해안을 탐방했던 날 당신이 반짝이는 눈빛으로 말하던 것을 기억해요.

"벨라타는 무척 정적이고 고요한 행성이군요. 모든 것이 가장 아름다운 순간에 고정된 것처럼 보여요. 마치 생명의 움직임이 멈춘 행성처럼요. 그간 많은 행성을 보았지만, 이런 느낌은 처음이네요."

지구에서 온 학자들이 벨라타의 풍광에서 어떤 이질감을 느끼면서도 곧바로 짚어내지 못하던 무언가를, 당신은 그렇게 단번에 설명했죠. 이정의 말대로 벨라타는 극도로 정적인 행성이에요. 겉으로 요란하게 움직임을 드러내는 생물은 우리 인간뿐이고, 그 밖에는 움직임을 최소화한 채 아주 느리게 호흡하는 생물들로 가득합니다. 우리의 일상적 풍경은 대개 멈추어 있고, 미시 생태계를 확대경으로 들여다보아야만 꾸물거리며 이동하는 작은 생물들을 관찰할 수 있지요. 역동하는 생물들로 가득한 지구와는 상반되는 풍경이었을 거예요.

이정도 오브의 들판에 방문했던 날을 기억하나요. 벨라타의 가장 특징적인 지형인 그곳에는, 언뜻 특이한 모양의 바위처럼 보이는 것들이 들판 가득히 규칙적으로 펼쳐져 있었지요.

"오브는 벨라타에서 가장 금기시되고, 가장 기피되는 생물입니다. 우리는 절대 오브를 먹지 않습니다. 오브 근처에 접근하거나, 손을 대거나, 훼손하지도 않지요. 그것은 벨라타 신앙의 가장 강력한 금기입니다."

그날 소개를 맡았던 저는 몇 번이나 강조했죠.

"여러분 역시 오브를 훼손하거나 먹어서는 안 됩니다. 무슨 일이 있어도 절대로 손을 대지 마세요."

엄격한 금기와 더불어 그것의 기묘한 모양 때문인지, 지구 측 학자들이 오브에 크게 흥미를 보였던 기억이 납니다. 당신도 거의 헬멧에 오브가 닿을 만큼 위태롭게, 가까이서 그것들을 살펴보았죠. 굽은 원통 모양의 바위와 고목 같은 것들이 들판을 발 디딜 틈 없이 가득 채운 모습은 지구에서는 보기 드문 광경이었을 거예요. 모두들 오브에 접촉하지 않도록 주의하며 들판을 관찰하다 보니 저녁이 되었고, 들판과 약간 떨어진 곳에서 토양 시료를 채취하는 당신을 제가 도왔습니다. 그날 밤 당신이 조용히 물었지요.

"사제들은 오브를 만지거나 가까이 가도 괜찮은 건가요? 아까 노아 당신이 흙을 담다 오브를 건드리는 걸 보았는데 걱정이 되어서요. 혹시 제가 무리한 부탁을 한 건 아닌가요?"

저는 고개를 끄덕이며 말했죠.

"괜찮습니다. 저는 사제이니까요. 오직 신의 허락을 받은 사제들에게만 접촉이 허용된답니다."

"오브가 금기시되는 이유가 있겠죠? 어쩌면 벨라타의 신과 관련된 사연이……."

호기심 가득한 당신의 시선을 피하며 저는 대답했죠.

"네, 그래요. 벨라타의 신은 불필요한 시험을 하지 않지요. 그건 무척 긴 이야기랍니다."

다른 이야기는 무엇이든 당신이 묻지 않은 것까지 들떠 늘어놓았던 저이지만, 오브에 관한 이야기만은 피하고 싶었습니다. 우리의 화제는 곧 지구 문명에 관한 것으로 옮겨갔어요. 하지만 아마 '그 사실'을 알게 되기 전까지는 당신도 특별한 의문을 갖지 않았으리라고 생각해요. 당신도 언젠가 말했다시피, 인류 역사상 특정한 음식에 대한 금기 현상은 매우 보편적인 것이었으니까요. 그러한 금기를 엄격히 지키는 일은 많은 경우 신앙의 영역으로 존중되었고요.

우리의 탐사는 계속 이어졌습니다. 다른 학자들과 함께 움직이는 날도 있었지만, 우리는 공식 일정이 없어도 이곳저곳을 돌아다녔지요. 저는 이정에게 이 행성을 소개하는 일이 무척 즐거웠답니다. 한때 지구의 과거 기록을 면밀히 살펴보았던 적이 있기에, 지구와는 다른 생태를 마주하는 당신의 기쁨이 얼마나 대단한 것일지 막연하게나마 상상해볼 수 있었어요. 규소 미생물과 탄소 미생물이 한 행성을 공유하는 벨라타와 같은 환경은 전 우주에서도 꽤나 드문 것이리라는 짐작을 해요. 당신과 함께 벨라타의 새벽과 아침, 붉은 하늘과 잿빛 노을, 번지듯 하늘을 스쳐 가는 납작한 위성들을 보는 것, 그리고 무엇보다 당신과 그 모든 시간을 함께하는 일은 제게도 드문 기쁨이었지요.

그래서 이정이 그렇게 말했을 때, 저는 이정에게서 시선을 뗄 수 없었습니다.

"노아, 언젠가 이곳에 꼭 다시 오고 싶어졌어요. 제가 그래도 될까요?"

이정의 투명한 헬멧 표면에 제 얼굴이 비쳐 보였지요. 저는 울렁거리는 마음을 숨기려고 애쓰며 무덤덤하게 말했습니다.

"벨라타의 사제들은 언제나 이정을 환영할 겁니다. 다음에 시기가 맞는다면, 벨라타의 여름을 보실 수도 있을 거예요."

"그것도 좋죠. 하지만 저는 누구보다 노아 당신을 다시 만나고 싶은 건데요."

이정이 웃으며 했던 말들을 기억해요.

"저, 결심했어요. 지구에 돌아가면 벨라타와 정식 교류를 시작하자고 곧장 제안할 거예요. 그렇지만 예정된 탐사를 마쳐야 해서, 항로를 따르면 적어도 다섯 군데의 행성을 더 거쳐 가야 하고…… 초광속 여행의 시간 지연까지 포함하면, 이십여 년은 걸리겠죠. 하지만 저는 이 행성과 여러분의 문명, 그리고 무엇보다 노아 당신에게 매료되었어요. 다음번에는 더 오래 머무를 수 있을지도 몰라요. 당신이 말한 대로 벨라타의 여름을, 어쩌면 모든 계절을 볼 수도 있을 거예요. 벨라타의 사제분들께 허락을 받는 것이 가장 우선이겠지만요. 어쨌든, 노아. 그때도 함께해줄 거죠?"

아득한 시간을 순간처럼 이야기하는 것이 우주 여행자들의 습관이라던가요. 제가 그 질문에 무어라고 대답했는지는 잘 기억이 나지 않지만, 그날 밤을 새워 우리의 대화를 생각했던 것만은 기억합니다. 마음의 일부가 이정에게 완전히 사로잡힌 것 같았어요.

하지만 곧 깊은 슬픔이 제 마음을 바닥으로 끌어 내렸습니다. 저는 스무 해가 지난 후에 다시 벨라타를 찾아올 이정의 모습을 상상해보았어요. 당신의 옆에서 함께 걷는 저의 모습도 상상해보았지요.

그것이 결코 실현될 수 없음을 저는 알았습니다.

이정이 벨라타의 그림자를 알아차리기까지는 오랜 시간이 걸리지 않았지요. 언젠가부터 당신은 우리 행성의 아름다운 것들 대신 벨라타가 감추고 있는 것을 묻기 시작했어요. 당신이 최대한 건조한 어조를 유지하려 했던 것을 기억합니다. 어디까지나 학자적인 태도에서 비롯한 질문이라는 걸 보이기 위해서였겠죠. 그러나 당신이 우리의 생애 주기와, 성장 이후에 겪게 되는 '몰입' 상태와, 엄격한 종교적 규율에 대해 물을 때, 그 질문들은 이미 어떤 가치 판단을 내재한 것처럼 느껴졌습니다.

벨라타로 오는 새로운 항로가 발견되었을 때, 지구인들이 느꼈을 흥분과 설렘을 상상해보곤 합니다. 또 이 행성에 한때 지구인이었던 이들이 살고 있다는 사실이 여러분에게 주었을 충격도요. 이정의 말대로라면, 아직 이 우주에 지구만큼 인간에게 호의적인 행성은 없지요. 그러니 오래전 가는 길이 영영 폐쇄된 줄로만 알았던 이 행성에, 지금까지도 인류의 자매들이 살아가고 있다는 사실이 지구 문명에 의미하는 바는 특별했을 거예요. 어쩌면 인류가 머나먼 우주 건너편에서도 잘 살아갈 수 있다는 증거로 여겼을지도 모르지요.

　　그러나 그 경이로움 이면에 감추어진 것들을 당신은 곧 파헤치기 시작했어요. 당신은 진실에 거의 근접했던 것으로 보입니다.

　　당신이 추측한 대로, 이 행성 사람들은 지구인에 비해 매우 짧은 수명을 지녔습니다. 벨라타인들의 대다수는 스물다섯 해를 넘겨 살지 못합니다. 보통 사람들보다 수명이 긴 사제도 서른 해를 조금 넘겨 살 뿐이지요. 벨라타인들은 생애 마지막 다섯 해에 몰입이라고 부르는 상태에 빠지는데, 기억상실, 지성과 언어능력의 급격한 감쇠를 경험합니다. 몰입 상태의 벨라타인들은 비명을 지르고, 잃어가는 기억들을 회상하며 울부짖고, 폭력적인 상태로 돌변합니다. 우리는 몰입을 벨라타 신에게 우리의 정신이 귀속되는 과정으로 여깁니다. 그 과정에서 발생하는 종교적 황홀경이 우리의 영혼을 구원하는 것이라고요. 벨라타 거리 곳곳에는 몰입 상태에 빠져 소리를 지르고 물건을 부수다 지쳐 바닥에 널브러진 사람들이 존재합니다. 그러나 우리가 그들에게 해줄 수 있는 건 마취 약초를 제공하는 일뿐입니다. 모든 벨라타인들이 언젠가는 몰입을 경험하게 되며, 그것은 사제 역시 마찬가지입니다. 몰입은 우리의 생애 일부이며, 신앙의 일부이지요.

벨라타인의 삶에 가까이 접근할수록 당신은 점점 말수가 줄어갔어요. 저를 향하는 시선에 슬픔과 안타까움, 연민이 담기는 것을 저는 느꼈습니다. 그것을 원하지 않았지만, 당신의 감정에 개입하고 싶지는 않았어요. 우리가 긴 시간 서로를 불안한 시선으로 바라보다가 침묵으로 끝을 맺는 날들이 많아졌지요. 그 시선이 제게 묻는 것 같았어요. '왜 이 행성의 사람들은 그렇게 짧은 삶을 살다 가나요. 왜 당신들의 신경 손상과 기억 감퇴는 그렇게 급격하게 진행되나요. 왜 당신들은 그렇게 불합리한 신앙을 지키나요.'

하루는 이정이 간밤에 사제들을 동반하지 않은 채로 혼자 자취를 감추었다가 아침에 돌아온 것을 알았습니다. 저는 당신이 말없이 오브의 들판에 다녀왔다는 것을 깨달았어요. 원칙대로라면 벨라타의 규율을 존중하지 않은 당신을 즉시 추방해야 했지요. 혼란스러웠지만, 저는 당신을 고발하지 않았습니다. 설명하기 힘든 감정이 저를 휩쓸었습니다. 어쩌면 제게는 이정이 영원히 저의 고통을 몰랐으면 하는 마음과, 고통의 근원에 있는 진실을 알아차려주기를 바라는 마음이 공존했는지도 모릅니다.

그날 밤, 이정이 문을 열고 제 방에 들어왔을 때, 저는 당신이 무슨 말을 할지 듣기도 전부터 예상할 수 있었습니다.

이정은 저를 설득하기 시작했지요.

"노아, 당신은 너무나도 재능 있고 영민한 과학자예요. 그런 당신이라면 제 말을 조금이라도 들어줄지 모른다고 생각했어요. 우리 탐사대의 원칙은 탐사하는 행성의 자연과 문화에 개입하지 않는 것이에요. 그렇지만…… 모르겠어요. 저는 당신과 너무 가까이 지냈고, 이제는 평정심을 잃어버린 것 같아요. 무엇이 옳은지 여전히 혼란스러워요. 그러나 누구나 제 입장이 된다면 이렇게 할 거예요. 그러니까, 노아. 지금부터 하는 말을 잘 들어줘요."

이정은 슬픈 눈빛으로 말했죠.

"당신들의 금기를 깨야 해요. 오브에 대한 금기를요."

무어라고 입을 열어야 할지 알 수 없는 심정이었어요.

"이 행성에는 신경독성 물질이 대기 중에 분포해요. 루티닐이라는 이 물질은 당신들의 신경계로 침입해 뇌를 파괴하지요. 태어난 직후부터 당신들이 들이마시는 공기가 끔찍한 죽음을 초래하는 거예요. 당신들의 수명이 짧은 것도, 당신들이 몰입을 경험하는 것도 다 그 때문이에요. 몰입은 뇌의 손상으로 나타나는 결과일 뿐이에요. 그리고…… 가장 중요한 것은, 이 문제를 해결할 방법이 이미 벨라타에 존재한다는 사실이에요."

저는 고개를 내저었지만 당신은 말했습니다.

"바로 오브를 먹는 거예요. 노아, 당황스럽겠지만⋯⋯."

"대화는 여기서 끝내는 게 좋겠어요."

"오브는 그냥 죽은 식물이에요. 생물학적 활성이 없어요, 노아. 금기도 신의 저주도 아니라고요."

"우리는 오브를 먹지 않습니다. 그러지 못해요."

"정착 이후 시간이 흐르면서 뭔가 분명히 오해가 생겨났을 거예요. 오브를 섭취하면 루티닐을 분해할 수 있어요. 단기 섭취로는 효과가 없고, 살아가는 평생 동안 먹어야 하지만, 그건 문제가 안 돼요. 이곳 어디에나 오브가 있잖아요. 그것만이 당신들을 살릴 수 있어요."

"아닙니다. 그런 말을 입에 올리는 것만으로도 우리는 신의 저주를 받아요. 그만해주세요."

"노아, 생명을 살리는 거예요. 신도 여러분이 살기를 원할 거라고요. 제발, 그냥, 한 번만 제 말을 믿어줘요. 당신도 지금 몰입 상태에 진입하고 있잖아요. 그렇지 않나요? 하지만 아직 시간이 있어요. 모든 인간들이 살아가기 위해 태초부터 해온 일일 뿐이에요. 당신들의 신을 모독하려는 게 아니에요. 노아, 벨라타의 신은 금기보다 당신들의 생명을 귀하게 여길 것이라고요."

이정은 슬퍼 보였고 또 절박해 보였어요. 우리가 함께 있을 때, 제가 잠시 기억을 잊거나 의식으로부터 멀어지는 것을 보았겠죠. 벨라타의 그림자가 당신의 시선을 피해갈 수 없었던 것처럼, 제 운명 역시 당신을 속일 수 없었습니다. 그리고 제가 결국 고개를 들었을 때, 당신은 몹시 당황했지요.

"알아요, 이정. 무슨 말인지 다 이해해요."

제가 울고 있었으니까요.

"전부 우리를 걱정해서 하는 말이라는 것을 알아요. 지금 당신이 무슨 이야기를 하는지도 누구보다 잘 알고요."

저는 울면서 말했습니다.

"그래도…… 우리는 그럴 수 없어요."

*

저는 끝내 당신에게 진짜 이유를 말하지 않았어요. 우리가 금기를 지키고, 규율에 복종하고, 죽음에 순응하는 이유를요. 아마 그것이 우리의 작별을 더욱 어려운 일로 만들었겠지요.

이정. 당신은 제가 믿는 신에 대해 말했습니다. 벨라타의 신은 자비로운 존재라고, 분명히 우리의 생명을 소중히 여길 것이라고, 그러니 오브를 먹어야 한다고 말이에요. 그렇게 말할 때 이정의 눈빛은 정말로 벨라타 신의 자비에 호소하는 것처럼 보였습니다.

그러나 이제 와 진실을 이야기하자면, 저는 신의 존재를 믿지 않습니다. 당신과 있는 내내 벨라타의 신에 대해 이야기하면서도, 사실 제 마음 깊은 곳에는 신이 부재하리라는 확신이 자리 잡고 있었습니다. 신을 믿지 않는 사제라니, 무척 이상하게 들리겠지요. 우리 벨라타의 사제들은 대부분 신을 믿지 않아요. 현재 지구에도 인격적인 존재로서의 신을 믿는 종교가 대부분 사라지고 도덕적 규율로서의 종교만이 남아 있듯이, 벨라타의 종교 역시 정확히 그러한 역할을 수행합니다. 우리는 신을 믿는 대신 신앙의 필요를 믿지요. 그리고 그 필요에 복무합니다.

제가 얼마나 오랫동안 사제로 훈련받아왔는지를 이정에게 이야기한 적이 있었던가요. 약 이십여 년, 제 인생의 거의 전부를 이곳 수도원에서 보냈습니다. 처음 사제로 선발된 것은 여섯 살 때의 일이었어요.

모든 벨라타 아이들은 어린 시절에 한 번 이상 신의 시험에 응해야 합니다. 저는 쌍둥이 언니와 함께 시험장으로 향했어요. 검은 로브를 입은 사제들이 우리를 줄 세우더니, 아이들을 한 명씩 작은 방으로 들여보냈습니다. 아이들 대부분은 몇 초도 버티지 못하고 뛰쳐나오며 울음을 터뜨렸고, 저는 그 모습을 보며 겁에 질렸습니다. 하지만 막상 긴장하며 방에 들어섰을 때는, 평소보다 울렁거리는 느낌을 받았을 뿐이었어요. 그런데 바로 다음 순서였던 제 쌍둥이 언니는 방에 들어가자마자 바닥으로 쓰러져 발작을 일으켰지요. 사제들이 기절한 언니를 밖으로 싣고 가는 것을 보고서야 저는 비로소 울음을 터뜨렸습니다. 그 이상한 시험이 다름 아닌 벨라타의 사제를 선발하는 의식이었다는 것은 나중에야 알았습니다. 그리고 그때가, 언니와 저의 운명이 나뉘는 순간이었다는 것도요.

　저는 수도원에서 교리를 배우고, 아침저녁으로 예배를 드리고, 신자들을 위해 봉사하며 사제 교육을 받았습니다. 사람들은 어린 저를 사제로서 존중하고 존경했어요. 우리가 외출할 때마다 길을 터주었고, 자신들이 가진 빵과 음료를 나누어 주었습니다. 기도실에서 눈을 감고 손을 모으면 정말로 어디에선가 벨라타 신의 목소리가 들려오는 듯했어요. 저는 특별한 존중과 대우에 고양되었고 진실로 제가 신의 부름을 받았다고 믿었습니다.

그러나 계절이 끝날 무렵 집으로 가면, 쌍둥이 언니의 비참한 모습이 보였습니다. 저와 고작 몇 분 차이로 태어난 언니는 너무 이른 나이에 몰입이 시작되었어요. 무엇이 우리의 삶을 그렇게 나누어놓았는지 저는 이해하지 못했어요. 공동체 생활을 돕는 어른들은 제게 언니를 위한 축복의 기도를 올리라고 말했습니다. 곧 신의 품에 안기게 될 테니, 신의 자비를 위해 기도하라고요. 몇 달이 지나자 언니는 제 이름을 기억하지 못했고, 어린 시절 우리가 함께했던 놀이조차 모두 잊어버렸습니다. 텅 빈 눈으로 허공을 바라보거나 울부짖었죠. 옆에 다가온 저를 손톱으로 할퀴고, 날붙이로 찌르려고 하자 의사들은 언니의 손톱을 피가 날 때까지 바짝 깎고 손목을 묶어두었습니다.

사람들은 말했습니다. 신의 축복을 언니 몫까지 제가 차지한 것이라고, 그 또한 신의 뜻이라고요. 저는 이 축복을 부디 제 언니에게도 나누어달라고 기도했지만, 신의 응답은 없었습니다. 언니는 점점 죽은 나무처럼 변했습니다. 바닥을 기며 손과 발이 묶인 채로 버둥거렸고, 알아들을 수 없는 괴성을 지르다가, 나중에는 그 목소리조차 낼 힘을 잃었어요. 언니의 죽음을 앞두고 수도원에서는 제가 언니를 만날 수 있게끔 잦은 외출을 허락해주었지만, 저는 집에서 언니를 마주하는 것이 두려웠습니다. 저와 닮은 얼굴을 하고 바닥을 기는 쌍둥이 언니의 여생이, 그것이 잠시 유예된 저의 운명처럼 느껴졌으니까요.

마침내 언니가 숨을 거두었을 때 저는 공포에 사로잡혔습니다. 나와 같은 얼굴을 하고 태어난 언니는 왜 나와 다른 운명을 지녀서, 그토록 큰 고통 속에 죽어가야 했을까. 왜 인간의 삶은 이렇게 짧고, 그마저도 오랜 시간 영혼을 빼앗긴 채 살아가야 할까. 저는 신에게서 그 답을 구하고자 했지만, 신은 한 번도 기도에 응답하지 않았습니다. 돌아오는 것은 침묵뿐이었어요.

그러면서 저는 서서히 우리의 선조들이 살았던 행성, 지구에 관심을 갖게 되었습니다. 훨씬 더 발전된 문명을 가졌다던 과거에도 사람들이 같은 고통을 겪었을지 궁금했던 거예요. 비록 남은 자료는 도서관에 있는 오래된 문헌들뿐이었지만, 저는 지구 문명을 연구하며 큰 충격을 받았습니다. 그곳에서는 신이 아닌 문명과 기술이 사람들을 보호하고 있었어요. 지구인들은 우리보다 훨씬 더 긴 생애를 살았고, 벨라타인들이 모두 겪는 몰입 역시 그들에게는 당연한 생애 일부가 아니었습니다. 무언가 이상하다는 것을 깨달

앗어요. 정말로 벨라타를 다스리는 신이 있다면, 왜 이곳의 삶이 이토록 불행해진 것일까요? 평생 신의 존재에 대해 의심 한번 품지 않았던 쌍둥이 언니는 왜 그렇게 빨리 떠나야 했을까요? 저는 점점 벨라타의 신과 우리의 신앙을 의심하게 되었어요. 교리와 규율, 신이 존재한다는 증거들을 자세히 들여다볼수록 그것들이 말도 안 되는 허구처럼 느껴지기 시작했습니다.

쌍둥이 언니의 장례를 치르고 유해를 강에 흘려 보낸 이후, 저는 방황했습니다. 낮에는 거리로 나가 사람들을 위한 축복의 기도를 외고, 수도원의 예배를 보조하고, 연구 사제들의 문헌 정리를 묵묵히 도왔지만, 마음 한편에는 폭풍 같은 분노가 휘몰아치고 있었어요. 어느 날 저는 수도원을 뛰쳐나가 도시의 경계 밖으로 향했습니다. 그날 제 안에서는 대상 없는 분개심과 고통, 두려움이 들끓고 있었습니다. 절대적이라고 믿었던 규칙들이 돌연 태도를 바꾸어 저를 조롱하는 기분이었어요. 그리고 저는 이 행성에서 가장 강력한 금기의 실체를 알아야겠다는 충동적인 결심을 했습니다.

한참을 걸어 도착한 곳은 오브의 들판이었습니다. 벨라타인들이 혐오하여 근처에도 가지 않는 바위 같은 존재들이 들판을 가득 채우고 있었어요. 저는 들판 한가운데로 뛰어들었습니다. 금기를 마주해야 했어요. 신의 금기란 아무 것도 아니라는 것을, 신은 가엾은 우리에게 손 한번 내밀어 주지 않았던 허상에 불과하다는 것을 확인해야 했지요. 한 평생을 두려워했던 오브들이 사방에 가득한데도 제게는 아 무 일도 일어나지 않았습니다. 저는 오브들 사이를 서성이 고 마구 달렸습니다. 속으로는 이걸 보라고, 아무 일도 일어 나지 않는다고, 사람들에게 외치고 싶은 심정이었어요.

그때 울퉁불퉁한 나무뿌리에 발이 걸렸고, 저는 바닥에 나동그라졌습니다. 경사가 심한 비탈로 굴러떨어지면서 비 명을 질렀어요. 누구도 이곳까지 나를 구하러 오지는 않을 것이라는 생각과, 벨라타의 신이 정말로 있다면 어떻게든 나를 도와달라는 저항감이 저를 휩쓸었습니다.

정신을 차렸을 때는 온몸이 욱신거리며 아팠습니다. 고 개를 들고 주위를 둘러보니 아까와는 조금 다른 풍경의, 처 음 와보는 들판이 펼쳐져 있었습니다. 그동안 대체 얼마나 달린 건지, 얼마나 멀리 온 것인지도 알 수 없었습니다. 무 언가에 얻어맞은 듯한 고통이 느껴졌습니다. 옆에 거대한 오브 하나가 있었는데, 제 옷에 오브의 겉껍질이 잔뜩 붙어 있는 것으로 보아 그 오브에 몸을 부딪친 것 같았습니다. 저는 힘겹게 몸을 일으켰어요. 거친 오브의 표면을 보니 꽤히 화가 났습니다. 고작 이런 것, 바위에 불과한 것이 그렇게 오랫동안 두려움의 대상이었다니.

당장 화풀이를 하고 싶었지만, 오랜 세월 제 몸에 새겨진 금기에 대한 복종은 저를 망설이게 했어요. 저는 천천히 오브에 손을 가져다 댔습니다. 처음에는 손이 떨렸고, 신의 저주를 받을지도 모른다는 생각이 마지막까지 떠나지 않았어요. 그러나 저주도 파멸도 없었습니다. 단단한 나무 같기도 하고 돌덩이 같기도 한 기묘한 감촉이 느껴졌어요. 손을 움직여서 그 표면을 더듬어보았습니다.

그때 어떤 목소리가 제게 말을 걸었습니다.

왜 갑자기 깨우는 거야?

그 목소리는 공기의 떨림을 통하지 않고 제 머릿속으로 직접 들려오는 것 같았죠. 저는 눈을 크게 뜨며 주위를 다시 돌아보았어요.

"누구지? 지금 어디서……."

순간 제가 방금 손을 댔던 오브가 진동하고 있는 것을 보았습니다. 믿기 어려웠지만, 그것이 제게 말을 걸고 있다는 사실을 깨달았습니다.

어때, 이 행성은 마음에 들어?

꿈을 꾸는 것 같았죠. 현실감이 들지 않았어요. 이 행성이 마음에 드냐니. 저는 멍하니 그것을 바라보다가, 무슨 말을 하는지도 모른 채 말했습니다.

"아니. 여긴…… 무섭고 끔찍해. 도망치고 싶어."

그래? 잘 지내기를 바랐는데.

대체 무슨 이야기인지 알 수 없었지요. 또 다른 말이 머릿속으로 들려왔어요.

대화를 더 나누고 싶지만, 이제 나는 자러 가야 해.

"잔다고? 왜?"

그게 너희들과의 약속이니까.

"무슨 약속?"

이해할 수 없는 말들뿐이었습니다. 하지만 제가 방금 그 오브에 부딪쳐서 그것을 잠에서 깨웠음을 추측할 수 있었죠. 그리고 그동안 죽은 식물이라고 생각했던 오브가, 사실은 생각하고 말하는 지성체라는 것도요. 제가 여전히 혼란에 빠져 있는 사이 그가 말했습니다.

난 갈게. 안녕.

목소리가 끊기는 순간 오브의 미세한 떨림도 멈췄고, 저는 완전한 침묵 속에 놓였지요. 공기조차도 움직이지 않았어요. 낯설고 두려운 순간이었지만 저는 얼떨결에 말했습니다.

"그래…… 고마워. 잘 자."

왜 고맙다고 말한 걸까, 스스로 의아해하면서요.

사라진 것 같았던 목소리가 잠시 뒤 한마디를 덧붙였지요.

우리를 기억하지 못하는구나. 어떤 약속이었는지 궁금해?

저는 그것이 알려준 길을 따라갔습니다. 지하로 이어지는 계단을 내려가자 어둡고 축축한 공간이 보였습니다. 어떤 안내문이나 경고문도 없이 오직 입구만이 덩그러니 놓여 있었습니다. 조심스레 그 공간을 살피기 시작했어요.

그곳에는 아주 오래전 누군가가 머물렀던 흔적들이 있었어요. 어지럽게 사방으로 뻗어 있는 통로, 굳게 닫힌 문, 흙과 먼지로 뒤덮인 바닥. 낡은 천이 무언가를 덮고 있어 들추어보니 다 삭아버린 가재도구들이 놓여 있었습니다.

마치 누군가 도망쳐서 몸을 숨긴 흔적처럼 보였습니다.

최근에 생긴 흔적은 아니었어요. 정말로 오래된 흔적들이, 기이한 이유로 과거의 시간에 고정되어 있는 것처럼 보였지요. 멈춘 시간이 이곳 지하실을 통째로 집어삼킨 것 같았어요. 저는 문득 섬뜩한 생각에 사로잡혔습니다.

머릿속에서 낯선 진동이 일었어요. 조금 전 말을 걸어

온 오브의 목소리처럼, 진동이 소리로 직접 변해 두개골 안쪽을 울렸습니다. 저는 두려움에 떨다 바닥에 주저앉고 말았어요.

그리고 다음 순간, 공간에 남은 목소리의 잔해들이 머리로 쏟아져 들어왔습니다.

저는 그날 들었던 목소리들을 결코 잊을 수 없습니다. 그것들의 의미를 해석하기 위해 뇌가 완전히 흩어졌다가 재조립된 것 같았어요. 목소리들이 말했습니다. 모두 죽었어. 저 밖에 있던 사람들은 전부 다 죽어버렸어. 울부짖는 것 같기도 하고 비명을 지르는 것 같기도 한 목소리들이 서로 엉켜 있었습니다. 우리도 죽을 거야. 돌아갈 수 없어. 도망칠 수도 없어. 죽음을 받아들여야 해. 하지만 그럴 수 없어.

눈물이 흐르기 시작했어요. 제 마음을 읽힌 것 같았죠. 저도 죽음이 두려웠어요. 그것을 너무 가까이서 봤지요. 공포에 질린 사람들의 목소리가, 죽음을 앞둔 이들의 두려움이 제 심장을 사슬처럼 조이는 것 같았습니다. 그때 오브들의 목소리가 말했습니다.

우리가 행성의 시간을 나누어 줄게.

그리고 모든 것이 조용해졌습니다.

눈을 떴을 때, 저는 바닥에 쓰러져 있었습니다. 감당할 수 없는 슬픔이 저를 짓누르다가 한순간에 떠나버린 것 같았어요. 흘러넘치던 목소리들이, 수백 년 전의 비명이 의미하는 바가 하나둘 조립되어 이야기가 되었습니다. 까마득한 과거에 이곳에서 무슨 일이 있었는지, 저는 이제 알 수 있었습니다.

오래전 우리가 벨라타에 도착했을 때, 이곳은 오브들이 지배하는 행성이었습니다. 그들에게 우리는 불청객이었습니다. 사람들은 이 행성이 겉보기와 달리 인간에게 결코 호의적이지 않은 환경임을 곧바로 알아차렸죠. 인간의 뇌는 행성 대기의 루티닐에 의해 급격히 손상되었고, 그것은 이 행성을 지배하는 오브들에 의해 발생되는 것이었습니다. 그러나 우리에게는 갈 곳이 없었습니다. 항로는 계산 오류로 폐쇄되었고, 가까운 곳에는 생명체가 살 수 있는 행성이 없었어요. 오직 이 벨라타에서 살아남는 것이 유일한 방법이었습니다. 우리는 공존을 선택할 수 없었습니다. 단 두 가지의 선택지만 있었어요. 그들의 죽음, 혹은 우리의 죽음.

우리는 살기 위해 오브들을 죽였습니다. 오브들을 모두 몰아낸 장소에서는 일시적으로 호흡이 가능했고, 오브의 사체를 먹으면 루티닐을 약간이나마 해독할 수 있다는 사실도 알아냈습니다. 그러나 오브들은 행성의 생명체일 뿐만 아니라, 행성 자체였습니다. 몰아냈다고 생각한 곳에서도 오브들은 다시 무서운 속도로 증식했습니다. 땅 위와 땅 아래, 행성 전체에 뿌리내린 그들의 몸이 행성 환경을 조절했어요. 오브들이 없는 장소로도 바람이 루티닐을 실어 날랐죠. 그들은 대기 중의 수분을 순환시켜 온종일 폭우를 내리게 했습니다. 벨라타는 물의 행성이 되었고 우리는 루티닐 외에도 수많은 이유로 죽음을 맞닥뜨렸습니다. 먹을 것을 찾지 못해서, 물살에 휩쓸려 절벽 아래로 추락해서, 강으로 떠밀려 익사해서. 침략자들에 맞서는 오브들의 생명 활동이 활발해질수록 대기 중의 루티닐도 증가했습니다.

그리고 어떤 이들은 침략자가 되는 대신 지하로 숨어들었습니다. 대단한 결단이 있는 것은 아니었어요. 단지 어떤 사람들은 원래 이곳에서 살아가던 오브들을 죽이는 것이 옳지 않다고 생각했지요. 지구에서도 가장 절망적인 순간에조차 타인을 훼손하는 대신 자신의 죽음을 선택하는 이들이 있는 것처럼, 과거의 벨라타에도 그런 사람들이 있었습니다. 지하에 시체가 쌓여가자, 차라리 밖에서 죽겠다며 뛰쳐나가거나 오브의 사체를 몰래 반입하는 사람들도 생겨났지만, 지하로 숨어든 사람들 대부분은 아무것도 하지 않왔습니다. 단지 그렇게 하는 방법만을 아는 이들이었죠. 그럼에도 끝이 정해져 있다는 사실은 분명했습니다. 바깥의 사람들은 싸우다 죽었고 지하의 사람들은 체념한 채로 죽어갔어요. 그렇게 최후의 사람들이 남을 때까지 죽음은 계속되었습니다.

우리가 중추신경계를 가진 개체 중심적 사고에서 벗어나지 못했기 때문에, 그들 전체가 우리에게 말을 걸고 있다는 사실을 알아차리기까지는 꽤 오랜 시간이 걸렸습니다.

이정. 당신이 이 행성을 처음 보았을 때 느낀 기묘한 이질감을 기억하나요. 이정이 말한 것처럼 이 행성은 몹시 고요하고 정적이지요. 벨라타에서 움직이는 것은 오직 공기와 물, 눈에 띄지도 않는 작은 생물들, 그리고 우리 인간들뿐입니다. 이정은 정확히 본 것이었어요. 벨라타는 한때 아주 작은 생물들부터 아주 큰 생물들까지 역동하는 생명들의 행성이었지만, 지금의 벨라타는 그렇지 않습니다. 이정이 본 벨라타는 멈춰 있는 상태의 행성이지요.

그것은 우리의 오래된 협약에 근거하고 있습니다.

언뜻 죽은 고목처럼 보이는 오브들은 이 행성 전체에

깊이 뿌리를 내리고, 땅 위로는 몸의 일부를 드러낸 채, 행성 자체로 기능합니다. 그들은 개체인 동시에 집단이며, 개체로서의 지성과 집단으로서의 지성을 모두 지닙니다. 집단으로서의 오브는 사실상 죽지 않고 영원히 살아가지요. 벨라타의 모든 생태계가 직간접적으로 오브들의 근권과 내권, 엽권에 속해 있습니다. 그리고 이들의 생명 활동과 대사작용에 의해 발생하는 것이 바로 대기 중의 루티닐입니다. 벨라타 생물들에게 그것은 정상적인 생태계 순환을 구성하는 주축이자 물질대사 고리의 중요한 요소이지요.

　　먼 우주에서 온 탐사선이 이 행성에 도착했을 때, 오브들은 탐사선에서 내린 작은 생물들을 면밀히 관찰했어요. 그리고 오브들은 곧 알아차렸습니다. 이 개체들은 다른 환경에 취약하고 지극히 생태 의존적인 생물이며, 심지어 폭력적이고 비도덕적이지만, 어쨌든 그들은 모두 자아를 가지고 생각하며 움직이는 존재들이라고요. 오브들에게 우리는 불청객이었지요. 그들은 우리가 단지 죽어가도록, 절망하도록, 흔적도 없이 사라지도록 내버려둘 수 있었습니다. 하지만 그들은 그렇게 하지 않았습니다. 그들은 연민할 줄 아는 존재였으니까요.

제가 지하실에서 들은 마지막 대화는 지하에 남은 최후의 인간들과 오브들의 약속에 관한 것입니다.

누군가가 말합니다. 미안해요. 우리가 끔찍한 짓을 했어요. 정말 미안해요. 당신들의 행성을 망쳐버렸어요.

오브들이 묻기 시작하지요. 그들은 궁금해합니다. 이 낯선 존재들이 어디서 왔고 어디로 가는지. 왜 이 행성을 떠나지 못하는지. 이들에게 죽음은 끝인지 시작인지. 사실상 인간의 힘으로는 대단한 흠집조차 내지 못하는 오브들의 행성을 자신들이 망쳤다고 미안해하는 것을 재미있어하지요.

대화는 이렇게 끝이 난답니다.

우리의 긴 삶에 비하면 너희의 삶은 아주 짧은 순간이지. 그러니까 우리가 행성의 시간을 나누어 줄게.

그리고 그들은 오랜 잠에 빠져들었어요.

그렇게 이 행성에서 생동하던 것들은 모두 자신들의 선택으로 잠들었습니다. 행성의 생태계가 멈추면서, 대기 중의 루티닐도 인간이 살아갈 수 있는 수준으로 줄어들었지요. 살아남은 우리는 결코 그들을 해치지 않습니다. 그럼에도 연약한 우리의 몸은 잔존하는 루티닐만으로도 쉽게 손상되지만, 한 가지 사실만은 결코 변하지 않습니다.

우리에게 주어진 삶의 시간은, 이 행성의 시간을 잠시 빌려 온 것에 불과하다는 사실이지요.

그날 밤 지하실로 저를 찾으러 온 사제는 바닥에 쓰러진 저와 흩어진 기재들을 보고 무슨 일이 일어났는지 곧장 알아차렸습니다. 이전에도 몇 번이나 같은 일들을 목격했을 테니까요.

"그러니까, 사제님. 오브들이……."

제 목소리가 떨리고 있었습니다.

"오브들이 우리에게 시간을 나누어 준 거였어요. 그들이 잠든 거예요. 스스로 멈추기를 선택한 거예요. 우리에게 삶을 주기 위해서요. 하지만 어떻게 그럴 수 있었죠? 제 말은, 고작 이런 우리를 위해서……."

사제가 어떤 표정을 하고 있는지 알 수 없었어요. 그는 무언가를 말하고 싶은 것 같았어요. 하지만 침묵 끝에 사제는 제 어깨에 조용히 손을 올렸습니다.

"그래, 너도 보았구나."

사제가 말했습니다.

"신도 금기도 없지. 오직 약속만이 있단다."

저는 바닥에 머리를 기대고 여전히 그 공간을 떠돌고 있는 목소리의 잔해를 들었습니다. 제가 평생을 지나도 이해할 수 없을 어떤 결정들이 그곳에 있었습니다. 먼 우주에서 온 작은 존재들에게 기꺼이 자신의 시간을 떼어 주기로 결정하는 마음이, 이 잠든 행성 벨라타 전체에 깃들어 있었어요. 저는 눈을 감고 그들을 생각했습니다.

우리 대부분은 기억조차 하지 못하는 그 오래된 협약을, 수백 년이 지나도록 여전히 지키고 있는 존재들을.

*

이정. 당신이 떠난 후에야 이 모든 일을 이야기하는 저를 용서하기 바라요. 이정을 깊이 신뢰했음에도 이 이야기를 당신에게 전하기가 두려웠습니다. 그것은 제가 스스로를 신뢰할 수 없었기 때문입니다. 벨라타에서 진실은 언제나 엄격히 통제되어야만 하니까요.

우리의 행성에서 앎은 우리를 구원하지 않습니다. 사제로 선택된 이들은 삶의 어느 시점에서 반드시 신의 부재를 직면하지만, 그 이후 평생 무지를 갈망하며 살아갑니다. 지난 역사에서 우연히 진실을 알게 된 이들, 일부의 사제들은 협약을 깨고 자신의 삶을 연장하려는 유혹에 시달렸어요. 몰입 상태에 가까워질수록 우리는 이성을 잃고 욕망에 잠식되지요. 우리는 당장의 삶을 갈구하여 협약을 위협했던 사례들을 너무나 많이 보았어요. 그렇기에 벨라타에서 우리를 구원하는 것은 앎이 아닌 무지이지요. 마지막 순간까지 우리를 절제하게 만드는 것은 평생에 걸쳐 우리를 지배하는 규율이고 신앙이며, 금기에 대한 복종입니다.

저도 시간이 지나면 제가 보았던 것들을 잊게 될 거예요. 남는 것은 오직 본능에 새겨진 두려움, 공포, 혐오와 기피뿐일 것이고요. 저는 금기의 이유를 모른 채 금기를 지키겠지요. 우리에게 기꺼이 행성의 시간을 나누어 준 그들에 대한 존중이 오직 그들을 두려워하는 일로만 유지된다는 사실은 비극이에요. 그러나 그것이 마침내 오래된 협약을 완성할 것입니다.

이정. 아마 저는 당신을 다시 만나지 못할 거예요.

아름다운 벨라타의 여름을 함께 보자고 했던 그 약속도 지킬 수 없겠지요. 이제 저는 예정된 죽음을 기다리고 있습니다.

그러나 저는 언젠가 우리와 오브들이 하나의 행성에서 같은 시간을 공유하며 살아갈 가능성이 있다고 믿어요. 사제들은 보통 사람들에 비해 루티닐에 저항력을 지닌 자신들을 연구하고 있지요. 계속해서 돌연변이들이 태어나고,

우리 역시 이 환경에 서서히 적응하며 벨라타 생태의 일부가 되어가고 있습니다.

이정. 제가 이정에게 부탁하고 싶은 단 한 가지가 있다면, 그건 앞으로도 이 벨라타를 잊지 말아달라는 것입니다. 우리의 너무 짧은 생애는 연구의 진척을 더디게 만들어요. 가능하다면, 이정과 동료들의 지성을 빌려 방법을 찾아보고 싶은 마음도 있습니다. 하지만 그게 아니더라도, 그저 누군가 이 이야기를 기억해주는 것만으로도 저는 조금 마음을 놓을 수 있어요.

그리고 당신이 언젠가 오랜 탐사를 끝내면, 이 벨라타에 다시 찾아와주기를 바랍니다. 제가 다시 볼 수 없을 벨라타의 여름을 당신이 목격해주기를 바라요. 만약 모든 것이 잘 풀린다면, 당신은 생동하는 벨라타를 볼 수 있을 거예요. 살아 숨 쉬고 움직이는, 모든 것들이 제자리에 있는, 비로소 깨어난 행성을요.

그때 저는 아주 긴 잠을 자고 있겠죠. 저는 땅 위로 내딛는 당신의 발걸음을 느끼고, 꿈결 속에서 당신의 목소리를 들을 거예요. 오래전 이곳에 머물렀던 어떤 반짝이는 시간들을 생각하면서요.

아마도 그것만으로도 저는 괜찮으리라는 생각이 듭

니다.

　이정을 그리워하는,
　당신의 동행 노아로부터.

인 지　공 간

나는 인지 공간의 관리자였다. 오랜 시간 인지 공간을 위해 헌신했고, 공동 지식의 조직화와 공간 확장 프로젝트에 지난 십 년을 쏟았다. 그런 내가 공간 밖으로 나가겠다고 선언하자 사람들은 충격을 받았다. 어떤 이들은 그 결정을 배신으로 여겨 나를 모욕했고, 그렇지 않은 이들조차도 끝까지 나를 회유하려고 애썼다. 사람들은 내게 아직도 이브를 잊지 못했느냐고 물었다. 이브의 죽음에 대한 죄책감 때문에 떠나는 것이냐고, 왜 지금까지도 이브의 부탁을 마음에 두고 있느냐고 물었다. 그중에서도 나를 가장 슬프게 한 말은 이런 것이었다.

　─제나, 더는 이 공간을 사랑하지 않게 되었니? 이브가 네게 주입한 잘못된 생각에 결국 속아 넘어간 거야?

　나는 인지 공간을 진심으로 사랑했다. 격자들로부터 세

계의 모든 아름다움을 배웠다. 격자들이 나에게 이 작고도 결속력 있는 공동체, 대를 이어 전승되는 신화들, 정교한 자연의 이치, 그리고 세계의 놀라운 구조에 관해 가르쳐주었다. 격자 사이를 걸을 때 나의 영혼은 탐구의 기쁨으로 충만했다. 내가 평생 알았던 모든 것과 앞으로 알게 될 모든 것이 전부 이곳에 있었다. 그럼에도 불구하고 나는 떠나야만 했다.

　—가야 해요. 이브를 위해서가 아니라, 우리를 위해서예요.

　나를 향한 비난 가득한 시선들을 마주할 자신이 없어 나는 고개를 돌렸다. 그들은 내가 이브에게 속았다고 생각할 것이다. 이브의 이른 죽음이 나를 허황된 생각으로 이끌었다고 여길 것이다. 결국은 나 역시 죽음을 향해 가고 있다고 생각할 것이다.

　공동체의 사람들은 언제나 우리가 공간을 떠날 수 없는 이유를 말했다. 이브는 달랐다. 그 애는 우리가 떠나야 하는 이유를 말했다. 이브가 죽기 전 남긴 것들은 격자의 어느 곳에도 남지 않았다. 그것을 기억하는 이는 오직 나뿐이다. 마지막 순간 나를 향하던 이브의 쓸쓸한 눈빛을 떠올릴 때면 나는 내가 해야 할 일이 무엇인지를 깨닫는다.

인지 공간을 떠나야만 진짜 세계를 직면할 수 있다는 내 의견은 공동체에 충돌과 분열을 가져왔다. 사람들은 내게 어떻게 그런 터무니없는 발상을 했느냐고 물었다. 그러나 그 생각은 내가 처음 떠올린 게 아니다.

그것은 이브의 생각이었다.

*

이브는 아주 작은 몸집으로 태어났다. 태어난 직후에는 성장이 좀 더딘 정도로 보였지만 어느 시점부터는 또래 아이들과 현저한 차이가 나기 시작했다. 공동체의 어른들은 이브에게 신경을 많이 썼다. 다섯 살 때 이브를 넘어뜨린 아이가 며칠 내내 혼이 나는 것을 본 적이 있다. 놀이를 하던 중 일어난 사소한 실수였지만, 이브는 그 일로 뼈가 부러져 한 달간 병실에 있었다. 또래 아이들에게 선생님의 훈계보다도 충격적이었던 건 이브의 깨질 듯한 연약함이었을 것이다. 아이들은 이브의 부서지기 쉬운 몸을, 어른들이 이브를 대하는 조심스러운 태도를 예민하게 감지했다. 이브는 그 연약함 때문에 아이들을 불편하게 만드는 존재였다. 아이들은 이브가 가까이 오면 수군거렸고, 마지못해 이브를 놀이에 끼워주면서도 일부러 누가 들으라는 듯이 과장되게 "이브, 조심해!"하고 크게 소리쳤다. 그러면 어른들이 달려와 이브를 놀이에 끼지 못하게 얼른 떼어놓았고, 아이들은 이브를 비웃었다.

언젠가부터 이브는 예비학교에 나오지 않았다. 집 밖으로 한 발짝도 나가지 않는다는 이야기가 돌았다. 보육 교사이기도 했던 나의 어머니는 예비학교에 가기를 거부한다는 이브를 안타깝게 여기고는 내게 당부했다.

"제나, 그 애의 부러질 것 같은 팔 봤니? 너는 또래 아이들보다 훨씬 키도 크고 힘도 세니까, 너라도 그 애를 잘 챙겨줘야 해. 이브를 잘 달래서 학교에 데려가주렴."

나는 연민 섞인 호기심으로 어머니의 당부를 받아들였다. 이브가 사는 집으로 찾아가 간식을 건네주기도 하고, 나오지 않겠다고 우겨대는 이브를 억지로 데리고 나와서 학교로 가고, 동네를 돌아다니며 아이들을 괜히 흘겨보았다. 이브는 처음에는 시큰둥했지만, 나중에는 체념한 듯 순순히 나를 따라왔다. 무엇보다 내가 옆에 있으면 아이들의 조롱도 멈췄으므로 이브는 그 점을 편하게 여겼다.

이브와 나의 관계는 그렇게 시작되었다. 나는 어른들의 말을 잘 듣는 착한 아이가 되고 싶어서, 이브는 나를 필요로 해서 성립된 관계. 하지만 그건 어디까지나 계기였을 뿐이고, 얼마 지나지 않아 나는 이브가 진심으로 좋아졌다. 날세운 외견 뒤에 숨겨진 이브를 알아가는 일은 꽤 재미있었다. 이브는 사물에 대한 호기심이 많았고, 사람들을 대하는 것을 겁내면서도 사람을 무척 잘 파악했다. 아직 공간에 들어가기 전인데도, 이곳 도시의 지형과 길목에 대해 구석구석 잘 알고 있는 아이는 또래 중에서 이브뿐이었다. 사람들이 수군거리던 말들은 전부 이브를 잘 알지 못해서 나온 상상의 산물에 불과했다. 왜 공동체 사람들이 이브를 안쓰럽게만 여기거나 아무것도 할 수 없는 약한 존재로만 취급하는지 이해할 수 없었다. 가까이서 본 이브는 그렇게 단순하게 표현할 수 없는 아이였다.

또래 아이들이 비열한 방식으로 이브를 조롱할 때, 이브는 직접 맞서기보다 아이들을 마주 비웃는 것으로 대응하곤 했는데, 나는 이브의 그런 태도가 어른스럽다고 생각했다. 어리숙한 아이들에 비해 이브는 몸이 약할 뿐 이미 다 자란 것처럼 보였다. 나는 이브를 데리고 다니며 또래 아이들이 얼마나 철이 없고 한심한지, 이브의 대응이 얼마나 성숙하고 멋졌는지를 조잘대며 이야기했다. 처음에 나를 경계하던 이브는 점차 나에게 마음을 열었고, 나중에는

활짝 웃어주었다. 이브가 그렇게 웃어주는 사람은 나뿐이
었으므로, 나는 어떤 게임에서 혼자만 이긴 것 같은 기분이
들었다.

아이들은 이브를 놀려대면서도 내 눈치를 봤다. 내가
이브와 있을 때는 괴롭힘도 조롱도 없었다. 하지만 이브가
혼자 있을 때는 계속해서 이브를 모욕했다. 이브는 무덤덤
해 보였지만, 나는 그 눈빛에서 깊은 슬픔을 볼 수 있었다.

"이브, 이건 어른들이 해준 이야기인데 말이야. 저 녀석
들의 한심한 짓도 곧 없던 일이 될 거래."

이브가 물끄러미 나를 쳐다보았다.

"왜?"

"우린 아직 인지 공간에 들어가지 않았잖아."

"그게 그 녀석들 하는 짓이랑 무슨 상관인데?"

"생각해봐. 공동 지식을 배우기 시작하면, 우리는 동일
시될 거야. 압도적인 지식 앞에서 우리의 사소한 차이는 무
의미해지는 거지. 그 애들도 이브 너와 자신들이 그렇게 다
르지 않다는 걸 곧바로 알게 될 거라고. 그럼 본인들이 했던
일이 얼마나 한심한 짓인지도 깨닫겠지. 우린 곧 인지 공간
에 들어가니까, 이것도 조금만 지나면 전부 끝날 일이야."

공동 지식은 우리가 어린 시절 간직했던 차이를, 서로

의 다른 기억을 잊게 만든다. 그 사실을 상기해주면 이브가 안심할 줄 알았는데, 오히려 이브는 미간을 찌푸렸다.

"그래도 이걸 모두 없던 일로 할 수는 없어. 내가 당했던 일들은 다 어디로 가는데? 그런 건 사라지지 않아."

이브는 그렇게 말하며 돌을 웅덩이에 던졌다. 땅에 고여 있던 더러운 물이 사방으로 튀었다. 이브의 옷자락에도 흙탕물 자국이 남았다. 이브는 자국을 손으로 문질렀지만, 옆으로 번져 얼룩이 더 심해졌다. 나는 그 모습을 지켜보며 중얼거렸다.

"그렇게 말하지만, 너도 이 순간을 잊게 될걸."

"어째서?"

"공동 지식에 비하면 지금 우리의 감정과 생각과 일상은 시시하고 단조로워. 기억할 가치조차 없을 거야. 우린 더 위대한 세계를 만나게 될 거야."

나는 고개를 들어 인지 공간을 가리켰다.

"저 모습을 봐. 압도적이잖아."

거대한 격자 구조물은 멀찍이서 보는 것만으로도 위압감이 느껴졌다. 아마도 신이 저 구조물을 설계한 것이라고, 공동체의 어른들은 말했다. 나는 신이 정말로 존재하는지 확신할 수 없었지만, 저 구조물을 볼 때면 왜 어른들이 그런 말을 하는지 알 것 같았다. 그 장대한 격자 구조는 평범한 인간이 쌓아 올릴 수 있는 것이 아니었다. 구조물은 그 자체로 이미 우리의 존재 이유에 대한 심오한 의미를 전달하고 있는 것 같았다. 가치 있는 지식과 의미는 모두 저 안에 존재하는 것 같았다.

이브는 고개를 내저었다.

"내 생각은 달라. 넌 분명 실망할 거야."

이브의 태도는 이상할 정도로 시큰둥했다. 나는 어깨를 으쓱였다.

"항상 그렇게 말하더라, 이브 너는."

"공동 지식을 안 배우겠다는 게 아니야. 내 말은, 격자 구조물이 그렇게 대단한 건 아니라고. 다들 저기에 인류의 모든 지식이 담겨 있다고 여기지만, 지금 우릴 봐. 우린 아직 인지 공간 근처에도 가지 못하지만, 그렇다고 지금 우리가 아무 생각도 안 하는 건 아니잖아? 난 지금도 바쁘게 사고하고 있거든. 끊임없이 공동체에 대해 생각한단 말이야. 그럼 여기 든 게 지식의 일부가 아니면 뭐겠어?"

이브는 그렇게 말하며 자신의 머리를 톡톡 두드렸다. 나는 이브의 말에 조금 웃음이 나왔다.

"방금 한 말 진심이야? 일단 공동 지식을 배우기 시작하면, 지금 우리가 하는 건…… 정말이지, 생각이라고 부를 수도 없는 수준일 거라고."

이브는 눈을 가늘게 뜨고 퉁명스레 내뱉었다.

"제나, 넌 가보지도 않은 공간을 과대평가하고 있어."

"두고 봐. 누구 말이 맞는지 곧 알게 될 테니까."

이브와 나의 견해 차이는 좁혀지지 않았다. 우리는 그 이후로도 격자 구조물을 놓고 치열한 논쟁을 자주 벌였다. 나는 대체로 공동 지식을 열띠게 옹호하는 쪽이었지만, 집에 와 곰곰이 생각하면 격자 구조물에 대한 이브의 감정이 복잡할 것 같다는 생각도 들었다. 어른들이 이브를 과보호하는 건 인지 공간의 격자 구조물 때문이기도 했다. 이브가 지금처럼 약한 몸으로 어른이 되면, 격자 구조물에 진입하지 못할 수도 있었다. 하지만 그 가정된 위험 때문에 지금까지 이브는 너무 많은 기회를 빼앗겨왔다. 이브가 또래 아이들에게 괴롭힘을 당한다는 걸 알게 된 이브의 아버지가, 혹시나 물리적인 폭력에 시달릴까 봐 아예 이브를 외출조차 하지 못하게 막은 적도 있었다.

예비학교는 전쟁터와도 같았다. 어른들의 공동체는 놀라울 정도로 다툼과 분열이 적은 반면, 충분히 동일시되지 않은 아이들 사이에서는 끊임없이 갈등이 일어났다. 그곳에서 나는 이브의 유일한 보호자였다. 동시에 나는 이브의 어른스러움을 동경했기에, 내가 동경하는 이브를 보호해줄 수 있다는 것은 내게 묘한 자부심을 주었다. 완전히 다른 위치에 선 이브와 나는 서로가 원하는 것을 갖고 있었다. 그것은 내가 이브에게 특별한 종류의 감정을 가지게 했다.

그러나 열두 살부터 이브와 나의 세계는 조금씩 분리되기 시작했다. 열두 살이 되자, 아이들은 신체의 발달 정도를 측정하고 간단한 운동 기능을 검사하는 검진을 받았다. 구조물에 진입하여 이동하기에 적합한지를 확인하는 일이었다. 특수한 경우를 제외하고는 대부분 정해진 신체 기준을 통과했는데, 오직 이브만이 기준 미달이었다. 이브는 여전히 터무니없이 작았다. 의사는 이브의 성장이 아직 멈추지 않은 것으로 보이니 한 해가 지나면 다시 측정해보자고 말했다.

공동체 사람들은 이브를 어떻게 대해야 할지 몰랐다. 예전에도 사고를 당하거나 질병을 앓아 인지 공간에 접근하기 힘들어졌던 사람들은 있었지만, 이브처럼 애초에 진입조차 하지 못하는 경우는 매우 드물었다. 우리 세계에서 가치 있는 일은 모두 인지 공간과 연관되어 있었으므로, 그곳에 갈 수 없다는 것은 이브가 맡을 수 있는 일이 없다는 의미였다. 동정 어린 시선들이 가는 곳마다 이브를 향했다. 이브도 그 시선을 어떻게 마주해야 할지 모르는 것 같았다. 나는 이브가 안쓰러웠지만, 최대한 아무렇지 않게 이브를 대하려고 했다. 이브가 그걸 원할 거라는 생각이 들어서였다.

하지만 인지 공간에 들어가는 날이 다가올수록 나는 이브를 대하기가 불편해졌다. 의사는 더 기다려보자고 했지만, 내년이라고 해서 상황이 달라지진 않으리라는 것을, 이브도 나도 내심 짐작하고 있었다. 두 번째 검진에서도, 이브의 측정 결과는 좋지 않았다.

두 번째 검진 이후 처음 이브를 만나는 날, 나는 이브가 주눅 들어 있을지도 모른다고 생각하며 조심스레 인사를 건넸다.

이브는 나를 똑바로 쳐다보며 말했다.

"제나, 날 동정하지 마. 난 정말 아무렇지 않아."

그 태도에는 어딘가 이상한 구석이 있었다. 내가 그 이상함을 알아차리고 다시 "이브" 하고 불렀을 때, 이브는 마치 내 말을 끊듯이 한마디 덧붙였다.

"인지 공간은 대단한 게 아니니까."

나는 말문이 막혔다. 만약 더 시간이 지난 후였다면 그날의 이브를, 이브가 왜 그런 태도를 보였는지를 이해했을지도 모른다. 그러나 그때는 나도 어렸으므로 이브의 말에 즉각적인 반감을 느꼈다. 굳은 내 표정을 살핀 이브가 말했다.

"전부터 말해왔잖아. 인지 공간은 우리가 아는 것 전부가 아니라, 인류 지식의 아주 일부를 담을 뿐이라고. 난 인지 공간에 한계가 있다는 걸 알아."

나는 속으로 이브를 조금 비웃었다. 그 애가 가보지도 못한 공간에 대해 그렇게 말하는 데 동의할 수 없었다.

"이브, 네가 들어갈 방법이 분명 있을 거야. 아무리 그렇게 말해도, 일단 인지 공간의 지식을 경험하면……."

"아니, 난 필요 없다니까. 저건 별들의 아주 일부조차 담지 못해."

이브는 어깨를 으쓱이며 자신만만하게 말했다.

"못 믿겠으면 세어볼래?"

난 이브를 노려보았다. 하지만 잠시 뒤에는 이브의 말에 호기심이 일었다.

그날 밤 이브와 내기를 했다. 저 격자 속에 얼마나 많은 별을 담을 수 있는가에 대해서. 나는 밤하늘의 모든 별을 격자 속에 담을 수 있다고 말했다. 이브는 격자가 담을 수 있는 지식의 양에는 분명한 한계가 있다고 말했다. 처음에는 감정적인 논쟁이었지만, 우리는 곧 진지해졌다. 이브의 말대로 저 하늘에는 정말로 많은 별들이 있었다. 밤하늘은 그 경계를 알 수 없을 만큼 드넓었다. 그에 비하면 격자 구조물은 비록 거대하지만 그 경계를 그을 수 있었다. 격자의 한계와 가능성에 관한 질문들이 머릿속을 어지럽혔다. 정말 이브의 말대로 인지 공간은 명확한 한계를 지닌 걸까? 나는 이브가 내 머릿속에 떨쳐낼 수 없는 작은 의문의 씨앗을 심었다고 느꼈다.

인지 공간 진입을 한 달 남기고 이브와 나는 매일 탁 트인 공터에서 만났다. 밤하늘이 가장 잘 보이는 곳이었다. 그곳에서 우리는 공동 지식의 크기와 범위에 대해 토론했다. 우리의 내기는 결론이 나지 않았다. 밤하늘을 그렇게 오래 관찰한 건 처음이었는데, 별을 도저히 다 헤아릴 수가 없었다. 매일 뜨고 지는 세 개의 달 주위로 무수한 별들이 흩뿌려져 있었다. 어느 날은 백 개, 그다음 날은 천 개, 어떤 때에는 수천 개도 넘는 별들이 보였다. 이브와 내가 구획을 나누어 세기도 했지만 밤이 새도록 하늘을 보고 있으면 내기는 처음부터 성립할 수 없었는지도 모른다는 생각이 들었다. 사실 우리는 아직 인지 공간에 얼마나 많은 격자가 존재하는지도 몰랐다. 논쟁이 늘 모호하게 끝나는 건 당연했다.

그러면서도 나는 이브와 이야기를 나누는 그 모든 순간이 좋았다. 격자에 얼마나 많은 별들을 담을 수 있는지, 그 사실 자체는 어쩌면 중요하지 않은 것 같았다. 결론이 어떻든 이브와 나는 계속 친구로 남을 것이며, 매일 이렇게 세계의 무한한 지식에 관해 이야기를 나눌 테니까.

하지만 얼마 뒤 인지 공간에 들어가면서 나는 이브와의 논쟁이 얼마나 무의미했는지를 깨달았다.

이브는 격자에 한계가 있다고 말했지만, 내가 직접 목격한 인지 공간은 그렇지 않았다. 격자는 우리가 가진 모든 것이었다. 그것은 우리의 세계 전체였다.

*

인지 공간은 여러 이름을 가졌다. 큐빅 시스템, 공동 지식 구역, 격자 구조물. 때로 그냥 격자 혹은 공간이라고도 불린다. 어떤 이름을 가졌든, 그 구조물이 물리적으로 실재하는 공간이라는 점은 중요하다. 인지 공간의 구조는 육면체의 프레임을 쌓아 올린 형태 또는 고체의 입방 결정에 비유된다. 격자 결정을 이루고 있는 각각의 원자들처럼 프레임이 교차하는 지점에 격자점이 위치하고, 정보는 오목하거나 볼록한 격자점에 기계적으로 기록된다.

사고는 공간적이다. 개념은 격자 속에 배열된다. 격자 구조물은 우리가 사고를 실체화하는 매개체다. 이 거대한 인지 공간의 육면체 프레임은 내부에 또 다른 작은 육면체들을 가지며, 그 육면체들은 더욱 작은 육면체들로 구성되어 있다. 이 육면체들과 격자점의 정보 배열은 특정한 개념을 나타낸다. 우리는 3차원 격자 배열을 눈으로 읽고 정보를 인식한다.

인간은 초기 영장류에서 분화되는 과정에서 격자 인지 능력을 획득한 것으로 추정된다. 즉, 우리의 뇌에는 이 복잡한 형태의 정보를 읽는 감각이 내재되어 있다. 신경과학 분야에서 밝혀진 바에 따르면, 이런 형태의 격자 인지 능력이 자연적으로 발생하기는 쉽지 않다. 그 증거로 우리 행성의 비인간 동물들은 격자 정보를 전혀 읽지 못한다. 정보학이 충분히 발달하기 전까지 인간은 격자 정보의 원리를 이해하지 못한 채 본능적으로 격자 구조물을 이용해 지식을 기록하고 습득했다. 인간의 인지 체계에 대한 연구가 이루어지고 있는 지금도, 격자 인지 능력의 세부적인 메커니즘에 대해서는 알려지지 않은 부분이 많다.

장기 기억을 개별 유기체 뇌에 기록하는 비인간 동물

들과 달리, 오직 인간만이 이러한 특이한 사고 체계를 갖게 된 이유에 대해 아직 학자들도 합의에 다다르지 못했다. 다만 우리 인간의 뇌는 근본적으로 발달이 제한된 구조를 지닌 것인지도 모른다는 가설이 꾸준히 제기되어왔다. 이러한 '태생적 제한 가설'의 지지자들은 인간의 종 분화 초기에 우리보다 진화한 지성체들이 인간의 뇌 진화에 개입했다고 주장한다. 구조물의 역사 기록에만 남아 있는 '최초의 격자'에 새겨진 내용이 그들이 제시하는 증거이다. 제한 이론에 따르면 격자는 우리 인간이 이 행성에서 살아가기 전부터 이미 존재했고, 구조물을 처음으로 세운 이들은 인간이 아닌 다른 지성체다. 인지 공간은 우리가 격자를 이해하고 명명하기 전부터 문명과 함께해왔다는 것이다.

그러나 격자는 그 다른 지성체가 대체 누구인지, 인간보다 발전한 지성체가 있었다면 왜 지금은 그들이 모두 사라졌는지, 그들은 왜 인간의 뇌 진화에 개입했는지, 그들이 왜 처음에 구조물을 세웠는지에 대해서 말해주지 않기 때문에, 논쟁은 아직도 치열하다. 가장 많은 지지를 받는 가설은 우리 인간 종 자체가 행성 규모의 거대한 실험의 결과물이라는 것으로, 이는 우리 행성의 비인간 동물들과 인간 사이의 현저한 사고 체계 차이를 설명해준다. 하지만 그 가설이 옳다고 해도, 그렇게 거대한 규모의 실험을 한 이들은 누구이며 지금은 어디로 떠났는지에 대한 질문은 여전히 미지의 영역에 남아 있다.

인지 공간이 언제 어떻게 존재하게 되었든, 우리는 인지 공간을 통해 제한된 뇌의 한계를 넘어섰다. 우리 인간의 유기체 뇌에는 명백한 한계가 있어, 뇌가 저장하는 의미적 기억은 고작 하루에서 이틀 정도 유지될 뿐이다. 개별 유기체의 뇌가 오래도록 보존하는 것은 비교적 사소한 일화 기억들과 몸에 직접 새겨지는 절차 기억 정도이다. 인지 공간은 유기체 뇌의 한계를 넘어 지식이 영구적으로 보관되도록 돕는다. 오직 인지 공간을 통해서만 지식은 전승되고 남겨진다. 그것은 마치 우리의 한계를 규정짓는 듯하지만, 다른 한편으로, 인지 공간 안에서 우리의 기억은 영원히 소멸되지 않는다는 의미이기도 하다.

인지 공간은 수평으로도 수직으로도 뻗어 있다. 추상성에서 구체성으로, 하나의 학문에서 또 다른 학문으로 자유롭게 지식을 탐구하기 위해서는 격자 위를 부지런히 다닐 수 있는 강건한 신체와 명료한 정신이 필요하다. 무수한 입방체들이 층층이 쌓인 공간은 생각의 미로와 같다. 수많은 통로로 얽힌 개념의 격자망 사이를 걸으며 우리는 지식을 흡수하고 사고를 전개한다. 우리가 인지 공간 속에서 길을 잃을 때, 그것은 생각 속에서 길을 잃는 것과도 같다. 하지만 뇌 속의 생각이 우리를 그저 스쳐 지나가는 반면 인지 공간은 결코 그 자리에서 사라지지 않는다.

*

나는 인지 공간이 보여주는 세계에 압도되었다. 지치지도 않고 개념망 사이를 탐험했다. 격자 구조물의 전체 배열 방식과 기초 정보를 배우는 데에만 한참 시간이 걸리겠지만, 평생에 걸쳐 접근할 수 있는 엄청난 양의 지식이 이곳에 펼쳐져 있다는 사실이 나를 두근거리게 했다. 인지 공간에는 예술과 철학, 신화, 과학과 이야기에 이르기까지 무수한 개념들이 있었다. 나의 세계는 인지 공간을 통해 무한히 확장될 가능성을 얻은 것이었다.

인지 공간에 진입한 우리는 사고의 방식을 바꾸는 훈련을 받기 시작했다. 서기관들은 우리에게 개념 자체를 습득하는 것이 아니라, 인지 공간을 물리적으로 외장된 뇌로 여기며 사고하는 방법을 가르쳤다. 우리 각자가 가진 작은 유기체 뇌는 인지 공간의 극히 일부조차 담을 수 없지만, 인지 공간 속에서 사고하는 법에 익숙해지면, 우리의 사고는 두개골 속 뇌를 넘어 거대한 인지 공간 자체로 확장된다. 나중에는 인지 공간의 어느 정보에나 빠르게 접근할 수 있으며, 유기체 뇌에 의존하지 않고 인지 공간의 개념들만 이용하여 사고하게 된다. 인지 공간에 직접 정보를 기록하거나 정보들을 재배열하는 일도 가능해진다.

나는 인지 공간에 매료되어 습자지처럼 지식을 빨아들였다. 드넓은 앎의 세계에서 나라는 개인은 말할 것 없이 작은 존재이나, 부지런히 배우고 성장하면 나의 확장된 정신이 그 앎의 세계로 편입되는 것이다. 그 사실을 생각하면 견딜 수 없이 기뻤다. 지식들은 나의 머릿속에 하루 이틀 이상 머무르지 않았지만, 그래도 지식들을 한번 담은 이후에는 인지 공간 속에서 필요한 개념의 지도를 훨씬 쉽게 그려볼 수 있었다.

이브와는 그런 일들을 함께할 수 없었다.

이브는 일 년이 지난 뒤에도 진입 허가를 받지 못했다. 의사는 이브의 성장이 멈추었고, 불행히도 그 애의 뼈와 근육이 너무나 약하여 지지대를 사용할 수도 없으며, 앞으로도 인지 공간에 들어가서는 안 된다고 말했다. 그것은 영원히 어른이 될 수 없다는 선고와도 같았다. 그런 절망적인 선고를 듣고도, 이브는 대수롭지 않다는 듯 말했다.

"괜찮아. 난 탐사대에 합류해서 인지 공간 바깥을 탐험할 생각이거든. 우리가 탐구할 세계는 인지 공간만 있는 게 아니잖아."

하지만 이브는 탐사대에도 합류할 수 없었다. 외부 세계를 탐사하려면 공동체 밖에서의 생존을 위한 지식이 필요했고, 인지 공간의 정보를 학습해야 했다. 탐사대원들은 격자 정보를 출발 직전에 습득했다. 그건 이브에게는 불가능한 일이었다. 다른 누군가가 매일 이브에게 긴 설명을 대신 반복할 수도 없는 노릇이었다.

서기관들은 논의 끝에 이브가 격자 정보에 접근할 수 있도록 특수한 사다리를 제작해주었다. 이브는 직접 사다리를 오를 힘이 없었으므로 이브를 돕는 추가적인 장치들도 필요했다. 사다리와 장치들을 제작하는 데에 공동체의 많은 자원이 들었다. 그러나 그것으로는 아주 낮은 층수에만 접근할 수 있었다. 더 높은 곳에 닿는 사다리는 이브에게도 위험할뿐더러 구조물 자체에 손상을 줄 수도 있었다. 이브에게 허락된 정보들은 낮은 층수의 기초적인 정보들, 고작해야 공동체 생활에 필수적인 종교와 의례, 경작과 목축에 관한 것들뿐이었다.

이브가 그때 무슨 생각을 했는지는 잘 모르겠다. 나는 이브의 심정을 짐작할 수 없었고 내가 이브를 위해 할 수 있는 일이 무엇인지도 몰랐다. 내가 방대한 지식 사이를 탐험하며 개념들의 배열 규칙을 익히고 있을 때 이브는 인지 공간의 가장 낮은 층에서 이따금 나를 올려다볼 뿐이었다. 격자 정보가 기록되는 입방체의 규모에 따라 추상성의 단계가 달라진다. 구체적인 정보일수록 더 작은 격자에 기록된다. 그러니 격자 정보에 가까이 접근할 수 없다는 것, 멀찍이서만 이 공간을 바라본다는 것은 개념들을 오직 피상적으로만 이해할 수 있다는 것을 의미했다. 이브는 어떤 개념과 정보들이 그곳에 존재한다는 사실을 알면서도, 그 개념을 이해할 만큼 가까이 다가갈 수는 없었다. 나는 그런 이브를 보며 죄책감과 불편함을 동시에 느꼈다.

점점 이브와 함께 보내는 시간이 줄어들었다. 나는 그것을 자연스러운 일이라고, 어쩔 수 없는 일이라고 생각했다. 설령 이브가 인지 공간에 무사히 진입했더라도 어릴 때처럼 매일 함께 시간을 보낼 수는 없었을 테니까. 그리고 나는 여전히 이브를 유일무이한 친구로 여겼다. 우리는 가끔씩 예전처럼 만나 각자의 하루를 이야기했다. 이브는 그무렵 아버지에게 옷을 만드는 일을 배우기 시작했다. 아버지가 운영하던 의상실에서 일을 도울 생각인 것 같았다. 이브는 자신의 삶이 지금도 충분히 만족스럽다고 말했다. 하지만 나는 매일 밤 이브가 혼자 공원에 온다는 것을, 이곳에서 한참이나 밤하늘을 바라본다는 사실을 알았다.

"제나, 우주에 대해 말해줘."

이브는 나를 만날 때마다 부탁했다.

별들에 관한 지식은 격자 구조물의 꼭대기 층에 있었다. 우리 공동체는 땅 위에서 필요한 실용적인 지식에 더 많은 관심을 기울이기 때문에, 천체를 연구하는 사람들은 손에 꼽을 만큼 적었다. 그래도 나는 어떤 사람들이 천문학자라는 신분으로 격자 구조물의 꼭대기에 오른다는 사실을 알고 있었다. 이브의 부탁을 들어주기 위해 나는 견학을 핑계로 천문학 지식이 기록되는 격자 층에 올랐다. 내용을 이해하기는 쉽지 않았다. 그것들은 너무 멀고 아득한 공간을 다루는 데다가, 인지 공간의 다른 학문 영역들을 충분히 탐사한 다음에야 제대로 이해할 수 있을 법했다. 그래도 나는 매일 그곳에 들러 이브에게 들려줄 하루치의 지식을 배웠다.

이브는 내 이야기를 진지하게 들으면서도 한편으로는 미심쩍어했다.

"정말로 밤하늘에 대해 밝혀낸 것이 그것뿐이라고?"

"우주보다 더 중요한 문제가 많으니까."

"문명이 어떻게 시작되었는지, 우리가 어디에서 왔는지 아는 것보다 중요한 게 있어? 그 문제를 연구하는 사람들이 그렇게 적다니, 너무 이상해."

"넌 우리가 저 밤하늘에서 왔다고 생각해?"

"물론. 인간의 기원은 이 행성이 아니야."

나는 이브가 왜 그렇게 확신하는지 궁금했지만, 질문을 하기 전 잠시 망설였다. 이브가 어떤 말을 늘어놓는다고 해도 그건 근거 없는 상상에 불과할 터였다. 기원 가설에 접근할 수 있는 건 이브가 아닌 나였다. 그리고 내가 아는 한, 학자들 중 누구도 우리 인간이 행성 밖에서 왔다는 주장을 진지하게 여기지 않았다.

"만약 네 말이 옳다고 해도 어차피 우린 우주에 못 가. 저 밖에는 인지 공간이 없으니까. 거기서 우리는 아무런 지식도 소유하지 못한, 짐승보다도 못한 존재가 될걸."

이브는 내 말을 듣고 불만스러운 표정을 지었지만 입을 다물었다. 내 말에 동의하지 않기 때문인지, 아니면 다른 생각에 빠진 것인지 궁금했다. 내가 말했다.

"내 말이 틀렸어?"

이브는 미간을 살짝 찌푸리며 나를 보더니 말했다.

"제나, 난 너처럼 인지 공간을 돌아다닐 수 없지만, 한 가지는 분명히 알아. 아무런 지식도 소유하지 못했다고 해서 쓸모없는 존재가 되는 건 아니야."

그때 나는 내가 무언가 실수했다는 걸 알았다. 미안하다고 말하려던 순간에, 이브가 말했다.

"그리고 인지 공간이 없어도 우린 지식을 저 위로 가져갈 수 있어."

"어떻게?"

내가 되물었다. 이브는 흔들리는 눈으로 나를 잠시 마주 보고는, 시선을 아래로 떨구었다. 그러고는 한참이나 침묵하더니 일어나 자리를 떠나버렸다.

남겨진 나는 이브가 떠난 자리를 노려보았다. 그리고 고개를 들어 하늘을 보았다. 두 개의 달과 그 뒤로 흩뿌려진 별들이 보였다. 광막한 우주 아래, 우리의 인지 공간은 이 행성의 땅에 굳건히 고정되어 있다. 그래서 우리는 이 행성을 떠날 수 없다. 이브는 대체 무슨 생각을 하는 것일까.

다음 날 우리는 공원에서 다시 만났다. 나는 이브가 어제의 대화 때문에 화가 났을까 봐 걱정했지만, 다행히 그날 이브는 기분이 좋아 보였다. 이브는 자신이 떠올린 아이디어가 하나 있다고 말했다.

"제나, 만약 인지 공간을 저 위로 옮긴다면 어떨까?"

이브는 그렇게 말하며 하늘을 가리켰다.

"어떻게 그게 가능하겠어?"

나는 시큰둥하게 대꾸했다.

"우린 인지 공간이 고정되어 있다고만 생각했잖아. 하지만 그게 아니라면? 인지 공간이 얼마든지 움직일 수 있고, 분리될 수 있는 거라면?"

"이브, 저 구조물을 좀 봐. 아무도 저 거대한 걸 옮길 수는 없어. 신이 아니라면 말이야."

이브는 내 표정을 보더니 입을 다물어버렸다. 나는 그런 이브가 안타까웠다. 농담이 아니라면 몽상과도 같은, 너무나 허황된 생각이었다.

나는 이브가 그런 생각에 이르게 된 까닭을 짐작해보았다. 이브는 자신이 오를 수 없는 구조물의 위쪽을 매일 바라보았을 것이다. 그러다 결국 그보다 더 높은 밤하늘에 시선이 닿았을 것이다. 구조물을 넘어 우주에 가겠다는 꿈을 품게 되었는지도 모른다. 그러나 우리는 그곳에 갈 수 없다. 우리는 단지 밤하늘을 올려다볼 수 있을 뿐이다. 우주는 손에 닿을 것처럼 보여도 아주 멀리 있다. 어떤 진실은 슬프지만 그냥 받아들여야 한다.

그 이후로도 나는 이브를 이따금 만났지만, 예전처럼 이 브를 대할 수가 없었다. 이브와 나 사이에는 진공과 같은 거 리감이 생기고 있었다. 아무렇지 않게 인지 공간을 옮기는 아이디어를 이야기하는 이브를 볼 때면 마음 어딘가가 부서 져 내렸다. 그리고 그 자리로 슬픔과 체념이 흘러들었다.

한때 이브는 나의 가장 가까운 친구였다. 오랜 시간 나 는 이브가 곁에 없는 나를 상상할 수 없었다. 하지만 이제 우리의 세계는 달라지고 있었다. 어머니는 나에게 어른이 된다는 것은 결국 혼자임을 알게 되는 것이라고 말했다. 다 른 존재로 분화되기 시작한 두 사람은 서로를 완전히 이해 할 수 없다. 이브와 나도 마찬가지일 것이다. 그런 결론을 내린 이후로는 점점 이브와 만나는 일도 줄었다. 오랜 친구 를 포기하는 일도 성장의 일부인지도 모른다고, 모든 관계 는 변화할 수밖에 없다고. 나는 그렇게 스스로를 설득했다.

지금 돌이켜보면 나는 이브가 진짜 무슨 이야기를 하는 지 제대로 듣고 싶지 않았던 것 같다. 가끔은 내가 다른 선 택을 할 수도 있었으리라고 생각한다. 나는 이브의 말을 진 지하게 생각해볼 수도 있었다. 그 애가 나와 함께하고 싶어 했던 일들을 함께할 수도 있었다. 이브의 인지 공간을 옮기 겠다는 아이디어에 대해 몇 시간이고 더 귀 기울여 들을 수

도 있었다. 그랬다면, 이브는 그렇게 빨리 나를 떠나지 않았
을 것이다.

*

성년이 되었을 때 나는 인지 공간의 관리자가 되겠다고
결심했다. 지식을 습득하는 것을 넘어 지식을 기록하고 연
결망을 재배치하는 것이 관리자의 일이었다. 인지 공간의
관리자들은 격자 정보망을 끊임없이 최적화하고 재배열함
으로써 인지 공간의 가능성을 확장한다. 나는 정확히 그런
일을 하고 싶었다.

이브가 나를 공원으로 불러내서 그 이야기를 꺼내던
날, 나는 관리자가 되기 위한 훈련을 이제 막 시작해 격자
정보망에 대한 생각으로 머리가 꽉 차 있었다. 요즘 들어
수척해진 이브의 모습을 보자 마음이 아팠지만, 그뿐이었
다. 나는 다른 이야기에 신경을 쓸 여유가 없었다. 그런데
그날 이브는 나를 보자마자 대뜸 이런 말을 꺼냈다.

"제나, 내 말 좀 들어봐. 나 드디어 격자가 불완전하다
는 사실을 증명했어."

나는 힘이 빠졌다. 그건 이브가 늘 해온 이야기였다. 오

늘만은 이쯤에서 대화를 끝내고 싶었지만, 이브는 이미 말을 이어가고 있었다.

"이건 정말 심각하고 중요한 이야기야. 우리의 집단 기억이 쇠퇴하고 있다는 걸 알아?"

이브의 표정은 확신에 차 있었지만, 나는 무덤덤하게 대답했다.

"별로 놀라울 것도 없어. 공간을 효율적으로 써야 하니까, 불필요한 기억은 제거될 수밖에."

새로운 이야기가 아니었다. 인지 공간은 개인의 것이 아니다. 공동의 필요로 어떤 개념들은 덜 호출되고, 불필요한 정보는 다른 정보로 덮씌워진다. 그 과정은 인지 공간의 관리자와 서기관들의 합의에 의해 매우 정밀하게 이루어지므로 반드시 필요한 정보가 사라지는 일은 없다.

"아니, 그냥 불필요한 기억이 아니었어. 이야기가 사라지고 있다니까. 우리가 간직해온 이야기가."

공원 조명 아래에서 이브가 눈을 깜빡였다. 그 눈은 나에게 무언가를 호소하는 것 같았다. 이브가 밤하늘을 가리켰다.

"세 번째 달 말이야."

나는 고개를 들어 하늘을 보았다. 두 개의 달이 떠 있었다. 이브는 절박한 어조로 이야기를 이어갔다.

"도시를 돌아다니며 사람들에게 물었어. 달과 쌍둥이
에 대한 이야기를 기억하냐고. 이 행성이 처음 생겨났을 때,
지상을 다스리던 쌍둥이 자매가 있었는데……."

"그건 누구나 아는 이야기야. 인지 공간 어디에서나 그
이야기가 쓰인 격자를 볼 수 있으니까, 이곳 사람들은 모두
안다고. 도대체 뭐가 사라졌다는 거야?"

태양에 거대한 플레어 폭발이 일어나던 날, 쌍둥이 자
매가 이곳 행성을 보호하기 위해 태양을 향해 몸을 던졌고,
그들이 밤하늘의 두 개의 달이 되었다는 이야기다. 아이들
이 예비학교에서 듣는 동화이자 오랜 시간 구전되어온 설
화였다. 역사적 가치를 인정받아 인지 공간의 낮은 층에 영
구적으로 새겨진, 누구나 기억하는 이야기였다. 그 이야기
가 대체 어떻게 격자의 불완전함을 증명한다는 것일까.

"그게 다인 것 같아?"

이브는 나에게 물었다.

"제나, 잘 생각해봐. 달은 그냥 쌍둥이가 아니야."

"뭐?"

"지금 공동체의 아이들은 그 이야기를 그냥 자매 이야
기로 알고 있어."

"그게 왜? 밤하늘에 두 개의 달이 있으니까……."

"거봐, 너도 잊어버렸잖아. 달 자매는 원래 세쌍둥이였어. 우리가 어렸을 때는 달이 세 개였다고. 천문학자들이야말로 그 사실을 잘 알 텐데."

이브는 조금 화가 난 것처럼 보였다.

"잘 들어. 공동체의 기억이 변형됐어. 세 번째 달이 밤하늘에서 사라지면서 사람들도 더는 세 번째 달을 이야기하지 않았고, 그러면서 최초의 이야기마저 지워지고 있는 거야. 마치 우리에게 세 번째 달이 없었던 것처럼."

당황스러웠다. 이브의 말을 듣기 전까지 나의 머릿속에는 세 번째 달에 관한 기억이 없었다. 그러나 방금 이야기를 듣는 순간, 한때는 저 밤하늘에 세 개의 달이 있었다는 사실이 떠올랐다. 이브는 내가 무언가를 기억해내기를, 자신의 말이 옳았음을 증명하기를 기다리는 것 같았다. 나는 굳은 표정을 숨겼다. 인지 공간이 불완전하다는 것을 믿을 수 없었다.

그날 밤 나는 인지 공간으로 향했다.

천문학 지식이 배열된 꼭대기 층에는 이브의 말대로, 지난 십 년간 우리 행성으로부터 점점 멀어져 더는 보이지 않게 된 세 번째 달에 대한 정보가 있었다. 천문학자들은 행성과 불안정한 상호작용을 하고 있던 세 번째 위성이 다른 천체에 끌려 궤도가 변형된 것이라고 기록했다. 그 이상의 정보는 없었다. 세 번째 달은 원래부터 아주 작게 보여서 다른 별들과 함께 관측되는 먼 위성 정도로 여겨졌고, 행성에 큰 영향을 미치는 천체도 아니었다. 사라진 세 번째 달은 이 행성에 아무 흔적도 남기지 않았다. 인지 공간의 가장 낮은 층에 기록된 설화는 공동체의 집단 기억에 맞추어 두 명의 쌍둥이 자매 이야기로 변형되어 있었다.

이브의 말은 옳기도 했고 틀리기도 했다. 인지 공간에는 여전히 세 번째 달에 대한 격자 정보가 남아 있다. 그런 동시에 공동체는 세 번째 달을 잊어가고 있다. 인지 공간에 머무를 때 사람들의 기억은 공동체의 평균값으로 수렴된다. 인지 공간의 가장 꼭대기까지 올라와 천문학 개념들을 살펴볼 사람은 극소수의 천문학자들 외에는 거의 없다. 이야기 속에서 잊히면, 개념에 대한 기억도 쇠퇴한다.

그날 헤어지기 전 이브는 나에게 말했다.

"공동 지식은 세 번째 달조차 품지 못해. 그 정도의 틈조차도 허용하지 않는 거라고. 그런데도 정말 공동 지식이 우리의 모든 기억을 점령하게 돼도 된다고 생각해?"

나는 이브에게 반박할 수 없었다. 그러나 곱씹을수록

반감이 생겼다. 그게 중요할까? 이 행성에 유의미한 영향을 미치지도 않았던 작은 천체 하나를 모든 사람이 기억하는 것이 그렇게 중요한 일일까?

그 이후로 나는 이브를 피했다. 공동 지식에 자신의 뇌를 넘기지 않겠다는 그 애의 말을 생각할 때마다 고통스러웠다. 만약 이브의 말을 인정한다면, 지금까지 내가 헌신해 온 이 공간의 의미는 무엇이 되는 것일까? 이브는 몇 번이고 나를 설득하기 위해 내 집 앞에 찾아왔으나, 도저히 이브와 대화를 나누고 싶지 않았다.

이브는 자신이 인지 공간에 접근할 수 없다는 사실에 화가 나서 인지 공간 자체를 폄하하려는 것인지도 모른다. 그렇지만 그런 다음에는 어쩌려는 것일까. 설령 결함이 있어도 인지 공간은 우리가 가진 모든 것인데. 우리는 이곳을 떠나서 사유할 수 없게 만들어진 존재가 아닌가. 이브는 애초부터 대안 없는 지적을 하고 있었다.

다음 해 이브의 죽음을 나에게 알려준 사람은 이브의 아버지였다.

이브는 혼자 바깥 세계를 배회하다가 들짐승에게 습격당했다. 탐사대가 이브의 시신을 회수해 왔다. 내가 마지막으로 이브를 만난 날로부터 반년이 넘게 지난 뒤의 일이었다.

"제나, 네게 고맙다. 너마저도 없었다면 이브는 정말로 불행했을 거야."

이브의 아버지가 말했다. 나는 아무 말도 할 수 없었다. 그건 이브가 불행하지 않았다는 뜻일까. 이브가 내 옆에서 잠시라도 행복하긴 했을까. 내가 그 애를 죽음으로 떠민 것일까. 이브는 인지 공간 바깥에서 대체 무엇을 찾고 있었던 걸까. 풀지 못한 의문들이 나를 절벽으로 내몰고 있었다.

*

이브의 죽음 이후에 나는 혼란을 겪었다. 관리자로서의 업무에 충실하지 못했고 어느 날은 제대로 정신을 차리지 않은 채 격자 위를 걷다가 발을 잘못 디며 바닥으로 추락했다. 예전에는 그런 일이 한 번도 없었다. 사람들은 나를 걱정했다. 큰 부상은 아니었지만, 한동안 인지 공간에 접근하지 말고 휴식을 취하라는 진단을 받았다. 의사는 말했다.

"이제는 떨쳐내야 해요. 이브가 그렇게 된 건 당신 탓이 아니니까요. 가끔은 누구의 잘못도 아닌 일들이 일어나곤 해요. 이브의 고통은, 너무나 안타깝지만, 그가 본래 타고난 것이었어요. 당신이 해결해줄 수 없는 문제였지요."

　나는 이브의 고통은 그 애가 본래 타고난 것이었다는 말에 대해 한참이나 생각했다. 의사가 나를 위로하기 위해 한 말이었지만, 한편으로 그 말은 이브를 빨리 잊으라는 종용이기도 했다. 기억의 소멸은 빨랐다. 나는 사람들이 이미 이브를 잊어가고 있다는 것을 느꼈다. 학자들은 이브에 대한 기억을 격자에 영구적으로 기록하지 않겠다는 결정을 내렸다. 한동안 이브는 격자 구조물의 어딘가에 남아 있겠지만, 나중에는 그 위에 새로운 정보가 덧씌워질 것이다. 모든 기억은 낡아가고, 시간의 흐름 앞에서 그 가치를 시험당하며, 남을 가치가 없는 기억은 지워진다.

　나는 문득 슬픈 진실을 깨달았다. 이브는 이제 사람들의 이야기 속에만 희미하게 떠돌다가, 공동 지식의 기억 쇠퇴 현상과 함께 사라질 것이다. 세 번째 달처럼.

　목발을 짚은 내가 문을 두드렸을 때 이브의 아버지는 놀란 얼굴로 다친 나를 살폈다. 굳은 내 표정을 보더니 그는 무언가 알겠다는 듯이 고개를 끄덕였고 나를 안으로 들여주었다. 가게 옆에 따로 지어진 작은 오두막은 심하게 어지럽혀져 있었다. 이브의 아버지가 말했다.

　"이브는 개별적인 인지 공간을 만들고 싶어 했어."

그곳에 실험의 흔적이 남아 있었다. 이브가 만들고자 한 것은 투명한 구 안의 격자 구조물이었다. 구 안에 인지 공간을 흉내 낸 작은 격자 구조물이 고정되어 있고, 외부에서 연결된 손잡이를 돌려 격자점의 기록을 바꿀 수 있게 만든 조악한 물건이었다.

"이걸 스피어라고 불렀지."

무슨 생각으로 만들었는지는 한눈에 알아볼 수 있었지만, 아이디어를 제대로 구현하지 못해 허술한 모습이었다. 그렇게 만든 스피어는 고작해야 이브에게 꼭 필요한 생존 수칙만을 알려줄 정도의, 아주 적은 양의 정보를 기록할 수 있을 뿐이었다. 이브는 스피어를 자신의 몸에 단단히 동여맨 다음 탐사대에 합류하려고 한 모양이었다. 하지만 인지 공간이 제공하는 지식에 비하면 스피어는 초라하고 볼품없었다. 이브는 탐사대에 들어가지 못했고, 그런 이후에도 밖으로 나가겠다는 갈망을 버리지 않았다.

나는 이브의 스피어를 보면서 나의 유기체 뇌 어딘가에 잠들어 있던 이브와의 대화를 떠올렸다.

—제나, 우리의 사고가 두개골 밖에 존재한다는 건 불변하는 진실처럼 보이지. 그런데 만약 우리가 저 인지 공간을 소유한 채로 멀리 떠날 수 있다면 어떨까? 공동의 인지

공간을 가지면서, 동시에 개인의 인지 공간을 가질 수 있다면?

　―인지 공간이 모든 지식을 제공하는데 왜 개별적인 인지 공간을 만들어야 한다는 거야?

　―별들을 기억하기에 하나의 인지 공간은 너무 작거든. 그래서 우린 그 기억들을 나눠 가져야 해.

　나는 한동안 스피어를 어떻게 해야 할지 몰랐다. 그것은 이브의 작은 뇌였다. 아무것도 바꾸지 못하고 떠나버린, 곧 모두에게 잊힐 그 애의 작은 인지 공간.

　그렇지만 나는 스피어를 통해 이브를 기억할 수도 있었다. 내가 그렇게 하기로 한다면.

　오두막에서 가져온 이브의 공책을 넘겨보다가 어떤 낙서들을 발견했다. 일부는 그림으로, 일부는 인지 공간의 격자 기록을 흉내 낸 격자 문자로 쓰여 있었다. 입체가 아닌 격자 문자는 읽는 데에 시간이 꽤 오래 걸렸지만, 내용을 알아볼 수 있었다. 만약 인간이 인지 공간을 지닌 채로 우주에 간다면 이 행성을 벗어나 먼 곳의 별들을 탐사할 수 있을 것이라는 생각들이 어지러이 기록되어 있었다. 그리고 어쩌면 그곳에 최초의 인류가 살았던 곳이 있을지 모른다는 생각도.

이브는 정말로 우리의 기원을 찾아가고 싶었던 것이다.

나는 이브가 남긴 연구 기록을 분석해 이브의 실험을 이어가기 시작했다. 이브는 인지 공간에 직접 접근할 수 없었기에 자신이 부탁할 수 있는 모든 사람에게 정보를 조금씩 나누어 요청했다. 때로 이브가 내게 천문학이 아닌 전혀 엉뚱한 지식, 이를테면 인지 공간의 프레임 배열이나 정보의 추상성을 구획하는 방식에 관해 물었던 것이 뒤늦게 떠올랐다.

터무니없는 실험에 돌입한 나를 본 사람들은 친구의 죽음으로 내가 너무나 큰 정신적 충격을 받았다고 여겼다. 나에게 스피어를 보여준 이브의 아버지를 비난하기도 했다. 공동체의 미덕은 잊고 보내주는 것이었다. 한정된 인지 공간에 모든 기억을 남길 수는 없었다. 기록되는 것은 짧은 생을 살다 떠나는 사람들이 아니라 불변하는 것, 자연적인 것, 법칙과 이치들이어야 했다. 이브를 기억하기 위해서 나는 인지 공간을 떠나야 했다.

지난 몇 년간 나는 인지 공간과 스피어를 함께 연구했다. 이브의 아이디어를 확장하고 변형해서 스피어가 실제로 개별 인지 공간의 역할을 할 수 있도록 개조했다. 처음으로 스피어를 공동체에 공개했을 때, 사람들은 그것이 신성모독이라도 되는 듯이 나를 대했다. 스피어는 분열을 만들 것이라고, 서로 다른 지식을 갖게 할 거라고, 진리는 논쟁 속에서 성립되는 것이 아니라고 그들은 말했다.

불변하는 진리는 모두의 인지 속에서 동일해야 한다고 사람들은 여전히 믿는다. 하지만 스피어가 정말로 분열일까? 스피어를 갖게 된 우리는 정말로 같은 격자를 보고도 다른 생각을 할지도 모른다. 공동 인지 공간을 거닐면서도 각자의 스피어를 통해 진리에 대한 다른 해석을 하게 될지 모른다. 그렇다면 그것은 분열이 아니라, 더 많은 종류의 진실을 만들어내는 다른 방법일 수도 있다.

만약 이 인지 공간이 우리의 확장된 사고라면, 그 사고가 우리의 개별적인 영혼에 깃들지 못할 이유는 어디 있을까?

떠나기 전 나는 오두막에 들러 이브의 방을 정리하는 것을 도왔다. 창고에는 이브가 시험 삼아 만든 스피어들이 남겨져 있었다. 그중 나는 이브가 나에 관해 기록한 스피어를 보았다. 이브의 스피어 대부분이 격자점을 가역적으로 바꿀 수 있도록 설계되었지만, 그 스피어만은 기록을 바꿀 수 없었다. 작은 인지 공간 속에 이브와 내가 함께했던 시절의 기억들이 남아 있었다. 그래서 지금 나의 회고는 상당 부분 이브의 기억에 의존한다. 내가 그때 정말로 그런 말을 했는지, 이브의 말에 그런 눈빛으로 그렇게 웃어 보였는지 나는 확신할 수 없다. 하지만 이브가 내게 건넸던 어떤 말은 분명히 기억한다.

'나는 세 번째 달을 잊지 않을 거야. 그리고 너도.'

내가 이브에게 같은 대답을 했다면 좋았으리라고 생각하지만, 그때 나는 그냥 웃고 말았던 것 같다. 누구도 개별적으로 기억될 수는 없다고 생각하면서. 지금에야 나는 이브에게 같은 답을 돌려줄 수 있게 되었다.

이제 나는 인지 공간을 완전히 벗어나 바깥 세계로 들어섰다. 이곳에서 내가 정확히 무엇을 보게 될지, 인지 공간을 떠난 내가 온전히 사고를 유지할 수 있을지 아직은 확신할 수 없다. 그러나 이 개별적인 인지 공간이 우리에게 필요한 것임을 설득하기 위해서는 증거를 제시해야 하고, 나는 그 첫 증거가 되려고 한다.

나는 고개를 돌려 내가 멀어져 온 격자 구조물을 보았다. 자정이 되어 서기관이 인지 공간의 조명을 세 번 깜빡였다. 조명이 완전히 꺼졌을 때 나는 처음으로 어둠에 잠긴 격자 구조물을 마주 보고 있었다. 그것은 우리의 인지 공간이었다. 공동의 기억이었다. 한때 우리가 가진 모든 것이었다. 그리고 방금 내가 떠나온 세계이기도 했다.

이브가 이곳에 나와 함께 있다면 무슨 말을 할지 궁금했다.

해가 떠오르면 나는 어떤 것은 기억하고 어떤 것은 잊어버릴 것이다. 이 작은 스피어가 나에게 무엇을 남길지 겪기 전에는 알 수 없다. 나는 고개를 들어 하늘을 보았다. 모래와 같은 별들이 있었다.

그때 나를 가득 채우고 있던 두려움이 모래처럼 흘러내렸고, 비로소 나의 오랜 친구를 이해할 것만 같은 기분이 들었다.

저 밤하늘에는 별이 너무 많아서 우리의 인지 공간은 저 별들을 모두 담을 수 없다. 하지만 우리 각자가 저 별들을 나누어 담는다면 총체적인 우주의 모습을 그려볼 수 있을지도 모른다. 우리는 마침내 이 행성 바깥의 우주를 온전히 상상하게 될 것이다. 그러면 언젠가 그곳을 향해 갈 수도 있을 것이다.

캐빈 방정식

✳

[강풍으로 운행을 중단합니다]

사슬에 묶인 안내문이 입구를 막고 있었다. 이게 꽉 찬 버스 안에서 40분이나 땀 냄새를 맡으며 온 고생의 결말이라니, 힘이 빠졌지만 이대로 포기할 수 없었다. 나는 입구 안쪽을 흘끔거렸다. 운행 중단이라는 말이 무색하게 공중 관람차는 아직 빙글빙글 돌고 있었다. 관람차가 저절로 돌아갈 정도로 강풍이 부는 게 아니라면 말이다.

사슬로 막힌 입구에서 계속 서성이는데 직원이 부스 문을 열었다. 불만스러운 표정으로 고개를 내민 남자가 입구에 선 나를 보더니 딱 잘라 말했다.

"여기 안내문 안 보입니까. 지금은 운행 못 해요."

"죄송한데, 마지막으로 좀 태워주시면 안 될까요? 어차피 돌아가는 중인데…… 흔들리는 건 괜찮아요. 무서운 거

좋아하거든요."

직원은 미간을 슬쩍 찌푸리더니 말했다.

"그 뭐냐, 이상한 소문 듣고 온 거지요? 그래도 안 되는 건 안 되니 다음에 와요. 마지막이고 뭐고, 안전 문제예요. 저기 뒤에 타겠다고 줄 섰다 돌아간 사람이 열 명도 넘는데, 아가씨 한 명 태워주고 나면 감당하기도 힘들고요."

그렇게까지 말하는데 계속 얼쩡거릴 수는 없어 한숨을 내쉬며 돌아 나왔다. 그러다가 여기까지 온 거 사진이라도 좀 찍고 갈까 싶어 휴대폰 카메라를 들어 올렸다. 정말로 바람이 거세긴 한지 시야를 자꾸 가리는 머리카락을 걷어내야 했다. 고개를 꺾어 위를 보니 캐빈들도 바람에 흔들리는 것처럼 보였다.

거대한 흰색 지지대 위로 두 개의 커다란 원이 겹쳐져 있고, 원의 중심으로부터 테를 향해 부챗살 모양으로 연결된 철근 사이에 색색의 캐빈들이 일정한 간격으로 매달려 있었다. 둥근 전구들이 알알이 박힌 'Big Wheel'이라는 글자가 눈에 들어왔다. 해가 진 이후 불빛이라도 들어온다면 꽤 그럴싸해 보이겠지만, 애매하게 흐린 하늘 아래 조명조차 꺼진 관람차는 울산의 명물이라고 하기에는 어딘가 좀 무안한 모습이었다.

캐빈 방정식

관광도시에나 어울릴 법한 공중관람차가 울산에 있다
는 건 일종의 농담 같다고 항상 생각했다. 줄지어 선 공장
과 컨테이너들이 가장 먼저 떠오르는 공업 도시에 공중관
람차라니. 가끔 여행 잡지에서 울산의 공중관람차를 국내
최대 규모의 도심 관람차로 소개하기도 했지만, 랜드마크
들이 흔히 그렇듯 주민들은 무신경함으로 이 도시의 눈을
대했다.

이 관람차를 마지막으로 탔던 건 고등학생 때였다. 고
속버스 터미널에서 언니와 승차 시간이 한참 남은 버스를
기다리다 무슨 생각이었는지, 시간을 때울 겸 관람차에 올
랐다. 분명 그때는 신나서 언니와 키득거렸겠지만 지금까
지 기억날 만큼 인상적인 풍경은 없었다. 다만 관람차 안에
서 시간이 아주 느리게 흐르는 것처럼 느껴지던 것과, 자꾸
바닥이 흔들려서 무서웠다는 것, 그리고 정상에 도달했을
때 무언가 아찔하고 울렁거리는 기분이 들었던 것 정도가
떠오른다.

알고 보니 최근의 그 이상한 소문이 퍼지기 전에도 이
관람차는 꽤 무서운 관람차로 알려져 있었다. 흔히 세계 각
지의 관광도시에 있는, 라스베이거스의 하이롤러나 런던의
런던 아이 같은 기념엽서의 단골 모델들은 안에서 걷고 뛰

어도 멀쩡한 거대한 캐빈들을 나르지만, 울산 관람차는 오래된 놀이공원의 관람차를 그대로 떼어다 놓은 것처럼 생겼다. 백화점 건물 옥상에 있다 보니 땅에서 시작하는 보통의 관람차와 달리 높이가 더 아찔하게 느껴지는 데다, 작고 좁은 캐빈의 흔들거림과 캐빈이 지지대와 맞닿으며 내는 특유의 소음이 없던 고소공포증까지 만들어낸다고 할까. 타본 사람들 사이에서는 지옥 관람차다, 문에서 자꾸 소리가 나서 떨어지는 줄 알았다 하는 말도 흔했다.

1층으로 내려가려고 다시 엘리베이터 앞으로 오니, 주위에 같은 처지의 사람들이 보였다. 매 층마다 성실하게 문을 여닫는지 도통 올라올 생각을 않는 엘리베이터를 기다리는 동안, 교복을 입은 학생들의 대화가 들려왔다. 투덜거리는 대화로 짐작해보면 나처럼 소문의 진상을 확인하러 온 학생들인 것 같았다. 별거 없으니까 오지 말자고 했는데 괜히 왔다는 둥, 어차피 따라왔으면서 말을 왜 그렇게 하냐는 둥, 자칫하면 싸움으로 번질 법한 대화가 티격태격 이어졌다. 내가 그쪽을 보자 학생들은 서로 눈치를 보다 입을 다물었다. 나는 한번 확인해볼 겸 말을 건넸다.

"혹시 이 관람차, 유명해요?"

"네?"

"직원이 이상한 소릴 해서요."

내 말에 학생들은 눈을 크게 뜨더니 저들끼리 무어라 속닥거렸다. 그러다 도리어 내게 되물었다.

"언니 혼자 오셨어요?"

"이거, 혼자 타면 죽는다던데."

"야, 그거 아니야."

혼자 타면 죽는 버전도 있구나. 그것까지는 몰랐는데.

"아…… 그런 이야기가 있어요?"

분위기가 어색해졌다. 나는 모르는 척 물었다.

"저는 그냥 혼자 좀 여유롭게 경치 구경하려고 했는데, 바람 불어서 망했네요. 근데 그게 다 무슨 말이에요?"

당연히 그런 이야기가 있는 줄 알고 왔지만, 슬쩍 호기심을 내비쳤더니 학생들은 신이 나서 한마디씩 거들기 시작했다. 덕분에 나는 소문의 실상을 좀 더 구체적으로 파악할 수 있었다.

집으로 돌아가는 길에 학생들이 말해준 키워드로 검색을 해보았다. 정직하게 '울산 관람차 괴담'으로 검색했을 때는 '데이트 추천 코스'와 '울산 야경' 같은 말머리를 착실히 단 홍보료를 받은 티가 나는 글만 뜨더니, 이제야 찾던 내용들이 나왔다. 괴담 글은 주로 자유게시판이나 유머,

괴담, 공포 카테고리로 분류되어 퍼져 있었다. 최초의 글은 '울산에 귀신 관람차 있는 거 알아?'라는 제목의 한 카페 게시글이었고, 어느 순간부터 관람차에서의 심령 현상 목격담들이 줄을 이어 올라왔다. 대개는 꼭 울산 관람차가 아니어도 비슷할 것 같은 흔한 괴담들이었지만, 그래도 이 소문에는 일관된 규칙이 있었다. 그건 모든 사건이 관람차 정상에서 발생한다는 점이었다.

몇 가지를 정리해보면 이랬다.

1. 관람차 정상에서 밖을 보다가 시선을 안으로 돌리면 바닥에 핏자국이 있다.

2. 관람차 정상에서 눈을 감았다 뜨면 창문에 귀신의 손자국이 보인다. 절대로 손을 맞대지 마라.

3. 혼자 관람차에 탄 채로 관람차 정상에 도달하면 맞은편에 토끼 인형을 든 소년이 앉아 있다. 소년의 다리를 보면 그날 가위에 짓눌린다.

(…)

다양한 변형이 있었다. 꼭 39번 캐빈에 타야만 피 흘리는 소년을 볼 수 있다는 이야기도 있었는데 그 글에는 '저는 아무리 기다려도 39번 캐빈이 안 오던데요?'라는 댓글이 달려서 카페 회원들을 경악하게 했다. 꼭 홀수를 맞춰 타야 한다거나, 비 오는 날에만 볼 수 있다는 조건이 붙기도 했다. 비슷한 패턴으로 이어지는 글들을 한참 읽다가 화면을 껐다.

솔직히 말하면 나는 그 괴담의 진실 여부에 관심이 없었다. 아니, 실은 전혀 믿지 않았다. 나는 이십 년도 넘게 언니에게 철저히 훈련받은 유물론자로, 세상의 온갖 귀신과 유령, 초자연적인 현상들은 단지 인간의 편집증적 인지 왜곡과 문화적 산물에 불과하다는 지론을 고수해왔다. 그런데 문제가 있었다. 내가 여기까지 직접 오게 된 발단이, 나를 유물론자로 훈련시킨 바로 그 언니에게서 온 편지라는 거였다.

아 참, 백화점 옥상 관람차 있잖아. 요즘 이상한 소문이 돌고 있는데, 그 이야기를 조사해보고 싶거든. 거기 진짜로 뭐가 있을 거야. 혹시 시간 되면 한번 가볼래? 내 계산은 확실해.

나는 언니에게 장난하냐고 묻고 싶었다. 언니는 괴담과 귀신 이야기를 극도로 싫어했다. 무서워서가 아니라 한심해서. 내가 초등학생이었을 때 검은 배경에 새빨간 글씨로 자극적인 제목이 붙은 괴담 만화책 시리즈가 유행했는데, 친구에게 온갖 사정을 한 끝에 겨우 빌린 것을 언니가 질색하며 쓰레기통에 버린 적도 있었다. 울며불며 항의하자 언니는 동생의 정서에 좋지 않을 것 같아서 그랬다느니 별별 핑계를 댔는데, 그런 어른스러운 이유일 리가 없다고 나는 이를 갈았다. 그때 언니는 고작 나보다 세 살 많은 중학생이었다.

모든 현상에는 원인이 있어. 언니는 항상 그렇게 말했다. 혈액형 성격설과 별자리 점성술, 분신사바, 팔꿈치만 달린 여자 귀신 이야기가 말랑한 뇌들을 지배하던 어린 시절, 언니가 그 굳건한 믿음들에 인상 찌푸리며 시비를 걸어대면서도 멀쩡히 친구를 잘 사귀어가며 졸업했다는 게 놀라울 정도였다. 그런데 이제 와서, 그때라면 믿지도 않았을 괴담을 조사한다니.

생사조차 알 수 없었던 시간이 흐르고 겨우 연락이 닿은 후에 처음으로 온 편지에서 언니는 세 줄에 걸쳐 관람차 이야기를 했다. 내 안부는 달랑 한 줄이면서, 그렇게 거듭 언급할 만큼 관람차가 중요했을까. 생각할수록 어이가 없었고 곱씹으면서도 화가 났다. 그러다가 웃음도 나왔다.

캐빈 방정식

하지만 편지를 그냥 무시해버릴 수 없는 이유가 있었다. 나는 언니가 왜 하필 관람차에 관심을 갖는지 알고 싶었다. 그게 무엇이든 아주 하찮은 이유는 아닐 거라고 생각했다. 그건 내가 언니를 신뢰하거나 존중하기 때문이 아니라, 언니가 그 편지를 쓰기 위해 들였을 시간을 존중하기 때문이었다. 타이프로 열 줄, 길어도 한 시간이면 끝날 그 편지를 쓰기 위해 언니는 일주일도 넘는 시간을 들였을 것이다.

나는 언니가 그 문장의 마침표를 찍기까지 얼마나 오랫동안 보조기기 앞에 앉아 있었을지를 짐작해보았다. 얼마나 오래 화면을 들여다보았을지, 얼마나 느린 속도로 눈동자를 움직여 철자들을 하나하나 입력했을지를 상상해보았다. 그러다가 마침내 나는 삼 년 만에 온 언니의 엉뚱하고 태연한 편지가 나를 안심시키기 위한 위선인지, 괜히 내 속을 긁어놓으려는 위악인지, 아니면 정말로 관람차를 둘러싼 소문의 진상이 궁금했을 뿐인지 헷갈리는 지경에 이르렀다.

그래. 어느 쪽이든.

언니는 정말로 오랫동안 관람차를 생각한 것이 분명하다.

처음으로 읽은 언니의 논문을 기억한다. 〈고정된 국지적 시간 거품의 발생 조건과 존재 증명〉. 제목이 금박으로 입혀진 검정 하드커버 학위 논문이었다. 박사 과정을 하면서 저널에 발표했던 두 편의 논문을 묶은 것이라고 했다. 언니는 한 권을 나에게 주었다. 맨 뒤편 감사의 글에 내 이름도 썼으니 보라고 했다. 언니가 논문을 쓰는 데에 내가 뭘 거들었다고 감사하다는 건지 알 수 없었지만, 가끔 군것질거리들을 사다 새벽까지 들어오지 않는 언니의 책상에 올려놓곤 했으니까, 논문의 한두 줄 정도에는 내가 기여했나 보다 생각했다.

펼쳐본 책 안쪽은 모조리 영어와 수식으로 가득 차 있었다. 수식에 쓰인 기호들은 한 번도 본 적 없고 어떻게 읽어야 할지 짐작도 되지 않았다. 다행히도 본문이 끝나고 감사의 글이 시작되기 전, 한국어로 쓰인 두 페이지짜리 논문 요약문이 있었다. 훑어 내려가다가 한 단락에서 시선이 멈췄다.

우주 전체에 분포한 고밀도 암흑물질들은 국지적인 시공간 왜곡

현상을 유도하며, 플린스는 이를 **우리 우주는 수많은 주머니 우주를 가지고 있다**라고 표현한 바 있다.

중요한 본론도 결론도 아닌, 도입부의 연구 배경을 설명하는 한 줄이었다. "우리 우주는 수많은 주머니 우주를 가지고 있다." 생소하면서도 익숙한 단어의 조합으로 되어 있는 그 말이 마음에 들었다. 이 세계 밖에 다른 우주도 있다는 명료한 확신을 담은 말 같았다. 내가 평생을 달려도 절대로 따라잡을 수 없을 언니의 세계가 있는 것처럼, 우리의 우주가 있고 그들의 우주가 있다는 고독한 선언. 이해할 수 없는 요약문을 거듭해 읽으며 나는 언니가 무언가 멋진 일을 하고 있다고 생각했다.

논문들은 학계에서 크게 주목받았다고 했다. 언니의 학위 논문 심사가 끝난 후 독일로 떠날 준비를 하는 동안 두 명의 기자가 언니를 찾아왔다. 집 앞 카페에서 어색한 포즈로 뻣뻣하게 굳어 사진을 찍는 언니를 목격한 날 나는 인터뷰 연습을 도와주겠다며 언니에게 기습적으로 질문을 던졌다.

"유현화 박사님. 시공간 차원 거품이 어떤 겁니까? 공상과학소설에 나올 것 같은 이름인데요. 그걸 통하면 다른 차원으로 갈 수 있을까요? 외계인들을 만날 수 있나요?"

"시간 거품은……. 야, 너 진짜 웃긴다."

"나 진지해. 대답 못 하면 또 기사 이상하게 나온다?"

"시공간 차원 거품이 아니고 국지적 시간 거품이거든."

"그래서 그게 뭡니까, 박사님?"

내가 능청스레 묻자 언니는 목소리를 가다듬었다.

"시간 거품은 국지적으로 미시 세계에 한정된 규모에서 발생하는 현상입니다. 다른 차원으로 가는 건 당연히 아니고요. 어려운 개념이다 보니 그런 오해를 사긴 하지만, 실제로는 그동안 하나의 재미있는 가설 정도로 여겨졌던 시간 요동 거품이 플랑크 길이(Planck length) 이상의 규모에서도 유지될 수 있음을 이론적으로 입증했다는 데에 의미가 있겠습니다."

"무슨 말씀인지 하나도 모르겠네요. 말 좀 쉽게 해주시면 안 될까요? 초등학생도 이해할 수 있게 써야 하거든요."

"현지야. 설거지 네가 해."

"아, 왜. 언니 차례잖아."

"난 체해서 못 하겠다."

밖으로 도망치려는 언니를 주방으로 밀어 넣고 다시 방으로 들어서면, 그 안에 가득한 언니의 흔적들이 보였다. 언니의 방이라기보다는 물리학자 유현화의 서재라고 불러야 할 것 같은 공간이었다. 클립보드에 끼운 논문들, 학회에서 찍은 사진, 포스터, 화이트보드. 방구석에는 30인치 파란색 캐리어와 모서리마다 테이프를 둘둘 감은 박스 세 개가 쌓여 있고, 박스 겉면에는 여름옷, 겨울옷 라벨이 붙어 있었다. 필요한 건 그냥 가서 사라고 했는데도 언니는 알뜰하게 짐을 챙겼다.

일주일 뒤에 김해 공항으로 언니를 배웅하러 나갔다. 언니는 내 손을 잡고 한참 동안 흔들면서 다음 여름휴가 때 독일에 꼭 놀러 오라고 했다. 슈니첼과 소시지와 맥주를 질릴 때까지 사주겠다고.

언니는 여러 연구소에서 채용 제안을 받았다. 함부르크에서 언니는 국지적 시간 거품이 생성되는 특이 조건에 관한 논문을 몇 편 더 발표했고 삼 년 뒤에 산타 바바라로 향했다. 이번에는 연구교수직이었다. 산타 바바라로 옮긴 지 얼마 되지 않아서 일곱 번째 논문이 나왔다. 나는 학원에서 중학생들에게 영문법을 가르치다가 아이들이 연신 하품을 해대는 시간이 오면 언니 이야기를 했다. 학생들은 이론물리학에는 관심이 없었지만, 영웅처럼 활약하는 이론물리학자의 이야기는 눈을 반짝이며 들었다.

언니의 여덟 번째 논문은 발표되지 못했다.

전화가 걸려 온 시각은 새벽 3시였다. 전화 너머에서 들리는 외국어에 허둥대기도 잠시, 그 통보의 의미를 깨닫자 가슴이 서늘해졌다.

로스앤젤레스 공항을 거쳐 산타 바바라로 가면서 나는 병원비를 계산했다. 앰뷸런스 호출에 2000달러, 하루치 입원비가 3500달러, 그리고 각종 검사에 그보다 더 많은 비용이 들 거라고 알려주던 친절한 지식인 답변을 읽었다. 연구소에서 보험을 들어줬을까? 얼마까지 커버해줄까? 그러나 막상 병실에서 언니를 마주하자 머리를 채우던 숫자들이 사라졌다. 언니는 팔과 다리에 붕대를 감았고, 느리게 눈을 깜빡였다. 옅은 미소를 띤 것 같기도 했다. 슬픔과 안도감이 마음의 빈자리로 흘러들었다. 언니와 눈이 마주쳤다.

"나 왔어. 벌써 눈 떴네, 그런데……."

나는 입을 다물었다.

눈이 마주친 게 아니었다. 아무 반응도 돌아오지 않았다. 언니의 눈은 인형에 끼워 넣은 가짜 안구 같았다.

의사들은 언니의 상태를 설명하지 못했다. 신체 기능은 대부분 정상이었다. 그러나 묻는 소리, 이름을 부르는 소리, 손뼉을 치거나 눈앞에 손을 흔드는 어떤 시청각적 자극에도 언니는 묵묵부답이었다. 유일하게 촉각 자극에만 반응했는데, 그것마저도 일반적인 반응은 아니라고 했다. 손으로 팔을 잡거나, 고무 밴드를 묶어 압박을 가하거나, 날카로운 것으로 찌르면 아주 오랜 시간 뒤에, 정상적인 반응이라고 할 수 없는 느린 반응이 돌아왔다. 병원에서는 시도할 수 있는 모든 종류의 검사를 시도했다. 언니의 연구소 동료들이 와서 보험금 청구 절차를 도와주었다.

나는 한 달이 지나서야 언니의 증상이 무엇인지 알았다. 의사는 비극적인 사실을 전하면서도 흥미로운 사례를 발견했다는 듯한 태도여서 나를 비참하게 했다.

"뇌에서 시간을 인지하는 회로에 문제가 생긴 겁니다. 각각의 감각 신경들은 제대로 작동하지만 그 감각을 통합하는 과정이 제대로 이루어지지 않는 거예요. 아주 드문 경우인데, 학계에 공식적으로 보고된 사례가 스무 건 정도 있습니다."

전달받은 사실은 간단명료했다. 놀랍게도, 언니는 평범하게 불행해지지 않았다는 것. 언니는 아주 특별한 이유로 불행해졌다는 것. 하지만 그게 대체 무슨 의미가 있을까.

그날 나는 언니가 받은 선고의 의미를 생각해보았다.

시간은 누구에게나 공평하게 분배된 유일한 자원이라

고 한다. 어쩌면 언니도 그 격언의 열렬한 신봉자였을지 모른다. 우리가 보는 것이 같은 빨간색일까 묻는 사람들은 있어도 우리가 느끼는 일 초가 같은 일 초일까 묻는 이들은 없다. 그러나 사실 시간은 객관적이지도 공평하지도 않다. 시간은 인간의 뇌를 통해 해석된다. 어떤 사람의 하루는 어떤 사람의 반나절처럼 흘러간다. 똑딱, 초침이 넘어갈 때 방 안의 사람들이 같은 일 초를 공유하는 것처럼 보이지만 실은 모두 다른 내적 시계로 셈을 하고 있다.

시간에는 측정 가능한 물리적 속성이 없다. 다세포생물들은 감각의 초인지적 통합을 거쳐 시간을 지각한다. 보이는 것, 들리는 것, 진동하고 울리는 것에 대한 뇌의 총체적 해석과 편집이 바로 시간에 대한 감각이다. 인간은 하루, 한 시간, 일 분, 일 초, 한 달과 일 년을 구분할 수 있지만, 각각의 뇌 속에서 흘러가는 시간은 다르게 지각된다.

언니의 내적 시계는 망가졌다. 이제부터 언니의 뇌 속에서 시간은 한 시간을, 때로는 십 분을 끝도 없이 늘려놓은 것처럼 흘러갈 것이라고 의사는 말했다. 그 외의 감각과 신체 기능은 모두 정상이지만 의미가 없다고, 시간 감각이 완전히 왜곡되어 있으니 외부 세계와의 소통은 불가능하다고……. 설명을 들어도 나는 언니에게 정확히 무슨 일이 일어난 것인지 알 수 없었다.

"내 말 들려?"

나는 언니와 어떻게 대화해야 할지 몰랐다.

"유현화. 유 박사님."

언니가 지금 생각을 하고 있긴 한 건지 궁금했다.

"언니. 대답 좀 해줘."

뭐라고 불러도 언니는 대답이 없었다.

질문이 밀려들어 나를 휩쓸고 지나갔다. 십 분간의 생각을 하루에 걸쳐 한다면 그건 여전히 생각일까? 생각이라기보다는 의식의 파편이나 음소에 가까운 것이 아닐까? 언니는 지금 자신이 어디에 있는지, 무엇을 먹는지, 눈앞에 어떤 사람이 서 있는지 알까? 나는 언니가 보기에는 너무 찰나의 순간 눈앞에 서 있다 사라져서 내가 언니 옆에 머무르며 말을 걸고 옷을 갈아입히고 씻겨주었다는 사실조차 눈 한 번 깜박이는 사이에 완전히 없었던 일이 되어버리는 건 아닐까?

언니가 세상을 바라보는 방식을 도저히 상상할 수가 없었다.

산타 바바라 병원에서 서너 종류의 치료법을 시도해봤지만 효과가 별로 없었다. 사고 직후에는 언니 혼자 서 있지조차 못했던 것에 비해, 부축을 하면 이끄는 대로 걸음을 옮기는 수준까지는 도달했지만 그 정도가 한계였다.

나는 언니와 함께 한국으로 돌아왔다. 활동 지원을 받기 위해 심사를 신청했다. 적격 심사는 언니의 무능력함을 평가하는 자리였다. 쏟아지는 질문들 앞에서 언니가 실제로 어떤 사람인지, 무엇을 하고 싶은지, 무슨 생각을 하는지는 아무 의미가 없었다. 대신 언니가 지금 혼자 걸을 수 있는지, 손과 다리를 움직이는지, 밥을 먹을 수 있는지, 배변을 하고 뒤처리를 할 수 있는지, 스스로의 신체 상태를 인지하는지, 그런 질문들이 던져지고 낱낱이 점수가 매겨졌다. 방문 심사를 하러 온 직원은 부정 수급을 방지하기 위한 절차라고 했다. 물론 언니는 혼자 걸을 수도 밥을 먹을 수도 화장실에 갈 수도 없었다. 언니의 내적 시계에 비해 바깥 세계의 시간은 너무 빨랐다. 나는 낮에 언니의 활동 지원을 맡아줄 사람을 찾았고 울산에서 학원 강사 일을 다시 시작했다. 아버지가 일을 그만두고 밤에 언니를 돌보았다. 언니는 하루 종일 앉아 있거나 누워 있었다. TV를 언니의 방에 놔두었지만 보는 것 같지는 않았다.

가끔 언니가 하던 말을 생각했다. 모든 현상에는 원인이 있다는 말. 그렇다면 언니가 이렇게 된 데에도 이유가 있어야 했다. 분명 이유가 있긴 할 것이다. 뇌의 감각 통합 기능이 망가져 시간지각 능력을 잃었다고, 명쾌하게 말할 수도 있다. 하지만 그건 어디까지나 근접인을 설명할 뿐이다. 궁극적인 원인을 설명할 수는 없다.

그런데 불행에도 궁극인이 있을까? 언니가 피로에 지쳐 잠이 덜 깬 채로 출근해서, 운이 나쁘게도 차가 거기에 있어서, 하필 장애물에 걸려 피하지 못해서, 마지막에 머리를 감싸지 않아서, 인간의 뇌는 연약한 신경세포로 구성되어 있어서, 작은 충격이 뇌 전체에 연쇄적인 손상을 불러올 수 있어서, 원래 삶은 한순간에 모든 것을 잃기도 하는 것이어서……. 그런 게 원인이라면 차라리 아무것도 설명되지 않는 편이 낫다고 나는 생각했다.

그 무렵 한국의 어떤 대학 병원에서 연락이 왔다. 저명한 물리학자였던 언니의 사례가 언론을 통해 알려지자 새로운 치료 방법들을 제안하는 사람들이 있었다. 다른 희귀 신경계 질환 환자들에게 시도한 치료법들을 변형한 것이었다. 반드시 효과를 본다는 보장도 없었고 비용도 부담스러웠지만 다른 선택지가 없었다.

나는 무엇이든 지금보다 언니를 낫게 만들 수 있다면 붙잡고 싶었다.

의료진은 도파민 수용체의 변형을 유도하는 약물을 주사해 뇌 속에서 강제로 시간을 빠르게 흐르게 해보자고 제안했다. 다음으로는 진정제를 과량 투여하는 방법이 고안되었다. 대뇌변연계의 해마체 내부 치상회에 직접 전류 자극을 주는 방법, 레고 블록의 위치 이동을 연습하며 인지 능력을 훈련하는 방법도 시도되었다. 나는 그 치료법들이 언니의 내면 세계에 어떤 방식으로 영향을 미치는지 알 수 없었다. 내가 할 수 있는 일은, 나아질 가능성이 있다는 말을 믿는 것뿐이었다.

새로운 치료법 중 하나가 효과가 있었던 것인지, 아니면 다른 이유가 있었는지는 몰라도 언니는 아주 느리지만 의사 표현을 하기 시작했다. 병원에서는 눈동자의 위치를 인식해 간단한 대화를 할 수 있는 의사소통 보조 장치를 구입하기를 권유했다. 기곗값은 비쌌고, 지원금은 터무니없이 적었다. 기계를 사용하는 방법을 익히기까지 오랜 연습이 필요했다. 그래도 언니와 같은 공간에서 대화를 나누며 살아갈 수 있다면 감당할 만하다고 생각했다. 언니는 여전히 음성을 해석할 수 없었다. 말은 언니에게 너무 빠른 소통 수단이었다. 우리는 아주 오랫동안 메시지를 띄워두고, 또 아주 오랫동안 다음 메시지를 띄우는 방식으로 대화를 했다.

언니가 처음으로 기계를 이용해서 물을 달라고 하는 데에는 한 달이 걸렸다. 다음번까지는 좀 더 짧았다. 언니가 처음으로 나에게 괜찮냐고 물었을 때, 나는 언니를 껴안았다. 언니는 여전히 눈앞에서 나를 보고 있으면서도 내가 어떻게 지내는지, 무슨 말을 걸고 있는지 알아차리지 못했다. 하지만 적어도 우리는 한 시간 간격으로 서로에게 안부 인사를 건넬 수 있었다.

치료 방식은 더 과감해졌다. 나도 그걸 원했다. 언니도 그것을 원하리라고 생각했다.

가끔 언니는 아주 힘들어했다. 약물은 부작용을 일으켰고 언니는 이틀씩 잠이 들었다가 깨어났다. 이따금 언니는 나아지는 대신 더 악화되는 것처럼도 보였다. 치료를 중단하고 싶다고 말한 적도 있었다. 그래도 여기서 물러설 수는 없었다. 나는 늘 인내심을 가지고 언니를 설득했다. 언니가 정확히 어떻게 얼마나 힘든지, 치료를 받을 때 무엇을 느끼는지 나는 알 수 없었다. 그 모든 것을 정확히 전달하려면 우리 사이에 많은 시간이 있어야 했고 동일한 시간이 흘러야 했다. 그런데 언니와 나 사이에는 완전히 다른 시간이 흘렀다. 우리는 서로의 고통을 공유할 수도 없었다. 나는 그 차이를 좁히고 싶었다. 그러면 언니와 내가 다시 같은 시간을 살아갈 수는 없더라도, 함께 살아갈 수는 있을 것 같았다.

모든 게 느리게 천천히, 고통스럽지만 조금씩 나아지고 있었다. 적어도 나는 그렇게 믿었다.

어느 날 언니가 도망쳐버리기 전까지는 말이다.

바깥 공기를 쐬고 싶다는 언니를 잠시 옥상에 데려다주고 화장실에 다녀온 사이에 일어난 일이었다. 언니가 난간 너머로 떨어졌는지, 아니면 뛰어내린 건지, 혹시나 납치를 당하거나 범죄에 휘말린 것은 아닌지 온갖 상상을 하며 동네를 헤매다가 그날 저녁, 언니가 보조인을 고용해 출국했다는 이야기를 들었다. 관리소에서 폐쇄 회로 카메라를 보여주었다. 나는 언니의 데스크톱에서 항공권 예약 확인서를 발견했다.

일주일 뒤에 메일이 왔다. 언니의 메시지는 단 세 마디였다.

고마워. 사랑해. 더 견딜 수 없었어.

그건 분명한 단절 선언이었다.

평일 낮의 관람차는 한산했다. 연인으로 보이는 몇 명이 관람차 근처를 서성거릴 뿐이었다. 또 비바람이라도 몰아치면 어쩌나, 일부러 수업 시간표까지 바꾸어가며 왔는데, 내심 긴장했지만 다행히 날씨는 맑고 화창하고 바람 한 점 없었다. 관람차를 타기에 완벽한 날이었다.

티켓을 내밀자 직원이 빨간색 14번 캐빈의 문을 열어주었다. 내부는 십 년 전과 거의 같았다. 캐빈은 좁았고 마주 보는 의자 두 개는 성인 네 명이 불편하게 붙어 겨우 앉을 수 있는 크기였다. 한쪽 의자에 앉았더니 바닥이 약간 기울었다. 지금은 가동하지 않는 작은 벽걸이 에어컨은 누르스름하게 변색된 것이 이십 년은 된 모델처럼 보였다.

문이 덜컹 닫히고, 캐빈이 공중으로 둥실 떠오르기 시작했다.

옥상의 전경이 눈에 들어왔다. 회전목마와 미니 바이킹 앞에는 사람이 아무도 없었다. 티켓 부스에서 틀어둔 듯한 커다란 음악 소리가 쿵쿵거리며 쓸쓸한 분위기를 더했다. 어린아이들은 하나도 없고 다 큰 어른들만 귀신 체험 하러 줄 서는 백화점 옥상 놀이공원이라니. 이렇게 우스운 장소가 또 있을까.

창문은 스크래치가 많이 난 데다 먼지까지 묻어 있었다. 비닐로 코팅이 되어 있어서, 바깥 풍경은 뿌옇게 블러 처리를 한 것처럼 보였다.

캐빈이 높게 올라갈수록 아래 빌딩들이 작아졌다. 파란색 슬레이트 지붕으로 덮인 농수산물 도매시장, 그 옆에는 붉은 간판을 단 모텔과 사우나 건물들. 멀리 아파트와 주택들이 있었고 그림자 같은 산과 바다, 구름 같은 흰 연기를 뿜어대는 공장 굴뚝들이 보였다.

정상으로 올라가면서 삐걱대는 소리가 들렸다. 귀신이 아니어도 충분히 무섭다는 이야기가 무슨 말인지 알 것 같았다. 조금 긴장해서 캐빈 아래쪽을 흘끔 내려다보다가 얼른 시선을 돌렸다.

이상하게도 어느 지점부터는 바깥의 풍경이 거의 변하지 않는 것처럼 느껴졌다. 올라가고 있다는 사실을 계속 실감하려면, 바깥 풍경이 아니라 캐빈이 연결된 안쪽의 구조물을 봐야 했다. 십 년 전 언니와 관람차를 탔을 때도 언니는 이렇게 말했었다.

"별들의 시차를 생각해봐. 풍경은 멀어질수록 고정된 것처럼 보이고 심지어 시간도 느리게 흐르고 있지. 관람차

야말로 시공간의 상대성을 보여주는 구조물이야. 밖에서
보는 움직임과 안에서 보는 움직임이 다르잖아. 밖에서 보
면 분명히 캐빈들이 등속으로 움직이는데, 안에서는 정상
으로 갈수록 풍경도 시간도 멈춘 것처럼 느껴지는 거야."

기대와는 달리 관람차에 놀라운 시공간의 왜곡 같은 것
은 없었다. 그냥 평소보다 시간이 느리게 흘러가고, 바닥은
멈춰 있는데도 시야가 괜히 흔들거렸고, 창밖 풍경은 뿌옇
게 보였고 또 동시에 멈춰 있었다.

나는 혼자서 관람차를 다섯 번 탔다.

관람차를 다섯 번이나 타도 아무것도 느낄 수 없었다.
그렇게 많은 사람들이 관람차 정상에서 무언가를 봤다면
나도 귀신 그림자 비슷한 것은 볼 수 있을 거라고 기대했지
만, 괴담의 주인공들은 모습을 드러내지 않았다. 여섯 번째
로 입장권을 사려고 하자 창구의 직원이 "또 한 장이요?"라
며 되물었다. 표정을 보아하니 이 여자가 관람차에 폭탄이
라도 설치하나 의심하는 얼굴이었다.

"아뇨. 아니에요."

얼떨결에 대답하고 돌아 나온 다음에야 문득 관람차를
열 번, 스무 번을 더 타도 여기서 아무것도 볼 수 없을 것이
라는 생각이 들었다.

귀신도 소년도 없었다. 정상에 도달할 때마다 심장이 중력에 끌려 내려가는 감각은 있었는데, 그냥 높고 덜컹거려서 긴장한 것뿐이었다. 지금 느껴지는 이 울렁거림은 허탈감에 가까울 것이다. 아무것도 없다는 사실을, 이미 예상했던 그 사실을 정말로 확인하고 말았으니까.

어쩌면 내가 문제인지도 모른다. 귀신의 존재를 믿는 사람들은 관람차의 정상에서 귀신을 볼 것이다. UFO가 어딘가 있을 거라고 생각하는 사람들은 창밖으로 지나가는 미확인비행물체를 볼 것이다. 기묘한 괴담에 혹하는 사람들은 의자 맞은편에 앉아 있는 피 흘리는 소년이나, 귀가 잘린 토끼 인형을 볼 것이다. 하지만 나는 그중 무엇도 믿지 않았다. 나는 오직 실재하는 것만을 믿었다. 그리고 그건 모두 언니가 내게 가르쳐준 것이었다.

나는 그 모든 것을 가르쳐주고 나를 떠나버린 언니를 생각했다. 이제 와서 아무 일 없었다는 듯이 태연하게 관람차 이야기나 하고 있는 언니를 생각했다.

내가 뭘 그렇게 잘못했을까? 치료가 힘들다는 언니의 말에 더 귀를 기울여야 했을까? 하지만 내가 다시 설득하면 언니는 결국 고개를 끄덕이지 않았던가? 나는 한참이나 언니의 침대 앞에 앉아서, 언니가 거부하거나 동의를 표할 때까지 충분히 기다리지 않았었나?

언니는 고맙다고, 사랑한다고, 하지만 견딜 수 없다고 말했다. 고맙고 사랑하지만 도저히 견딜 수 없어 떠나야 할 만큼 끔찍한 관계도 있을까. 그 생각을 할 때마다 나는 주저앉아 울고 싶었다.

아무런 소득도 없이, 관람차 괴담의 진상이라고는 전혀 확인하지 못하고 눈만 빨개진 채로 집에 가면서 나는 언니에게 답장을 썼다.

일부러 39번 캐빈까지 골라 탔는데 아무것도 없었어. 알잖아. 그냥 이상한 거 믿기 좋아하는 멍청한 사람들이 만든 소문이야. 이제 와서 왜 그런 이야기를 해. 대체 뭘 하고 사는 거야? 내가 어떻게 지냈는지, 언니가 그렇게 가버린 이후로 무슨 생각을 했는지, 그런 건 하나도 안 궁금해? 언니는 왜 그렇게 항상 맘대로 굴어?

그렇게 쓰다 보니 너무 퉁명스러운 말투에 원한이 가득 담긴 것처럼 보였다. 썼던 말을 모두 지우고 이렇게 답을 보냈다.

언니, 관람차에 귀신은 없었어. 뭐가 있는지 직접 와서 봐.

오면서 씨즈캔디 사 와. 시나몬 맛 제일 큰 박스로.

   그날 밤 나는 침대 헤드에 등을 기대고 이 우스운 상황에 대해 곱씹어보았다. 떠난 언니가 삼 년 만에 편지를 보내서 관람차 괴담을 조사해보라는 황당한 요구를 하고 있다. 평생 혹한 적도 없던 심령현상 소문에 홀려서. 그 말에 불쌍한 동생은 헛걸음까지 해가며 순순히 관람차 탐방을 다녀왔지만 역시나, 아무것도 없었다.

   되짚어보니 이상하게 걸리는 것이 있었다. 나는 언니가 보낸 편지를 다시 읽어보았다.

   편지에는 그런 문장이 있었다. '내 계산은 확실해.' 계산이라는 단어가 눈에 들어왔다. 언니는 가끔 헛소리를 하긴 해도 계산만은 절대 틀리는 법이 없었다. 관용적인 표현이라고 생각할 수도 있었지만, 언니는 늘 정확하게 계산이라는 단어를 사용했다.

   그런데 대체 뭘 계산했다는 걸까? 관람차에 있는 귀신의 존재를?

   언니가 떠나버린 이후로 나는 간접적인 단서들로 언니의 행적을 짐작했다. 그중 하나는 갑작스레 발표되었던 언니의 여덟 번째 논문, 시간 거품에 관한 또 다른 논문이었다. 산타 바바라의 병원에 머물다 연락처를 교환한 언니의 연구소 동료가 제목을 알려주었다. 나는 그 논문을 떠올렸다.

검색해보니 논문은 한 이론물리학 저널에 실려 있었다. 본문을 보려면 저널을 구독해야 했고, 나는 연구 기관이나 대학에 소속된 사람이 아니었다. 저널 연간 구독료는 1340달러였다. 대학원에 있는 친구에게 전화를 걸었더니 잔뜩 투덜거리며 논문을 보내주었다.

예상한 대로 해석할 수 있는 부분은 거의 없었지만 요약문과 결론으로 논문의 주제를 대강 파악할 수 있었다. 언니가 박사 과정 때부터 파고들었던 바로 그 주제였다. 우주에 분포한 암흑물질의 밀도 차로 인해 생겨나는 국지적 시간 거품들. 시간 거품은 주위와 분리된 하나의 작은 시공간을 형성한다. 언니는 암흑물질 데이터를 빌려 와 지구에도 자연히 생성된 시간 거품들이 여러 장소에 분포되어 있으리라 추정했고, 긴 수식과 논증을 통해 그 사실을 증명했다.

문제는 자연적으로 생겨난 시간 거품을 직접 측정하거나 실험으로 검출할 방법은 없다는 것이다. 시간 거품은 너무나 작다. 현존하는 기술로는 오직 극도로 정밀하게 통제된 실험실 환경, 또는 입자가속기의 내부에서만 시간 거품을 검출할 수 있다. 언니의 마지막 논문은 실험실 외부에도 자연적으로 형성된 시간 거품이 존재할 가능성을 단지 이론상으로 보여주는 것에 그쳤다.

나는 이어서 온라인에서 언니의 이름을 검색해보다가 무언가 눈에 띄는 것을 발견했다. 언니의 마지막 논문과 비슷한 제목으로, 출간 전 논문 게재 프리프린트(Preprint) 웹사이트인 '아카이브(arXiv)'에 한 편의 논문이 더 올라와 있었다. 클릭해보니 게시자의 프로필에 언니의 사진이 있었다. 본문을 대충 보았는데 방금 읽은 저널 게재 논문과 내용이 같았다. 스크롤을 내리는데, 비난조의 댓글이 달려 있었다. 아래에 동조하는 다른 댓글 몇 개도 보였다.

┗가설은 흥미로웠어. 그런데 마지막 결론은 과학보다는 신비주의에 가깝지 않아?

댓글이 신경 쓰였다. 산타 바바라의 연구원에게 들은 말에 의하면, 언니의 논문은 명성 높은 이론물리학 저널에 실렸다. 학계의 검증을 거쳤다는 이야기다. 결론에도 특별히 이상한 점은 없어 보였다. 동료 학자들이 보기에는 무언가 다른 건가? 하지만 언니는 분명 신비주의를 싫어했는데.

나는 조금 심기가 불편하기도 하고, 사람들이 왜 그런 말을 하는지도 궁금해서 언니가 아카이브에 올린 논문을 저널에 실린 논문과 비교하기 시작했다. 표와 도식이 조금 달랐고 수식들은 대부분 같았다.

그런데 최종적으로 출판된 논문에서는 결론의 몇 단락이 빠져 있었다. 출간 전 논문에만 있는 단락은 이렇게 시작했다.

만약 적합한 조건과 상황이 주어진다면, 인간은 시간 거품을 감지할 수 있다.

이어지는 문장들은 용어를 검색해가며 읽었다. 설명에 따르면, 시간 거품은 간격이 작고 시간 요동의 간격 역시 인간의 지각 범위에 비해 매우 짧아 인간의 신경에 영향을 미치지 못한다. 그러나 인간의 도파민 분비가 아주 활발해지는 순간, 즉 시간 감각이 극도로 예민해지는 순간에는 이 거품이 인간의 감각 신경에 미세한 요동을 일으킬 수 있다. 이 작은 어긋남은 신호 전달 과정에서 증폭되며 일시적인 감각 왜곡을 유발한다. 그러면 실제 세계와 감각된 것의 인식 차이를 해결하기 위해 뇌는 다른 종류의 설명을 도입할 것이다.

언니는 그 감각 왜곡을 채우려는 뇌의 시도가 문화에 따라 다르게 나타나는 인간의 초자연적인 경험, 혹은 짧은 감정의 요동과 같은 형태로 드러날지도 모른다고 추측했다. 그 결론부에는 인간의 측두엽-변연계 구조가 강화되었을 때 발생하는 '기이한 느낌'을 설명하기 위해 잘못된 설명을 동원하는 오귀인(Misattribution) 현상에 관한 자료가 참조로 달려 있었다.

댓글이 그렇게 달린 이유를 알 것 같았다. 출간 전 논문의 결론이 이론물리학의 영역에 어울리지 않는다는 건 물리학을 모르는 나도 알 수 있었다. 신경생물학의 영역에 가까운 것 같았고, 무엇보다 논리적 비약이 심했다. 하지만 그 가설은 어딘가 내 마음을 잡아끌었다.

언니는 혹시 공중관람차의 괴소문이 시간 거품과 관련이 있다고 생각한 걸까?

정말로 그런 게 가능할까? 특별할 것 없는 평범한 도시 울산에 우연히, 그것도 하필 관람차의 캐빈이 지나는 허공에 국지적 시간 거품이 생겨 고정되었고, 비좁고 아찔한 공간에서 시간을 예민하게 지각한 사람들이 거품에 반응해서 감각 왜곡을 느꼈고, 그 감각 왜곡의 빈자리를 인간의 초자연적인 현상에 대한 갈망과 호기심이 채웠다면, 그래서 관람차를 둘러싼 괴이한 소문이 퍼져나가기 시작한 것이라면…….

여전히 임시방편적이라는 생각을 지울 수 없었다. 그 설명은 너무나 많은 우연적 일치를 필요로 했다.

나는 다시 심호흡을 하고, 머릿속을 꽉 채운 이해 못할 수식들과 도표를 모두 지웠다. 사실 나에게는 정말로 그 모든 것이 시간 거품 때문인지는 중요하지 않았다. 그건 언니가 풀어야 할 문제였다. 나는 단지 언니를 존중하기 위해 관람차에 탔을 뿐이다. 내가 궁금한 건 다른 것들이었다. 언니가 그렇게 먼 곳에서 혼자 잘 지내는지, 관람차 괴담이나 생각할 정도로 이제 삶에 여유도 생긴 건지, 나를 꼭 떠나야 했는지, 내가 아직도 끔찍한지.

하지만 언니에게는 시간 거품의 존재가 아주 중요한 것 같았다. 언니는 하루 스물네 시간을 온전히 감각하지도 못하는 몸으로 세계 반대편으로 가서 여전히 어떤 방정식의 해를 찾아 헤매고 있는 것이다.

그렇다면 나도 해답이 그곳에 있을지 궁금했다.

나흘이 지나고 언니에게서 답장이 왔다.

나는 산타 바바라의 뇌의학 연구소에서 피실험자로 지내고 있어. 이곳 사람들은 나를 관찰하고 분석하면서 뇌의 시간 편집 기작에 대한 연구를 해. 한편으로는 예전에 일하던 연구실의 파트타임 보조 업무를 하고 있지. 어떻게 그게 가능한지, 현지 너는 못 믿겠지만, 아주 천천히 오랜 시간에 걸쳐 수식들을 재검토하는 일을 하고 있다고만 설명할게. 이 연구들은 내가 했던 연구의 연장선에 있고, 여전히 내 머릿속에는 그 수식들의 흐름이 남아 있으니까. 언제까지 여기서 지낼 수 있을지는 모르지만 되는 데까지는 있어볼 거야.

현지야. 난 괜찮아. 가끔은 즐겁고 또 가끔은 행복해. 이 삶에서 내 방식대로 의미를 찾아보려고 해. 나를 만나면 그동안 어떻게 지냈는지 말해줘.

언니는 첨부 파일로 한국으로 오는 비행기 티켓 영수증을 같이 보냈다. 언니가 도착하는 시간을 확인하고 공항으로 마중을 갈까 물었지만, 괜찮으니 알아서 가겠다는 답만이 돌아왔다. 뭐가 괜찮다는 건지, 도와주는 사람 하나 없이 어떻게 오겠다는 건지 답답한 것투성이였다. 나는 답장을 길게 쓰다가 그냥 지웠다.

이제 비극을 생각하는 일에 지쳤다. 어쩌면 언니는 그곳에서 지내며 예전보다 훨씬 나아진 것인지도 모른다. 산타 바바라는 늘 날씨가 좋고 햇볕이 잘 드는 휴양도시였으니까.

약속 장소는 관람차가 있는 삼산동 고속버스 터미널 옆, 백화점 광장 앞이었다. 언니는 관람차를 타려는 것 같았다.

*

언니를 만나기로 한 카페는 관람차가 있는 백화점 맞은편에 있었다. 버스를 타고 오는 동안 내일 강의를 위해 모의고사 문제를 미리 풀어보려고 교재를 펼쳤지만, 하나도 눈에 들어오지 않았다. 정확히 약속한 시각에 카페 앞에 도착했다. 쿵쿵거리는 심장 소리를 느끼며 문을 열었다.

주말이라 사람이 많았다. 카페의 탁 트인 창밖으로 관람차가 보였다. 파티션 안쪽 공간이 보이지 않아 나는 두리번거리며 내가 기억하는 모습의 언니를 찾았다. 아니, 어쩌면 언니는 정말 괜찮아졌을지도 모른다. 말도 없이 그곳으로 떠날 만한 가치가 있었을 것이다. 피실험자로, 또 연구 보조원으로 일할 정도면, 마지막으로 봤을 때보다 훨씬 더…….

언니가 보였다. 혼자는 아니었다. 옆에는 언니 또래로 보이는 여자가 있었다. 언니는 그 여자에게 팔을 걸친 채 의자에 앉아 있었다. 나는 빠른 걸음으로 언니에게 다가갔다. 언니는 마지막으로 보았을 때와 마찬가지로, 아주 느리게, 부축에 의지해서 나를 향해 고개를 돌렸다.

"언니. 나 현지야."

나는 언니가 나를 보고 있는지, 방금 고개를 돌린 것이 언니의 판단이었는지 아니면 옆에 있는 여자의 판단이었는지조차도 알 수 없었다.

"안녕하세요. 오늘 유현화 씨 뵙기로 하신 거죠?"

그제야 나는 여자와 시선을 마주쳤고, 화들짝 놀라 고개를 꾸벅 숙였다.

"네, 맞아요. 감사합니다. 저는 유현지라고 해요. 저, 혹시…….."

누구시냐고, 언니와는 어떻게 아시냐고 물어야 했는데, 당혹감에 말이 제대로 나오지 않았다. 여자는 웃으며 자리에서 일어났다.

"아니에요. 저는 그냥 여기까지 오실 수 있게 이동만 도와드린 거예요. 저도 현화 박사님 뵙는 건 오늘이 처음인데, 연구실을 통해서 건너건너 연락이 닿았거든요."

여자는 그렇게 말하며 조금 어색하게 미소 짓고는, 자신이 어깨에 메고 있던 가방끈을 의자의 튀어나온 모서리에 걸었다. 그러고는 가방에서 의사소통 보조기기를 꺼내 테이블에 올려두고, 언니가 편하게 볼 수 있도록 휴대용 거치대에 올려 좀 더 높게 위치시켰다. 전부 미리 부탁받은 일이었을까. 나는 테이블 옆에 서서, 당황한 채 그 모습을 보고 있었다. 예전에 나도 수없이 했던 일들인데 왜 이렇게 낯설게 느껴질까. 여자는 언니의 의자 옆에 걸린 외투 주머니에서 무언가를 꺼내더니 나에게 내밀었다. 인쇄된 쪽지였다.

가방 안에 네 선물 있어. 그리고 관람차 타러 가자. 관람차의 정상에 시간 왜곡 거품이 있을 거야. 아마 그게 이 모든 소문의 원천이겠지.
너도 짐작했지? 내 계산은 정확해.

"그럼 가볼게요. 끝나고 혹시 또 필요하시면 연락 주세요. 연구실이 바로 이 근처예요."
여자는 가볍게 인사하고 카페 밖으로 사라졌다.
나는 어쩐지 힘이 빠져서 맞은편 의자에 앉았다. 여자가 내민 명함을 주머니에 넣었다. 언니의 시선은 내가 아닌 의사소통 보조기기를 향해 있었다.

감동의 재회 같은 건 없었다. 어쩌면 언니가 나아졌을 수도 있지 않을까, 그런 기대를 걸었던 내가 한심했다. 언니는 허탈하리만치 내가 기억하는 마지막 모습과 같았다. 제대로 걸을 수도 없고, 누군가에게 온전히 몸을 의존해서 움직이며, 앞에서 누가 말하고 소리치고 흔들어도 알지 못하는 언니. 의사소통 기기에 오랫동안 메시지를 띄워놓아야 겨우 읽을 수 있는 언니.

나는 언니의 파란색 가방을 열어보았다. 씨즈캔디 시나몬 맛 한 박스가 보였다. 그리고 또 하나 작은 종이봉투가 있었는데, 거기에도 내 이름이 적혀 있었다. 종이봉투에 산타 바바라의 로고가 그려진 걸로 봐서는 기념품 같았다. 열어서 안을 볼까 하다가 나는 그것을 그냥 내 가방에 넣었다.

"현화 언니."

그러고 나서 한동안 우리는 아무 말이 없었다. 정확히는, 내가 아무 말이 없었다. 언니는 어차피 말을 할 수가 없으니까. 나는 언니가 혹시나 보조기기를 이용해서 무언가 메시지를 건네지 않을까 잠시 언니의 시선이 움직이기를 기다렸지만, 지금 기다리고 있는 것은 오히려 언니인 것 같았다.

"그래, 언니. 어떻게 지냈는지 말해달라고 했지? 그동안 언니만큼 나도 잘 지냈어."

괜히 나쁜 말을 하고 싶었다. 너무 태연하게 잘 지내고 있는 것처럼 메일을 보내와서 언니가 정말로 잘 지내기를 바랐는데. 사고 이전만큼은 아니더라도 좀 더 건강해지기를 바랐는데. 그렇지 않았다. 이럴 거면 왜 만나자고 했을까. 마주 보고 있으면서도 한마디도 나눌 수 없는데.

"전에 일하던 학원에서 작년에 다른 데로 옮겼어. 돈 많이 준다고 해서. 매일 똑같지. 애들한테 숙제 좀 해 오라고 맨날 잔소리하고, 이것도 못 푸냐고 구박하고, 그러니까 언니처럼 똑똑한 사람이 너무 그립더라. 근데 막상 연락되니까 내가 잘 생각한 건지 모르겠네. 애인은 언니 떠난 이후에 생겼다가 한 달 전에 깨졌고, 아빠는 나보고 그냥 결혼 생각 말고 재밌게만 살래. 얼마 전에는 언니 때문에 물리학 공부도 했다? 별거 아니더만. 난 언니가 세기의 천재인 줄 알았는데 그냥저냥 다 이해되더라."

나는 계속 말을 쏟아냈다.

"언니가 없어지니까 갑자기 내 인생이 너무 특별해 보이는 거야. 언니는 평생 특별했잖아. 아플 때도 특별하게 아팠잖아. 내 특별함까지 다 가져가버린 것 같았어. 그래서 그런 생각도 해봤어. 언니는 혹시 나를 생각해서 가버린 걸까?"

반응 하나 없고 눈도 깜빡이지 않은 채 멍하니 보조기기만을 바라보고 있는 언니를 향해 나는 화가 난 사람처럼 말했다. 옆 테이블에 앉은 사람들이 우리를 쳐다보는 것이 느껴졌다.

"그런 이유 아닌 거 알아. 그냥 차라리, 그랬다면 좋았겠다는 생각이었지."

갑자기 언니가 나를 떠난 이유를 알 것 같았다.

언니가 무언가를 말하려는 듯 아주 느리게 고개를 돌리기 시작했다. 보조기기를 좀 더 높여서 언니의 시선 높이에 맞추었다. 삼 년 전에나 해봤던 일이니 이제 잊어버릴 때도 됐는데, 언니와 함께 살았던 몸이 어제의 일처럼 기억하고 있었다.

언니는 천천히 시선을 움직여 글자를 쓰는 데에 집중하고 있었다. 몇 분의 시간이 몇 시간처럼 길게 느껴졌다.

언니의 시선이 기기 화면에서 떨어졌다.

잘 지내?

나는 그 메시지를 한참 동안 보았다. 언니가 그 메시지를 쓰는 데에 걸린 시간만큼.

그리고 언니의 메시지에서 물음표를 지우고 점을 찍었다.

잘 지내.

언니의 시선이 오랫동안 화면에 머물렀다가, 떨어졌다.

그리고 언니는 천천히 나를 보았다. 그 시선이 나에게 말을 거는 것 같았다. 무어라고 대답해야 할지 몰라서 나는 그냥 언니를 마주 보았다. 잘 지낸다고 지금까지 실컷 말했는데, 듣지도 못하는 내 안부를 왜 말해달라고 했을까. 그러다 나는 고개를 돌렸다. 카페 창밖으로 거대한 관람차의 일부가 보였다. 언니가 관람차의 시간 거품을 확인하러 이곳에 왔다는 사실이 떠올랐다.

하지만 언니는 나를 보러 온 것이기도 했다. 여전히 코앞에 있는 내 말을 듣지도 이해하지도 못하겠지만 그래도 언니는 내가 언니를 정말로 보고 싶어 한다는 걸 알았을 것이다. 나는 언니가 나를 존중해서 여기까지 온 것이라고, 어쩌면 시간 거품만큼이나 나를 중요하게 생각하는 것이라고 여기기로 했다. 그렇게 생각하니 이제 언니를 미워할 수 없었다.

"언니. 가자."

자리에서 일어나 언니의 옆으로 갔다. 언니가 나에게 몸을 기대어 일어날 수 있도록 살짝 무릎을 굽혔다.

"얘기는 나중에 메일로 하고."

관람차로 가는 길은 어느 때보다도 멀게 느껴졌다. 일부러 백화점 1층 광장에서 가장 가까운 카페를 잡았는데도 언니를 부축하며 건너편 건물까지 가는 일은 쉽지 않았다. 게다가 관람차는 7층 옥상에 있었다. 엘리베이터를 기다렸다가 좁은 틈을 비집고 타는 과정도 힘들었는데, 또 하나의 난관이 있었다. 티켓 부스 앞에서 실랑이를 해야 했다.

"성인 두 장이요."

직원이 무언가 이상하다는 듯이 언니를 흘끔거리더니, 노약자는 탑승을 제한한다는 안내 문구를 가리켰다.

"캐빈 안에서 방방 뛸 것도 아닌데 대체 뭐가 문제예요?"

화를 내며 부스 앞에 버티고 서 있었더니 직원은 결국 누군가에게 전화를 걸었다. 소리를 줄여서 말을 하는데 창구 너머 진상 고객처럼 버티고 있는 내 눈치를 보는 것 같았다. 긴 통화가 끝난 다음에야 직원은 티켓을 내주었다. 언니가 혹시나 넘어지기라도 했다간 절대 못 태워준다고 할 것 같아서 꿋꿋이 언니를 지탱한 채로 기다려야 했다. 그렇게 겨우 대기 줄에 섰더니 허탈감이 밀려들었다. 도대체 이 고생을 해서 뭘 볼 수 있을까. 보이는 거라곤 뿌연 창문 너머 평범한 울산의 정경뿐일 텐데.

"진짜 짜증 난다, 그치."

언니는 언제나 그랬듯 무신경한 얼굴로 내 팔에 의지해서 느린 걸음을 내디뎠다. 언니가 바로 옆에서도 이 소동을 제대로 알아차리지 못했을 거라는 사실에 나는 안도했다.

날씨는 아주 맑았다. 관람차를 타기에는 완벽한 날이었지만, 귀신이 나올 것 같지는 않았다. 대기 줄에서 잠시 기다리자 직원이 20번 파란색 캐빈의 문을 열어주었다. 캐빈이 플랫폼에 머무르는 시간은 보통 사람이 올라타기에는 충분했지만 언니의 기준으로는 아주 짧았으므로, 나는 긴장했다. 다행히도 직원이 옆에서 거들어주어 언니를 무사히 캐빈 한쪽 의자에 앉힐 수 있었다. 나는 반대편에 앉았다. 문이 철컹 소리를 내며 잠기고, 캐빈이 플랫폼을 지나 점점 떠올랐다.

나는 비스듬히 창가를 향해 고개를 돌린 언니를 보며
중얼거렸다.

"기억나? 언니가 여기서 시공간의 상대성 이야기를 했
었는데. 생각해보면 언니는 그때부터 이론물리학자의 싹이
보였거든."

흔들림에 이어 덜컹대는 소리와 함께 빌딩들이 천천히
멀어졌다. 이상하게 관람차를 다섯 번 타던 그날보다 훨씬
긴장됐다. 캐빈이 평소보다도 느리게 움직이는 것 같았다.
모든 신경이 바깥을 향해 곤두서 있었다.

고작 관람차일 뿐인데.

음악만 크게 틀어놓은 회전목마, 대기 줄이 텅텅 빈 바
이킹, 네모난 옥상 놀이공원의 외곽 너머로 작아지는 회색
빌딩들, 파란 슬레이트 지붕들, 엉터리 레고 블록처럼 조직
된 도시, 수없이 내려다보았던 풍경. 이제 관람차는 내게 새
로울 것이 없었다. 나를 긴장하게 하는 것은 다른 문제였다.

나는 언니가 이곳에서 아무것도 느끼지 못할까 봐 두려
웠다. 그걸 예상할 수 있어서 더 그랬다.

괜히 언니에게 말을 걸었다.

"어떤 것 같아? 정말 뭐가 있을까?"

언니는 보조기기에 시선을 두고 있었다. 언니의 시선이

느리게 움직였지만 화면에는 아무 말도 뜨지 않았다. 캐빈 안은 국지적 시간 거품 같았다. 언니와 있으면 나의 시간까지 멈추는 것 같았다. 나는 언니를 한참이나 기다리다가, 언니를 기다리는 일이 언제나 그랬던 것처럼 영원히 끝나지 않을 것만 같아서, 그냥 창밖을 보았다.

문득 그런 생각이 들었다. 시간 거품이 정말로 존재한다면, 언니는 다른 사람들보다 시간 거품을 더 분명하게 느낄 수 있을 거라고. 가장 긴장하고 고양된 순간, 보통의 사람들은 치사량에 가까운 약물 상태로만 도달할 수 있는 아주 느린 시간지각의 상태에 언니는 하루 종일 머무르고 있으니까.

멈춘 듯한 도시의 풍경에서 다시 시선을 돌렸다. 캐빈을 지탱하는 철제 구조물이 눈에 들어왔다. 캐빈이 점점 위로 향할수록 바깥 풍경의 움직임이 느려졌고, 창밖으로 보이는 구조물의 위치만이 캐빈의 등속운동을 짐작하게 했다. 시공간의 상대성. 정점을 지나고 내려간 후에야 이 모든 것을 마침내 지나왔음을 알게 될 것이다. 언니와 보냈던 시간들이 아득히 멀고 또 가깝게 느껴졌다.

어쩌면 정상에 도달해도 시간 거품 같은 건 없을지도 모른다. 언니가 찾던 무언가가 이곳에 있기를 바랐지만 나는 시간 거품의 존재를 상상할 수도 없었고, 믿을 수도 없었다. 그건 마치 언니가 보낸 편지의 내용 같았다. 언니는 그 삶 속에서 괜찮다고, 가끔은 행복하다고 말했다. 자신의 방식대로 의미를 찾아볼 것이라고 말했다. 그 삶은 내가 도저히 상상할 수 없는 것이었다.

그때 보조기기에 글자가 떠올랐다.

고마워.

언니의 시선은 보조기기를 향해 있었고 표정을 읽기 어려웠다. 나는 글자를 보고, 다시 언니를 보았다. 언니가 무엇을 고마워하는 것인지 궁금했다.

언니의 생각은 한참 전부터 시작되었다. 언제부터였을까. 캐빈에 올라탈 때였을까. 캐빈의 문이 닫히는 순간이었을까. 아니면 대기 줄에 서서, 내가 불친절한 직원에 대해 불평하고 있을 때였을까. 언니는 지금 우리가 관람차의 캐빈에 함께 탔다는 사실을 알고 있을까. 언니가 그 사실을 알게 되는 건 지금보다 훨씬 나중의 일일까.

"뭐가 고마운 거야?"

나는 장난스레 물었다. 대답은 돌아오지 않았다. 설명

할 수 없는 기분이 휘몰아쳤다가 다시 가라앉았다. 그 짧은 순간에, 말이 되지 못한 수많은 단어들이 쏟아졌다가 나를 스쳐 지나갔다.

언니는 이런 기분을 알까? 아니, 언니가 이 기분을 알 필요는 없다. 하지만 언니는 어떤 기분일까?

그때 나는 무언가 조금 전과 달라진 것을 느꼈다. 지금 언니는 나를 보고 있지 않았다. 언니는 고개를 아주 천천히, 약간 비스듬히 돌려 창밖을 보고 있었다. 나도 언니의 시선을 좇았다.

캐빈은 곧 정상이었다. 창밖의 도시가 마침내 완전히 멈춰 선 것처럼 보였다.

"그래. 언니는 이 풍경을 보고 싶었던 거지."

나는 문득 언니와 나의 시간이 다시는 겹쳐지지 않을 것이라는 사실을 알았다.

지금 우리가 아주 다른 풍경을 보고 있으리라는 것도.

이제 언니를 보내줘야 했다. 우리의 세계가 어느 순간 분리되어버렸다는 사실을 인정해야 했다. 언니의 시공간에는 하루의 스냅 사진들을 매달아놓은 끈이 끝에서 끝까지 걸려 있을 것이다. 그게 언니의 세계였다. 언니가 세상을 바라보는 방식이었다. 우리가 다시 같은 시간을 점유하며 살아갈 날은 오지 않을 것이다. 그래도 언니는 그 시간을 계속 살아갈 것이다.

캐빈과 구조물이 스치며 철컹 소리가 났다. 설명하기 힘든 예감이 가슴 깊은 곳에서 움텄다. 기묘한 일렁임을 느꼈다. 캐빈이 기울어져 흔들린 거라고 생각했는데 아니었다. 그 일렁임은 나의 내면 깊은 곳에서 시작되고 있었다.

나는 이유도 모른 채 입을 열었다.

"언니."

언니의 손에서 보조기기가 미끄러졌다. 바닥으로 떨어진 보조기기가 발끝을 쳤다.

동시에 나는 느꼈다.

가슴 부근에서 시간의 거품이 톡하고 터졌다. 신경세포들 사이로 파동이 퍼져나갔다. 시공간의 빈 방울이 자글거리며 심장 속으로 스며들었다.

이제야 소문의 실체를 알 수 있었다. 귀신도 피 흘리는 소년도 아니었다. 국지적 시간 거품이었다. 정상에서 몇 번이나 경험했던, 그러나 아무것도 아니라고 생각했던 울렁이는 감각의 근원. 분리된 하나의 주머니 우주와 스쳐 가는 순간이었다. 지금 언니의 의식 세계를 잠식했을 기이한 파문을 생각했다. 끝없이 느린 시간 속에서 언니는 누구보다도 선명하게 이 거품의 존재를 지각할 것이다. 이제 언니는 시간 거품을 온전히 감각하는 세상의 유일한 사람이 된 것이다.

"정말이네."

어떤 허탈감이, 매듭이 풀려나가는 감각이 내 안에서 심장을 끌어 내렸다.

언니가 옳았다. 모든 현상에는 원인이 있다. 세계는 거품 방정식의 해로 가득 차 있었다.

고개를 돌려보니 언니는 아주 천천히, 영원에 가까운 속도로 입꼬리를 움직이고 있었다. 하지만 내게는 언니가 의기양양하게 소리를 내어 하하 웃는 것처럼 보였다.

거봐, 내 말이 맞았지.

그렇게 말하고 있는 것 같았다.

　　우주 공간의 어디에도 속박되지 않은 외로운 떠돌이 행성이 있다. 나는 떠돌이 행성들이 마구 혼란스러운 선을 그렸다가, 한순간 서로의 표면을 멀찍이 볼 수 있을 만큼 근접했다가, 흩어져 다시는 만날 수 없는 진공 속으로 멀어지는 상상을 한다.

　　우리는 다르게 보고 듣고 인식하는 것뿐만 아니라 정말로 각자 다른 인지적 세계를 살고 있다. 그 다른 세계들이 어떻게 잠시나마 겹칠 수 있을까, 그 세계 사이에 어떻게 접촉면—혹은 선이나 점, 공유되는 공간—이 생겨날 수 있을까 하는 것이 지난 몇 년간 소설을 쓰며 내가 고심해온 주제였다. 그 세계들은 결코 완전히 포개어질 수 없고 공유될 수도 없다. 우리는 광막한 우주 속을 영원토록 홀로 떠돈다.

하지만 안녕, 하고 여기서 손을 흔들 때 저쪽에서 안녕, 인사가 되돌아오는 몇 안 되는 순간들. 그럼으로써 한 사람을 변화시키고 되돌아보게 하고 때로는 살아가게 하는 교차점들.

　그 짧은 접촉의 순간들을 그려내는 일이, 나에게는 그토록 중요한 일이었다는 생각이 든다.

2021년 10월

김초엽

| 수록 작품 발표 지면 |

최후의 라이오니 …《문학과 사회》2020년 가을호

마리의 춤 …《광장》(워크룸프레스, 2019) ※ 원제: 광장(국립현대미술관

　　개관 50주년 기념전 〈광장: 미술과 사회 1900-2019〉)

로라 … 웹진《비유》2019년 11월호

숨그림자 …《자음과모음》2019년 겨울호 ※ 원제: 브라운 모션

오래된 협약 …《문학동네》2020년 여름호

인지 공간 …《오늘의 SF》1호

캐빈 방정식 … 테마 소설집《시티 픽션》(한겨레출판, 2020) 수록작